DROEMER

Über den Autor:
Prof. Dr. Veit Etzold ist Autor von dreizehn SPIEGEL-Bestsellern. Sein erstes Buch schrieb er im Jahr 2008 mit Prof. Dr. Michael Tsokos, dem ehemaligen Chef der Berliner Rechtsmedizin, über spektakuläre Todesfälle in der Forensik. Bevor er zu schreiben anfing, war Etzold Banker, Strategieberater und Programmdirektor in der Management-Ausbildung. Heute arbeitet er als Thriller-Autor und Keynote Speaker. Passend zu seinen Thrillern ist er mit der Rechtsmedizinerin Dr. Saskia Etzold (geb. Guddat) verheiratet. Veit Etzold lebt mit seiner Frau in Berlin und Bremen.

VEIT
ETZOLD

FINAL BLOOD

Ein
Clara-Vidalis-Thriller

DROEMER

Besuchen Sie uns im Internet:
www.droemer-knaur.de

FSC
www.fsc.org
MIX
Papier | Fördert gute Waldnutzung
FSC® C083411

Originalausgabe September 2024

Ein Imprint der Verlagsgruppe
Droemer Knaur GmbH & Co. KG, München

Covergestaltung: ZERO Werbeagentur, München
Coverabbildung: Covergestaltung unter
Verwendung von © PixxWerk®, München
Satz und Layout: Adobe InDesign im Verlag
Druck und Bindung: CPI books GmbH, Leck
ISBN 978-3-426-30935-3

2 4 5 3 1

Für Saskia

Erst für die Toten ist der Krieg zu Ende.

Plato

PROLOG

»Die meisten Menschen sind geboren, um zu sterben«, dachte der Mann.

»Ich aber bin geboren, um zu töten.«

Er hörte die Musik, die im Hintergrund lief.

We have come from the ashes …
Of the burning away …
Pouring blood in the fire,
On the altar of pain …

Es war die Stimme, die in seinem Kopf sprach. Irgendetwas war da in ihm, ohne er selbst zu sein. Etwas Bedrohliches, etwas Seelenloses. Tiefer als ein bodenloser Abgrund und dunkler als der Tod.

Led into temptation,
Now the black gods align.
Here there is no salvation,
And your blood is my wine.

»Ich habe die Seelen von zwanzig Menschen auf meinem Gewissen.

Und den Geschmack ihres Blutes auf meiner Zunge.«

Er wusste nicht, seit wann er diese Stimme hörte.

Er wusste nur, dass tief drinnen etwas auf ihn lauerte, etwas von ihm wollte und erst loslassen würde, wenn er getan hatte, was er tun musste. Es war wieder so weit.

»Ihre Seelen auf meinem Gewissen.
Ihr Blut auf meiner Zunge.
Ihr Fleisch in meinem Leib.«

Die letzten Worte der Musik erklangen.

Here's a world that is waiting,
Between the living and the dead.
Here the flesh and its pleasures,
Are eternally wed.

Er kontrollierte und verpackte die Schusswaffen, die Spritzen, die Störsender, den Bolzenschneider und das, was am wichtigsten war.

Das Skalpell.

All is all for the taking,
Of a life or a lie.
At the end of the breaking,
*I'll be watching you die.**

Jagdsaison, dachte er und verschwand in der Nacht.

* »Burning«, Manowar, Album: The Triumph of Steel, 1992

BUCH 1

Black on black,
White on white,
There's only wrong,
There is no right.
All *for one,*
And none for all,
Piece not peace,
And fuck you all.

GZR, »Drive Boy, Shooting«*

Modulistic terror, a vast sadistic feast,
The only way to exit, is going piece by piece.

Slayer, »Piece by Piece«**

* Album »Plastic Planet«
** Album »Reign in Blood«

KAPITEL 1

INTERCON HOTEL, TIERGARTEN, BERLIN

Die Dunkelheit, die Lea in ihren schwarzen Klauen gefangen hielt, war ganz und gar erdrückend. Die Schatten, die sich um sie legten, waren keine Schatten. Sie schienen greifbar zu sein. Und sie schienen zu leben. Schwarz, formlos und böse. Die Angst, die sie spürte, war so stark, dass sie nichts anderes mehr wahrnahm. Dass sie nichts anderes mehr dachte. Dass sie nichts anderes mehr sein konnte als furchtbare Angst.

Sie hatte Angst und wollte fliehen, doch sie konnte sich nicht bewegen. Ihre Muskeln waren wie erstarrt und gehorchten ihr nicht. Sie hatte Angst und wollte schreien, doch ihre Stimmbänder waren wie zugeklebt, und sie bekam keinen Ton heraus. Sie wollte rennen und schreien. Doch auch das konnte sie nicht.

Dafür sprach jemand anderes. Sie hörte die Stimmen. Erst dachte sie, sie würde die Stimmen kennen, doch die Stimmen klangen anders als sonst. Und das machte die Sache nicht erträglicher, sondern noch unheimlicher. Weil das, was sonst vertraut war, auf einmal fremd erschien. Denn diese Stimmen, die sie kannte, sprachen in einer Art, wie diese Stimmen niemals sprechen sollten. Die Stimmen kannte Lea, aber die Art, wie diese Stimmen sprachen, war ihr völlig fremd. Die Dunkelheit war lebendig, und die Stimmen waren ihre dunklen Botschafter.

Lea versuchte erneut, wegzulaufen, doch ihre Beine bewegten sich noch immer nicht. Sie versuchte, sich wenigstens aufzurichten, doch sie blieb beharrlich liegen, starr, wie eine Larve in einem Kokon. Sie war gelähmt und konnte nur hilflos zusehen, wie die Dunkelheit näher kam, wie die Stimmen lauter wurden.

Und da war noch etwas. Da war noch eine andere Stimme. Eine Stimme, die sie nicht kannte. Und das versetzte sie vollends in Panik. Denn es war nicht nur eine Stimme, die irgendwelche Anweisungen gab. Es war eine Stimme, die lachte.

Lea schrie. Endlich waren ihre Stimmbänder nicht mehr wie zugeklebt. Endlich konnte sie schreien. Und sie schrie – doch kein Ton entkam ihrer Kehle.

Sie wollte diese Stimmen nicht hören, sie wollte auch nicht schreien, selbst wenn sie es musste.

Sie wollte nur eine Stimme hören, die ihr sagte: *Lea, du hattest einen Albtraum. Aber jetzt ist er vorbei.* Doch diese Stimme hörte sie nicht.

KAPITEL 2

STADTAUTOBAHN AVUS
RICHTUNG GRUNEWALD, BERLIN

»Bist du früher schon mal geritten?«, fragte Clara. Es war Sonntag, und sie und Sophie hatten beide ein ruhiges Wochenende hinter sich. Für viele andere Berliner war es das letzte Wochenende überhaupt gewesen. Eins der typischen Berliner Wochenenden, an denen sich die Bewohner der Hauptstadt gegenseitig erstochen, erschossen, erschlagen, vergewaltigt, angezündet oder überfahren hatten. Manche brauchten für den eigenen Transport ins Jenseits gar keine anderen Menschen, sondern hatten sich im LSD-Rausch aus dem zehnten Stock gestürzt, sich den goldenen Schuss gesetzt oder waren besoffen auf die S-Bahn-Schienen gesprungen. Die nächste Station war dann nicht das Krankenhaus, sondern der Kühlraum in Moabit und danach meist das Krematorium. Feuer war eine saubere Sache. Krankenhaus, Kühlraum, Krematorium, die großen drei K, wie Sophies Chef von Weinstein immer sagte. Und die traurige Bilanz eines jeden Wochenendes in einer Stadt, in der die Kriminellen und Geistesgestörten mittlerweile die Mehrheit der Bevölkerung auszumachen schienen.

Sophie schüttelte den Kopf, während sie den Audi

steuerte. Es war zwar Claras Wagen, doch Sophie fuhr, da Clara noch ein Gutachten für Montag lesen wollte. Oder besser *musste.* Darum las sie auch kaum darin, sondern stellte Sophie ständig Fragen. Es war so ähnlich wie während des Studiums, als sie irgendeine langweilige und überflüssige Hausarbeit schreiben musste und stattdessen lieber andere Hausarbeit machte, bei der man wenigstens ein Ergebnis sah, wie etwa Fensterputzen.

»Nein, nicht wirklich«, sagte Sophie. »Beziehungsweise ja.«

»Was denn nun?«

»Ganz selten mal als Dreizehnjährige. So wie alle jungen Mädchen. Und vorher überwiegend auf Kindergeburtstagen. War wie therapeutisches Reiten, aber eben für Kinder. Später waren andere Sachen wichtiger. Und interessanter.«

»Jungs und Schminktipps?«, fragte Clara.

»Es klingt traurig, aber so ähnlich war das.« Sophie schaute Clara an. »Und du bist noch gar nicht geritten?«

»Nein, noch nie. Und ich bin nach wie vor skeptisch«, sagte Clara. »Ich bin junge Mutter, wenn ich vom Pferd falle und mir was breche oder Schlimmeres, dann ist das wirklich übel. Habe mal von einem gehört, der ist vom Pferd gefallen und war querschnittsgelähmt.«

»Dir kann auch ein Blumentopf von einem Balkon auf den Kopf fallen und deinen Schädel brechen. Oder du wirst von einem der idiotischen Raser am Ku'damm bei einem der illegalen Rennen über den Haufen gefahren.«

Sophie blinzelte kurz. »Du kannst sogar aus dem Bett fallen und dir das Genick brechen, hatten wir ja gerade«, sagte Sophie, »das muss ich dir in deinem Job wohl kaum erzählen.«

Clara nickte. In Moabit in der Rechtsmedizin war tatsächlich letzte Woche ein Mann seziert worden, der an der Bettkante gelegen und sich dann im Schlaf schwungvoll umgedreht hatte. Dabei war er dermaßen unglücklich aus dem Bett gefallen und mit dem Kopf gegen den Nachttisch geknallt, dass er sich das Genick gebrochen hatte.

»Musst du mir in der Tat nicht erzählen«, sagte Clara. »Das ist mir schon klar.«

Ich kann draufgehen, wenn ich euch was erzähle, sagten irgendwelche Gangmitglieder immer, wenn Clara und Winterfeld sie verhörten.

Kannst du auch, wenn du den Hund ausführst, sagte Winterfeld dann immer.

Clara blickte auf die Berliner Stadtautobahn AVUS. Sophie, die Ärztin und Kollegin aus der Rechtsmedizin, langjährige Freundin und Trauzeugin und darüber hinaus Patin von Claras Tochter Victoria, hatte Clara zu überreden versucht, doch einmal eine Reitstunde mit ihr zu machen.

»Aber du siehst das nicht so eng?«, fragte Clara. »Hast du noch nie tote Reiter seziert?«

»Doch, vor ein paar Monaten.« Sophie nickte. »Ist mit dem Kopf zuerst ohne Helm auf einem Stein gelandet. Schädelbruch. Die Gehirnspritzer haben die Notärzte noch auf dem Sattel und dem Rücken des Pferdes gefunden.«

»Du machst mir Mut! Und willst trotzdem reiten, obwohl du so was gesehen hast?«

»Wir tragen ja Helme und auch noch Rückenprotektoren. Und außerdem ist das super, total entspannend, und die Pferde merken sofort, ob du fokussiert bist oder nicht.«

»Was ist daran entspannend, fokussiert zu sein?«, fragte Clara.

»Na ja, wenn du abgelenkt bist, machen die Pferde, was sie wollen.«

»Zum Beispiel?«

»Einfach stehen bleiben, fressen, querfeldein laufen oder was immer ihnen einfällt.«

»Die merken also, wenn man nicht bei der Sache ist? So als ob die Gedanken lesen können?«

»Das können die definitiv.«

»Krass.«

»Und wenn die merken, dass du nicht fokussiert bist, machen sie umso mehr ihr eigenes Ding. Schon allein deswegen, um dir den Spiegel vorzuhalten.«

»Okay, das klingt blöd.«

»Deshalb bist du gezwungen, fokussiert zu sein und an nichts anderes mehr zu denken als an das Pferd. Denn sonst macht das Pferd, was es will. Und das willst du ja nicht.«

»Und das ist der Vorteil? Dass du die ganze Zeit gezwungen bist, fokussiert zu sein?«

»Ja, weil du an den ganzen Alltagsmist nicht denkst. Das Pferd zwingt dich zum Fokus. Und damit zum Abschalten.«

»Okay, das klingt fast schon wieder gut.«

»Weißt du«, sagte Sophie, »ich habe viel probiert. Erst Zumba Fitness, das war durchaus nicht schlecht. Aber die meisten Kurse waren vormittags oder total überfüllt, deshalb bin ich selten dazu gekommen. Arbeitende Frauen sind in Fitnessclubs halt nicht vorgesehen. Laufen war immer langweilig. Runners High oder wie immer man das nennt, hatte ich nie. Stattdessen hatte ich, weil das so langweilig war, viel Zeit, über irgendwelche Probleme nachzudenken, sodass ich nach dem Laufen noch genervter als vor dem Laufen war.«

»Hast du nicht auch Yoga gemacht?«

»Auch.« Sophie nickte. »Ist sehr gesund, aber gleichzeitig echt nervig, immer schwitzend und schmerzverzerrt in verdrehter Position auf dem Boden rumzuhampeln.«

»Verstehe ich sehr gut. Sind ähnlich krabbelnde Positionen beim Yoga, als würde man unter dem Tisch putzen, nur wer das professionell macht, verdient Geld. Für Yoga zahlt keiner.« Clara hatte ebenfalls Yoga gemacht, zudem Kampfsport, Krav Maga, Fitness und auch Krafttraining. Dass ihr das alles allzu großen Spaß gemacht hätte oder machen würde, konnte sie hingegen nicht von sich behaupten. Leider gab es keine Alternative zum Sport, wenn man nicht mit dem Alter zunehmend abbauen wollte, was Clara nicht vorhatte. Denn das Einzige, was einem auf der Welt geschenkt wurde und was ohne Mühe ging, war arm, dumm und fett zu werden.

»Bei den meisten Sportarten«, fuhr Sophie fort, »schaust du ständig auf die Uhr und fragst dich, ob die Zeit stehen geblieben ist.«

»Weil sie einfach nicht vergeht?«

»Genau. Du quälst dich joggend durch den Wald, und es sind erst zweihundert Meter vorbei. Oder zwei Minuten. Was auch immer.«

»Warum ist das beim Reiten so anders?«

»Weil du durch den Fokus die Zeit vergisst. Du bist fast in einer Art Trance. Du und das Pferd. Und sonst nichts. Und ruckzuck sind fünfundvierzig Minuten vorbei, dabei denkst du, ihr habt gerade erst angefangen. Du kommst da in einen totalen Flow.«

»Das klingt fast schon esoterisch.«

»Ist es. Pferde sind sehr wahrnehmungsstarke Wesen. Je mehr du sie wahrnimmst, desto mehr nehmen sie auch dich wahr. Und es sind Fluchttiere. Deswegen schlafen sie oft im Stehen und legen sich nur ganz selten hin. Pferde schlafen nur drei bis fünf Stunden am Tag. Tagsüber dösen sie mal ein bisschen. Aber ihre Haupt-Schlafphasen sind nicht länger als fünfzehn Minuten.«

»Wären gute Wachhunde, wenn sie so wenig schlafen.«

»Problem ist nur, dass es Fluchttiere sind. Während der Hund Rabatz macht, hauen die Pferde einfach ab.« Sophie blinkte und fuhr um die Kurve. »Wir sind da.«

KAPITEL 3

INTERCON HOTEL, TIERGARTEN, BERLIN

Lea schreckte auf. Setzte sich schweißgebadet aufrecht hin. Sie war tatsächlich in ihrem Bett. Nicht irgendwo gefesselt, nicht in einer Albtraumwelt, in einem Keller oder in irgendeinem Spinnennetz oder einer grauenhaften Horrorwelt.

Aber sie war auch nicht in ihrem Bett, das sie kannte, sondern in dem Hotelzimmer, in dem sie mit ihren Eltern gestern Nachmittag eingecheckt hatten.

Sie atmete scharf ein, reizte dadurch ihre trockene Kehle und hustete. Sie keuchte noch einmal und versuchte, ihren rasselnden Atem zu beruhigen. Dann blickte sie sich um. Als Erstes nahm sie wahr, dass die Sonne noch nicht aufgegangen war. Es war noch tiefste Nacht. Normalerweise war es so, dass es dunkel war, wenn sie die Augen schloss, und hell, wenn sie die Augen öffnete. So war es, wenn es normal und damit gut war. Aber so war es heute nicht. Es war nicht normal. War es dann auch nicht gut? Was war das Gegenteil von gut? Böse? Sie zwang sich, den Gedanken nicht weiterzudenken.

Die Jalousien waren geöffnet, und ihr Schlafraum war in sanftes Mondlicht getaucht. Es war Vollmond, das hatte sie gestern Abend auch bei der Wetterapp auf ihrem Smartphone gesehen. Der Mond stand silberweiß am Himmel und tauchte die Nacht in ein kaltes Licht. Die Nacht, die Umgebung und auch ihr Zimmer. Um sich herum konnte sie die Umrisse der Möbel erkennen. Die Tür von ihrem Schlafzimmer zur Suite war geöffnet. Dahinter war das Schlafzimmer ihrer Eltern. Auch die Möbel der Suite waren in das Mondlicht getaucht. Und das war alles. Die Dunkelheit, der Schatten und die Stimmen – alles war verschwunden. Es war nur das weißliche Licht des Mondes. Und Leas Atem in der Stille der Nacht.

Leas Herzschlag verlangsamte sich. Sie atmete durch und setzte sich im Bett auf.

Was für ein grauenvoller Traum, dachte sie und hörte ihr Herz in ihren Ohren pochen. Sie hörte ihren Atem. Und das Pfeifen in ihrer trockenen Kehle.

Es ist alles in Ordnung, wollte sie sich sagen. *Das ist nur ein Traum.* Sie würde einfach Mama wecken, und dann wäre alles erledigt.

Sie flüsterte leise: *Mama.* Sie fragte sich, warum sie flüsterte. So würde ihre Mama sie doch niemals hören. Sie überlegte sich, lauter zu sprechen. Doch das tat sie nicht. Mehr als ein Flüstern brachte sie nicht zustande.

Ihre Stimme, die sie in der Dunkelheit hörte, hatte ihr Angst eingejagt. Denn sie wusste, wie es klingen würde, wenn sie auf diese Weise in der Dunkelheit sprach. Es klang nicht nur so, als wäre sie verrückt und würde mit sich selbst sprechen. Es war noch viel schlimmer. Es klang dann, als würde sie mit jemand anderem sprechen. Und dann klang es erst recht, als wäre noch jemand anderes im Raum. Jemand Anderes, jemand Fremdes, jemand Böses.

Und wenn sie lauter sprach, würde dieser Andere sie hören.

Sie lauschte in die Dunkelheit.

Nichts. Es war nichts zu hören.

Sie überlegte, ob sie zu ihren Eltern gehen sollte. Oder versuchen sollte, wieder zu schlafen. Denn etwas in ihr weigerte sich, jetzt das Bett zu verlassen. Denn auch wenn das Bett der Ort war, an dem sie diesen schrecklichen Albtraum gehabt hatte, erschien es ihr in der Dunkelheit des Raumes doch sicherer, ruhig liegen zu bleiben und keine Geräusche zu verursachen. Auch wenn sie bis eben nicht imstande war, sich zu rühren, und alles dafür gegeben hätte, sich endlich bewegen, endlich flüchten zu können. Irgendeine uralte Stimme in ihrem Kopf sagte ihr, dass sie genau hier bleiben sollte. Nicht aus dem Bett gehen sollte. Und auf keinen Fall diesen Raum verlassen sollte.

Sie blieb also unentschlossen im Bett sitzen.

Dann hörte sie die Stimme.

Erst leiser, dann lauter.

Die Stimme kannte sie. Es war die Stimme, die so bekannt, aber auch so anders klang. Es war Mamas Stimme. Und das war es, was ihr solche Angst einjagte. Denn so hatte sie Mamas Stimme noch nie gehört.

Doch das war nicht alles. Da war noch eine andere Stimme. Und die kannte sie nicht.

Die andere Stimme. Die fremde Stimme. Die böse Stimme.

Die Stimme aus ihrem Traum.

Nur diesmal träumte sie nicht.

KAPITEL 4

REITERHOF GRUNEWALD, BERLIN

»Leadership und Führung lernst du beim Reiten auch«, sagte Sophie, als sie ausstiegen und ihre Stiefel und Helme aus dem Kofferraum holten.

»Das wird ja immer toller. Demnächst kann ich, statt einen Harvard MBA zu machen, zum Reiten gehen.«

»Ist fast so.« Sophie nickte. »Es gibt an den Business-Schulen oft sogar Führungskurse für Manager mit Pferden.«

»Reitunterricht zum zwanzigfachen Preis?«, fragte Clara.

»So in etwa«, sagte Sophie. »Es macht aber auch total Sinn, gerade für Führungskräfte. Denn einerseits musst du dem Pferd klar zeigen, dass du das Sagen hast. Das ist der berühmte Fokus. Weil das Pferd sonst macht, was es will.«

»Ein Pferd ist ja auch viel stärker und größer und wiegt manchmal sogar zehnmal so viel wie ein Mensch.«

»Richtig. Und weil du draufsitzt, bist du von dem Tier komplett abhängig. Das heißt, du musst ihm vertrauen.«

»Verstehe«, sagte Clara, »Vertrauen und Kontrolle. Der ewige Widerstreit.«

»Der sich nur beim Reiten lösen lässt.« Sophie kniff ein Auge zusammen.

»Du solltest Werbebotschafterin fürs Reiten werden«, sagte Clara. »Reit-Influencerin oder so was. Gibt es das schon?«

»Da gibt es Tausende«, sagte Sophie.

Sie gingen durch das Tor und über einen Sandweg, der zur Halle führte. Der Reiterhof lag zwar abseits der Stadt und nahe dem Grunewald, doch das Reiten fand meist in der Halle statt, da es recht lange dauerte, die umliegenden Felder zu erreichen. Wer durch die Natur reiten wollte, der musste nach draußen Richtung Brandenburg fahren. Es roch nach Pferden, Pferdemist und Herbstlaub. Rund um die Reithalle gab es Stallungen, in denen die Pferde untergebracht waren. Jedes Pferd hatte seine eigene Box, da sich Hengste, Wallache und besonders Stuten untereinander nicht immer grün waren. Das Wort *Stutenbissigkeit* war nicht einfach so erfunden worden. In der Nähe waren auch zwei Restaurants, in denen Clara und Sophie später Mittag essen wollten. Claras Tochter war das Wochenende bei Claras Eltern, und sie würden Victoria Mitte der Woche wieder nach Hause bringen.

Besonders Sophie war eine Person, die immer Hunger hatte, auch wenn man das ihrer Figur überhaupt nicht ansah. Sechs Richtige im Stoffwechsel, pflegte Clara zu sagen. Sophie konnte selbst dann gut und viel essen, wenn sie gerade eine absolut ekelhafte Obduktion hinter sich hatte. *Nur weil ich gerade den Mageninhalt einer Lei-*

che untersucht habe, heißt das nicht, dass ich keinen Hunger habe, sagte sie häufig.

»Und dann geht es gleich aufs Pferd?«, fragte Clara.

»Von wegen«, sagte Sophie und zeigte Richtung der Stallungen. »Erst werden die Pferde geholt. Dann werden sie geputzt, gestriegelt, gebürstet, die Hufen ausgekratzt, gesattelt, getrenst …«

»Ge-Was?«

»Getrenst. Die Trense, das ist dieses Ding, das die ins Maul kriegen, damit man die Pferde steuern kann. Wobei gute Reiter eher über die Schenkel und das Gewicht steuern als über die Zügel.« Sie schaute Clara an. »Zügel sind keine Fahrradlenker«, sagte eine Lehrerin mir mal.

»Okay«, sagte Clara, »das machen wir alles, und dann erst geht es aufs Pferd?«

»Und dann erst geht es aufs Pferd.« Sophie nickte. »Ist aber alles Teil des Vergnügens. Und baut Vertrauen zu den Tieren auf. Du weißt ja: Vertrauen und Kontrolle.«

»Klingt irgendwie nach Arbeit.«

»Das klingt nicht nur so.«

KAPITEL 5

INTERCON HOTEL, TIERGARTEN, BERLIN

Lea zog sich noch tiefer in ihr Bett zurück, als sie die Stimme hörte.

Sie wollte sich noch weiter zurückziehen, am liebsten würde sie unter das Bett kriechen, sich im Schrank verstecken oder, am allerbesten, gleich eins mit der Wand des Zimmers werden. Doch es war zu spät.

In dem Moment öffnete sich schon die Tür. Die Tür in der Suite zum Schlafzimmer ihrer Eltern.

Doch die Person, die die Tür öffnete, war nicht Papa. War nicht Mama. Lea erkannte es am Umriss, dass dieser Mensch keiner ihrer Eltern war.

Es war der Umriss eines fremden Mannes.

Lea konnte nicht anders, als in das Schlafzimmer zu blicken. Vorbei an dem Mann in das Schlafzimmer ihrer Eltern. Sie konnte von ihrem Bett aus nur einen kleinen Teil sehen. In dem Moment war sie sich fast sicher, dass sie schon wieder einen Albtraum hatte.

Mama und Papa saßen nackt auf Stühlen gefesselt. Lea versuchte zu schreien, um endlich aus diesem Albtraum aufzuwachen, denn etwas anderes als ein Albtraum konnte es ja gar nicht sein. Doch sie brachte nur ein heiseres Krächzen heraus.

Mama und Papa nackt auf Stühlen. Es war ein seltsames Gefühl, die eigenen Eltern nackt zu sehen. Natürlich hatte Lea sie schon im Urlaub nackt oder halb nackt gesehen, am See, im Meer, im Schwimmbad. Sie beide aber in der Gegenwart eines fremden Mannes nackt zu sehen, war verstörend. Und die Eltern nackt und gefesselt zu sehen, war unerträglich.

Der Mann wandte sich Lea zu. Seine Bewegung war langsam und kalkuliert, aber auch abwartend und kraftvoll. Wie eine Mischung zwischen Raubtier und Roboter. Sie sah den Mund und die Augen hinter der schwarzen Maske. Sonst sah sie nur die Schwärze der Maske.

»Ich weiß nicht, wie du heißt«, sagte der Mann.

Lea konnte sein Gesicht nicht sehen, weil der Mann eine schwarze Maske trug. »Aber ich will, dass du dich noch von deinen Eltern verabschieden kannst. Komm zu mir.«

Von deinen Eltern verabschieden! Die Worte des Mannes, der wie ein Raubtier und ein Roboter war, brannten sich in Leas Gehirn ein wie Buchstaben aus glühendem Eisen. Sie hoffte immer noch inständig, dass sie nur schlecht träumte, dass sie gleich schweißgebadet aufwachen würde. Doch sie wachte nicht auf. Denn sie war schon wach. Wacher als je zuvor in ihrem Leben.

Die Worte hallten in ihrem Kopf nach: *Verabschieden für wie lange? Wollte der Mann ihre Eltern mitnehmen? Oder sie, Lea? Oder meinte er etwa verabschieden … für immer?*

Lea saß wie gelähmt da und starrte den Mann mit weit aufgerissenen Augen an. Der Mann machte eine lockende Handbewegung. »Komm näher!« Es klang freundlich, fast schon vertrauenerweckend, trotz der bedrohlichen Situation. Freundlich war es aber ganz sicher nicht gemeint.

»Kommst du jetzt endlich?« Langsam wurde die Stimme des Mannes tiefer. Und drohender.

Lea konnte sich weder nach vorne noch nach hinten bewegen. Konnte weder zu dem Mann gehen noch fliehen. Sie war genauso erstarrt wie in dem Spinnennetz der Angst, in dem sie in ihrem Albtraum gefangen gewesen war. Sie hoffte noch immer, jede Minute aufzuwachen.

Der Mann zog eine Waffe.

»Wenn du nicht kommst, schieße ich deiner Mama in den Fuß«, sagte er mit einer Stimme, die es gewohnt war, keinen Widerspruch zu dulden. »Kommst du jetzt oder nicht?«

Lea blickte kurz auf die Waffe, auf den nackten Fuß ihrer Mama und dann auf den Mann. Wie ferngesteuert erhob sich Lea und ging wie ein Zombie in den Schlafraum ihrer Eltern.

Lea erkannte alles jetzt besser als eben noch im Gegenlicht. Mama und Papa, nackt und schweißgebadet, waren nicht nur gefesselt, sondern auch geknebelt, deswegen konnten sie nicht mit ihr sprechen. Und deswegen hatte Mama so komisch geklungen, sodass Lea erst glaubte, eine fremde Stimme zu hören. Ihr Vater brachte nur ein Grunzen hervor. Ihre Mutter versuchte, Leas Blick auf sich zu ziehen, weg von dem schwarzen Mann, hin zu ihrer Mama, so als wollte sie sagen: *Lea, alles wird gut, mach, was er sagt, dann ist es ganz schnell vorbei.* Doch dieser Satz war imaginär. Was in ihrem Kopf herumspukte, viel mehr Raum beanspruchte, die Hoffnung verdrängte, war nur das Wort *noch. Dich noch von deinen Eltern verabschieden,* hatte der Mann gesagt.

Raubtier und Roboter, dachte Lea.

Lea zitterte. Sie war ganz und gar beherrscht von Angst, obwohl sie wie programmiert einen Schritt nach dem anderen nach vorne ging, dass sie den Terror kaum spürte. Sie ging tapfer weiter, Schritt für Schritt, damit der Mann ihrer Mama nicht wehtat. Es war so, als würde sich das Entsetzen erst nach ein paar Sekunden oder ein paar Minuten Bahn brechen. Vielleicht würde sie dann bewusstlos zu Boden fallen. So wie früher, wenn sie sich mit Grippe infiziert hatte, es ihr aber am Tag der Ansteckung noch gut ging und die Krankheit erst einen Tag später kam.

Grippe, dachte sie ganz kurz, *das war ein schönes Problem aus schönen Zeiten. Da gab es heißen Tee ans Bett, sie durfte unbegrenzt fernsehen, und alle waren lieb zu ihr.*

Dann war der Gedanken schon wieder weg, und der Terror war wieder da.

Ihre Eltern waren mit Klebeband geknebelt, ihr Mund war geschlossen. Doch die Augen ihrer Eltern waren zu sehen. Und die Augen ihrer Eltern bestanden nur aus

Angst. Sie versuchten, sich die Angst nicht anmerken zu lassen, versuchten, Lea anzuschauen, ihr mit ihren Augen zu zeigen: *Es wird alles gut, Mama und Papa sind da, es ist nur ein böser Traum.*

Doch all das stimmte nicht. Ja, Mama und Papa waren zwar da, das stimmte. Aber Mama und Papa waren in der Gewalt eines fremden, bösen Mannes. Und deswegen wurde nicht alles gut, weil es eben kein böser Traum war. Lea hatte geglaubt, dass es ein böser Traum war, aber es war die böse Realität.

Aus Mamas Augen konnte Lea sehen, dass sie mehr Angst um ihre Tochter hatte als um sich selbst.

»Tu … tu meinen Eltern nichts.« Lea war selbst überrascht über die Stimme, die aus ihrem Mund kam, und über ihren eigenen Mut, zu sprechen.

Der Mann schien unter seiner Maske zu lächeln.

»Es tut mir leid, dich enttäuschen zu müssen, aber genau deswegen bin ich hier.«

Er zeigte nacheinander mit dem Finger auf Papa, Mama – und Lea. »Hört ihr mir zu?«

Die Frage war komplett überflüssig, denn alle sechs Augen waren ohne Unterlass auf den Mann gerichtet.

»Ich bin leider nicht hier, um euch *nichts zu tun.*« Er nahm die Maske ab. Und würde sich Lea mit Entführungen und Morden auskennen, dann würde sie wissen, dass das ein ganz schlechtes Zeichen war, wenn der Killer kein Problem damit hatte, dass jemand sein Gesicht sah. Er könnte genauso gut sagen: *Es ist mir egal, ob ihr mich jetzt seht. Denn im Jenseits könnt ihr keine Zeugen-*

aussagen mehr machen. Der Mann sprach weiter. »Ich bin hier, um euch *etwas zu tun.*« Der Mann machte eine Pause, während Lea abwechselnd auf den Mann, auf Mama und auf Papa schaute. Dann sprach er weiter.

»Du wirst sterben, du wirst sterben, und du wirst sterben«, sagte er und zeigte auf Mama, Papa – und Lea. »Kurz«, sagte der Mann, »ich bin hier, um euch zu töten.«

KAPITEL 6

PARISER PLATZ, BERLIN

Der Pariser Platz, über den Howard Stark mit eiligen Schritten lief, war eine reizvolle Mischung aus historischen Gebäuden, umgeben von moderner Architektur. Das Adlon Hotel, die französische Botschaft und am Rande die riesige US-Botschaft. Davor das berühmte Brandenburger Tor, das von der sogenannten »Letzten Generation« mit oranger Farbe beschmiert wurde und noch immer orange schimmerte, trotz der sehr langwierigen und teuren Reinigungsarbeiten, die in Deutschland niemals diejenigen zahlten, die sie verursacht hatten.

Es ging mit den kleinen Dingen los, dachte Stark, Dinge, die toleriert und dann irgendwann normal wurden. Ein US-Kriminologe hatte das die *Broken Windows Theory* genannt, die Theorie der zerbrochenen Fenster. Wenn eine Fensterscheibe zerbrochen war und zerbrochen blieb, dann wurden auch andere zerbrochen. Die Lösung war, auch kleine Vergehen gar nicht erst zu tolerieren. Rudolph Giuliani, der frühere Bürgermeister von New York, von dem man inzwischen halten mochte, was man wollte, hatte daraus seine *Zero tolerance*-Politik gemacht. Und damit die Verbrechensquote in New York drastisch gesenkt.

Die Deutschen, dachte Stark, lassen sich jeden Scheiß gefallen wie dumme Hindu-Kühe. Aber es machte Sinn, dachte Stark. Denn ein Staat wie Deutschland, ohne Patriotismus, ohne Gründungsstorys und ohne nationale Heiligtümer nahm auch das Beschmieren des Brandenburger Tores mit der typischen berlin-deutschen Bräsigkeit hin. Richtig wütend, dachte Stark, würden die Deutschen nur werden, wenn man ihnen Fußball, Alkohol, Helene Fischer oder die Deutsche Bahn wegnehmen würde. Oder stimmte doch das, was Winston Churchill über die Deutschen gesagt hatte: *You either have them at your feet. Or at your throat – du hast sie entweder zu deinen Füßen oder an deiner Kehle.*

Stark musste dem früheren britischen Premierminister, der dafür gesorgt hatte, dass Großbritannien faktisch allein den Angriffen von Nazi-Deutschland getrotzt hatte, recht geben. *Entweder sich alles bieten lassen oder zwei Weltkriege führen und beide verlieren – dazwischen gab es offenbar nichts.* Als Stark vor einigen Wochen im Mittleren Osten gewesen war, mit einem Pass in Israel und mit dem anderen in Saudi-Arabien, Libanon und Dubai, hatte er besonders die Araber gefragt, was sie mit Deutschland assoziierten. Die Antwort kam von allen wie aus einem Mund: *Fußball, Autos und Hitler*. Da beim Fußball die glorreichen Zeiten von 2014 auch vorbei waren und die Politik alles tat, um die Autoindustrie zu vernichten, würde wohl irgendwann nur noch Hitler als deutsches Markenmaskottchen übrig bleiben.

Stark wohnte schon lange in Deutschland. Sein Vater war GI und in Ramstein bei Kaiserslautern stationiert, der größten US-Truppenbasis außerhalb der Vereinigten Staaten. Stark blickte am Brandenburger Tor hinauf. Die Quadriga auf dem Tor war von Johann Gottfried Schadow gestaltet worden und stellte, so hatte es Stark einmal gehört, die griechische Siegesgöttin Nike dar, nach der der berühmte Sportschuhhersteller benannt war. *Sieg,* dachte er, *den würden sie auch bekommen.*

Hier, vor dem Tor, auf der Westseite mit Ostberlin und der DDR in seinem Rücken, hatte US-Präsident Ronald Reagan gesprochen, mit dem Daumen nach hinten gedeutet und den russischen Präsidenten Gorbatschow aufgefordert, *endlich diese Mauer einzureißen.* Hier hatte auch Obama gesprochen. Und viele andere.

Und die Mauer war gefallen. Wer am 9. November 1989 auf diesem Platz in Berlin gewesen war, hatte Weltgeschichte erlebt. Der 7. Oktober 1989. Sobald Gorbatschow nach den Feierlichkeiten des 7. Oktobers abgereist war, hatte Stasi-Chef Erich Mielke das Ruder übernommen. »Jetzt ist Schluss mit dem Humanismus«, hatte er gesagt und seine Schlägertrupps gegen die Demonstranten losgeschickt, die schon den ganzen Tag auf dem Alexanderplatz protestiert hatten. Noch am 7. Oktober hat alles anders ausgesehen. Vierzigster Jahrestag der DDR, im Palast der Republik hörten sie den »Wach auf«-Chor aus Wagners »Meistersingern«. Aber niemand war aufgewacht. Jedenfalls nicht aus dem Staatsrat.

Stark war damals nicht dabei gewesen, er hatte jedoch genügend Aufnahmen von diesem denkwürdigen Abend gesehen. Derjenige, den er gleich treffen würde, war live dabei gewesen und hatte Stark einmal davon erzählt. Es war an diesem Tag seit einiger Zeit ein leichter Regen auf den Pariser Platz niedergegangen. Der nachtschwarze Himmel wie ein dunkles Laken, das nur an einigen Stellen von Lichtstrahlen unterbrochen wurde. Davor Schatten von Menschen, die auf der Mauer tanzten.

An der Bornholmer Straße, zwischen Prenzlauer Berg und Wedding, so hieß es, war der Andrang am größten gewesen. Die Leute wollten »rüber«, und nichts konnte sie aufhalten. Auch die Grenzsoldaten nicht, die ohne Befehle von oben ratlos die Tausenden von Menschen gen Westen passieren ließen. *Schlagbaum hoch,* lautete dann auch der einzige Befehl, der vonseiten des Stasi-Oberleutnants an diesem Abend gegeben wurde.

Genau dieser Kontrollverlust, den Wladimir Putin damals als KGB-Agent in Dresden mitbekam, machte Putin zu dem Kontrollfreak und Diktator, der er war, dachte Stark.

Stark hatte die Berichterstattung noch im Kopf, als wäre sie gestern gewesen. 1989. Der Platz des Himmlischen Friedens in Peking. Das Foto mit dem einsamen Demonstranten, der vor dem chinesischen Panzer stand, war um die Welt gegangen. Und Honecker, der Staatsratspräsident, verkündete, dass für die DDR die chinesische Lösung die richtige wäre, nicht die russische. Er entsandte sogar Delegationen nach Peking. Doch irgendwann gab es kein Halten mehr. Spätestens als der Politbüro-Sprecher Günter Schabowski seine legendären Worte sprach.

Jeder kann ausreisen.

Ab wann tritt das in Kraft?

Das tritt nach meiner Kenntnis … Ist das sofort, unverzüglich.

Mit diesen Worten brach nicht nur die Mauer zusammen. Sondern auch das Ende des Kalten Krieges und des Sozialismus war gekommen. Vorerst jedenfalls.

Jetzt schien es, dachte Stark, als wäre eine lange Zeit des Friedens vorbei.

Der Pariser Platz, dachte er.

Mittlerweile fanden gefühlt jeden Tag Demonstrationen auf dem Platz statt, manchmal auch muslimische Massengebete. Stark blickte an der Fassade des Adlons hinauf.

Wenn ich in einem Luxushotel einchecke, dachte er, *dann bestimmt nicht in einem, wo immer das Chaos vor der Haustür brodelt.*

Chaos, das war genau das, was Howard Stark bekämpfen wollte. Wofür er heute noch viele Gespräche führen würde. Gespräche, um den *Vertrag* umzusetzen, das geheime Zusatzprotokoll, das 1945 und 1948 unterzeichnet wurde. Von dem nur wenige wussten. Von dem aber sehr bald sehr viele erfahren würden.

Die Deutschen hatten mal wieder auf die falschen Pferde gesetzt.

1945 waren sie dafür in Grund und Boden bombardiert worden.

1989 war eine andere Regierung friedlich vertrieben worden.

Diesmal, dachte Stark, würde es eine Mischung aus beidem werden.

KAPITEL 7

REITERHOF GRUNEWALD, BERLIN

Clara und Sophie hatten sich bereits emsig damit abgemüht, die Pferde aus der Box zu holen, zu bürsten, die Hufen auszukratzen und die Tiere zu satteln. Nur mit der Trense wollte es noch nicht so recht gehen. Clara war trotz Sophies eifriger Unterstützung überfordert.

»Wieso brauche ich die Trense? Die ist doch schon dran?«, fragte sie.

»Nein, das ist das Halfter, was schon dran ist. Das kommt ab und die Trense dran. Dabei musst du aber aufpassen, dass das Pferd nicht wegläuft.«

»Also entweder Halfter oder Trense?«

»Beim Reiten grundsätzlich Trense. Manchmal auch beides.«

»Warum?«

»Wenn du ausreitest und unterwegs das Pferd festbinden willst. Da musst du einen Strick mitnehmen, und das Halfter bleibt dran.«

»Hätte nicht gedacht, dass das so kompliziert ist.« Clara schnaufte. »Ich dachte, man setzt sich einfach drauf und sagt *Hü* und *Brrrr.*«

»Vielleicht in den Western.« Sophie lächelte. »Aber ich gebe zu, Auto fahren ist einfacher.«

Clara bemühte sich redlich, die Trense an ihrem Pferd zu befestigen. »Verdammt«, sagte sie. »Die … wie heißt die überhaupt?«

»Das ist ein Wallach, also ein DER, und der heißt Sunny.«

»Okay, der macht dauernd den Kopf hoch, sodass ich die Trense nicht mal in die Nähe seines Mauls kriege.«

»Du musst ihm das einfach ans Maul halten, so als ob du ihm ein Eis geben willst«, sagte Markus, einer der Trainer.

»Ein Eis aus Metall?«, fragte Clara. »Er nimmt es aber nicht.«

Clara hielt das Metall der Trense wie ein Eis an Sunnys Maul, allerdings dachte der gar nicht daran, das Maul zu öffnen. Stattdessen hob er ab und an den Kopf noch höher, sodass Clara gar nicht mehr an das Maul kam.

»Der will nicht«, schnaubte Clara.

»Kleiner Trick«, sagte Markus, »leg einfach die Zügel nicht über seinen Hals, sondern direkt hinter die Ohren und zieh die Zügel immer ein wenig herunter, das nervt ihn irgendwann so, dass er den Kopf unten hält und dann sogar den Mund aufmacht. Ansonsten kitzel ihn etwas an den Mundwinkeln.«

»Beißt er dann nicht?«

»Eigentlich nicht. Die beißen nur, wenn sie sich bedroht fühlen.«

»Na okay.« Das Wort *eigentlich* in dem Satz gefiel Clara nicht.

Irgendwann war es ihr schließlich gelungen. Nach einer gefühlten Ewigkeit waren die Pferde bereit. Und sie hatten noch nicht einmal angefangen zu reiten. Clara war schweißgebadet, und hätte ihr jemand gesagt, dass jetzt ihr Sportpensum erfüllt war, hätte sie es geglaubt. Doch das Wichtigste kam ja erst jetzt. Nämlich das Reiten.

»Dann geht es jetzt in die Halle«, sagte Sophie, die eine Stute bekommen hatte mit Namen Cherie. Clara fand die Pferdenamen alle ein wenig grenzwertig, eine hieß Cherie, eine Nena und eine Rosa. Wenn sie nicht wüsste, dass es sich hier um eine Reitschule handelte, hätte es auch ein Bordell sein können.

Sie betraten die Reithalle, das Herzstück des ganzen Hofs. Die Halle selbst war von hohen Fenstern und Dachfenstern durchflutet, die natürliches Licht hereinließen und gleichzeitig vor schlechtem Wetter schützen sollten. Zudem war sie beleuchtet. Schutz vor Regen und Schutz vor Dunkelheit, das war in einem Land, in dem es mindestens die Hälfte der Zeit regnete und/oder dunkel war, ausgesprochen wichtig. Es sei denn, man mochte es, im dunklen Matsch zu reiten. Doch zu diesen Personen gehörte Clara nicht. Jedenfalls noch nicht. Die Wände waren mit Spiegeln versehen, um den Reitern die Möglichkeit zu geben, ihre Bewegungen und Positionen während des Trainings zu überprüfen. Clara war sich nicht so sicher, ob sie das überhaupt wollte. Als sie all die Springstangen und Dressurvierecke sah, die in einer Ecke der Halle standen, musste sie schlucken.

»Wir springen ja wohl heute noch nicht?«, fragte sie und deutete auf die Stangen, die auf dem Boden lagen.

»Keine Sorge«, sagte Markus, »das hier sind Trabstangen aus der Stunde zuvor. Die nehme ich gleich weg. Springen ist nur etwas für Fortgeschrittene, das kommt erst, wenn ihr mindestens zwei Jahre geritten seid. Und überhaupt springen wollt. Will ja nicht jeder. Und ist tatsächlich nicht ganz ungefährlich.«

»Kann ich verstehen«, sagte Clara. »Habe genug Stürze beim Springen auf YouTube gesehen. Und kann jetzt schon sagen, dass ich das nicht brauche.«

»Dann wollen wir mal«, sagte Markus. »Du bist Sophie, richtig?«

Sophie nickte.

»Dann bist du Clara?«

Clara nickte. »Auch richtig.«

»Sophie, du bist schon einmal geritten?«

»Ja, mit zehn. Ich hoffe mal, das ist wie Fahrradfahren und ich habe nicht alles verlernt?«

»Ich denke nicht. Und du?« Er wandte sich an Clara.

»Als Kind ein- oder zweimal ganz kurz. Und auf irgendeiner Klassenfahrt Ende der Achtziger. Und dann nie wieder.«

»Man ist nie zu alt zum Reiten. Ihr seht ja beide so aus, als ob ihr öfter Sport macht.«

Clara nickte. Und empfand die Aussage *Man ist nie zu alt zum Reiten* nicht unbedingt als Kompliment.

»Was wollt ihr denn erreichen?«, fragte Markus. »Springen interessiert euch ja erst mal nicht, wenn ich das richtig verstanden habe?« Er grinste.

»Ich möchte so wie in der Serie *The Crown* im Galopp über grüne Wiesen reiten«, sagte Sophie sofort.

»Also die Freiheit des Reitens, die Natur, die Einheit mit dem Pferd.« Markus lächelte, und man sah ihm an, dass dies auch für ihn offenbar eine der Hauptmotivationen für diesen Sport war. »Das kriegen wir hin. Noch nicht sofort, aber sobald ihr etwas Routine habt, machen wir auch Ausritte.« Markus nickte zur Bestätigung. Er wandte sich an Clara. »Und du?«

»Ausreiten klingt gut. Für den Moment möchte ich erst einmal schlicht oben bleiben.«

»Wir fangen mit Schritt an«, sagte Markus, »da passiert nichts. Außerdem sind die Pferde hier sehr lieb. Die werfen niemanden ab, die bleiben eher stehen, als dass sie durchgehen.«

»Beruhigend. Gibt es denn Pferde, die jemanden absichtlich abwerfen?«

»Klar gibt es die.« Markus nickte. »Aber die haben wir sicherlich nicht hier als Schulpferde.«

Clara schaute Sunny an und streichelte sein Maul. Das Pferd schnaubte ein wenig. Clara war verwundert, wie weich die Nasen und Mäuler der Pferde waren. Wie Samt.

»Angst vor Pferden habt ihr schon mal nicht«, sagte Markus, »und es ist gut, dass ihr ein bisschen mit den Pferden kuschelt, das erhöht das Bonding.«

»Gibt es viele, die Angst vor Pferden haben?«, fragte Sophie.

»Klar, aber solche Menschen reiten normalerweise nicht. Verstehen kann ich es allerdings. Das sind halt riesige Tiere. Manche von ihnen wiegen fast eine Tonne.«

Markus prüfte die Länge der Steigbügel und zog die Sattelgurte stramm. »Wichtig«, sagte er dann, »bevor wir gleich aufsteigen: Ihr bestimmt, was passiert. Wenn ihr das nicht macht, bestimmt das Pferd, was passiert. Von daher ist es gut, erst ein bisschen zu kuscheln. Aber dann muss klar sein, dass ihr das Sagen habt.«

»Und wie machen wir das?«, fragte Clara. »Verstehen die Pferde uns denn?«

»Ähnlich wie ein Hund verstehen sie bestimmte Kommandos. Und, auch wenn das komisch klingt, wenn du dir ganz fest vorstellst, dass du zum Beispiel jetzt traben willst und dann den richtigen Schenkeldruck gibst, merkt das Pferd das mental. Genauso, wie sie deine Atmung spüren.«

»Können die auch Gedanken lesen?«

Markus nickte. »Kein Quatsch, ich habe oft das Gefühl, dass das so ist. Jedenfalls spüren sie Absichten. Umgekehrt ist es genauso: Wenn du nicht bei der Sache bist, merkt das Pferd das auch. Dann denkt es: *Wenn die da oben nicht weiß, was sie will, mache ich halt, was ich will.*«

Er blickte sich um. »Wir gurten gleich noch mal nach, dann hole ich die Aufstiegshilfe und halte beim Aufsteigen dagegen. So könnt ihr rückenfreundlich einigermaßen elegant auf das Pferd aufsteigen, und dann geht es los.«

»Der Profi kann aber auch im Gelände ohne Aufstiegshilfe aufsteigen«, sagte Sophie. »Zum Beispiel, wenn man mal austreten muss.«

»Das ist richtig«, sagte Markus. »Wobei im Gelände dafür manchmal Baumstümpfe oder große Steine zur Verfügung stehen.« Markus kniff ein Auge zu. »Aber halt nicht immer.«

Clara war erleichtert, als sie die Aufstiegshilfe sah, denn ihr Wallach war mit einem Meter fünfundsiebzig Schulterhöhe größer als sie, und sie hatte sich schon gefragt, wie um alles in der Welt sie da raufkommen sollte.

Clara stieg auf die Aufstiegshilfe, dann mit dem linken Fuß in den Steigbügel und setzte sich in den Sattel. Sie zitterte ein wenig. Sunny schien die Anspannung seiner Reiterin zu spüren. Der Wallach war aufmerksam und bereit, das zu tun, was Clara wollte – vorausgesetzt, Clara gab die richtigen und verständlichen Anweisungen. Sie begannen mit einem langsamen Schritt, bei dem Clara versuchte, ihre Hüfte im Takt der Bewegung zu schwingen und ihre Hände ruhig zu halten.

»Nicht so mit den Händen zappeln«, sagte Markus. »Ruhig halten.«

»Erst mal können«, sagte Clara.

»Komm schon, Sunny«, murmelte Clara, während sie sich aufrecht hielt und versuchte, den Rhythmus zu finden. Sie atmete tief durch und konzentrierte sich auf ihre Beine, um ihren Sitz zu verbessern.

»Sei ganz entspannt«, sagte Markus.

»Wie soll das denn gehen?«, fragte Clara. »Ich soll sagen, was ich will, und die Sache im Griff haben und gleichzeitig entspannt sein? Und das Ganze auf einem sich bewegenden Monstrum, an dem ich mich nirgends richtig festhalten kann, zu allem Überfluss gefühlt drei Meter über dem Boden.« Sie schaute nach unten. »Als Kind kam mir das nicht so hoch vor.«

Sophie grinste. »Wie sagen die Philosophen: *Die Kunst des Lebens besteht in der Akzeptanz von Widersprüchen.*«

KAPITEL 8

QUADRIGA LOUNGE, BRANDENBURGER TOR, BERLIN

Die Quadriga Suite war eine luxuriöse Unterkunft, die sich direkt neben dem Brandenburger Tor befand. Zum Glück, wie Stark feststellte, sah man hier nicht die orange beschmierte Seite des Tors. Der Blick ging auf der einen Seite Richtung Unter den Linden bis zur Museumsinsel und dem Ostberliner Fernsehturm, auf der anderen über die Straße des 17. Juni, dem großen Stern bis zur Heerstraße.

Straße des 17. Juni, dachte Stark. Damals protestierten die DDR-Bürger auch schon gegen ihren Staat. Heute hingegen, dachte er, wollten nicht nur die Ostdeutschen, sondern auch ein großer Teil der Westdeutschen unbedingt die DDR zurückhaben. Und zwar bundesweit.

Die Suite selbst war großzügig gestaltet und verfügte über ein elegantes, modernes Design mit hochwertigen Möbeln und luxuriösen Details. An den Wänden Bilder von preußischen Generälen, Scharnhorst, Gneisenau, Yorck von Wartenburg und natürlich der Großmeister des Krieges, Carl von Clausewitz, daneben sein Schüler Generalfeldmarschall von Moltke, der nicht nur fast das gesamte 19. Jahrhundert erlebt hatte und Gneisenau geholfen hatte, nach der Niederlage von Jena und Auerstedt gegen Napoleon die Preußische Armee zu einer der besten der Welt zu machen. Sondern der nach eigenen Aussagen auch *in sieben Sprachen schweigen konnte.* Stark wünschte sich beide Fähigkeiten von den Politikern. Mehr als eine Sprache zu können und den Mund zu halten, was deutsche Politiker beides nicht konnten. Obwohl es doch einen Grund haben müsste, dass der Mensch zwei Ohren und nur einen Mund hatte.

Carl Cohagen, dessen Vorname genauso wie der von Clausewitz mit »C« geschrieben wurde, erwartete ihn schon.

Carl Cohagen war etwa Mitte sechzig. Seine schwarzgrauen Haare waren genauso kurz wie der Bart, der sein Gesicht umrahmte. Seine Augen so schwarz wie der Rahmen seiner Brille.

»Howard Stark, es ist mir eine Ehre und eine Freude.«

Stark griff seine Hand und spürte einen festen, warmen Druck. Gleichzeitig spürte er Ehrfurcht vor Cohagen, vor seinem Wissen, seinen Verbindungen in höchste Kreise und all den Geschichten, die man über ihn erzählte. Wenn nur die Hälfte davon wahr war, dann war er ihr Mann.

»Trinken Sie um diese Zeit schon Whisky oder Cognac?«, fragte Cohagen.

Stark schüttelte den Kopf. »Ich trinke beides sehr gern, wenn auch selten. Allerdings ist es jetzt dafür zu früh.«

»Sehe ich auch so«, sagte Cohagen. »Kaffee oder Tee und dazu Wasser?«

»Kaffee und Wasser.«

Nur wenige Sekunden später kam eine junge Dame mit einem Tablett, so als hätte Cohagen sie per Gedankenübertragung gerufen. Stark rührte in seinem Kaffee, während Cohagen zu einem Humidor ging.

»Aber eine kleine Partagas rauchen Sie doch mit?«, fragte er.

»Da sage ich nicht Nein. Meine amerikanischen Freunde werden neidisch sein. Wenn man nicht gerade in Miami lebt, ist es schwer, Kubaner zu bekommen.«

»Ich weiß. Gehen wir auf den Balkon«, sagte Cohagen. »Dort lässt sich besser rauchen und reden.«

Der Balkon, fast schon eine mittelgroße Dachterrasse, war das Highlight der Quadriga Lounge und bot einen atemberaubenden Blick auf das Brandenburger Tor und seine beeindruckende Quadriga-Statue. Von irgendwoher war das fast omnipräsente Geplärre von Martinshörnern und Helikoptern zu hören. Von Drohnen, die auch weniger Treibstoff verbrauchten, hatte die deutsche Polizei noch nie etwas gehört. Und zudem machten Hubschrauber mehr Krach, und alles, was Krach machte, war in Berlin gern gesehen. Dafür war der Himmel über dem Reichstag voll mit privaten und russischen Drohnen, auf diese Weise gab es dann doch einen Ausgleich.

»Der Soundtrack von Berlin«, sagte Cohagen dann auch. »Martinshörner, Hubschrauber, Anarchie und das Grölen von Besoffenen.« Irgendwo war wahrscheinlich mal wieder irgendeine Demo, höchstwahrscheinlich war es eine Demo für den Islamischen Staat, durchgeführt von Menschen, die vor dem islamischen Staat geflohen waren.

Cohagen zog an seiner Zigarre und schüttelte den Kopf.

»Die Deutschen«, sagte er dann, »manchmal habe ich das Gefühl, die brauchen mindestens alle dreißig Jahre eine ordentliche Bombardierung, damit sie wieder zur Vernunft kommen.«

Stark schaute nach drinnen auf eine Fotografie an der Wand, die unterschiedliche Flugzeugträger zeigte.

»Nach 1945 waren mehr als vierzig Jahre vergangen«, sagte Stark.

»Bürgerkriegsähnliche Zustände, die ja immer mehr stattfinden, reichen auch«, sagte Cohagen. »Aber genauso, wie ein Schulpferd von Profis immer wieder Korrektur geritten werden muss, brauchen auch die Deutschen von Zeit zu Zeit eine korrigierende Kraft von außen, um wieder zur Vernunft zu kommen. Derzeit ist das Putin, aber der soll es ja nicht bleiben.«

»Vorher haben sie mit Meißeln Breschen in die Mauer geschlagen. 1989«, sagte Cohagen. »*Mauer muss weg*, hatte es aus tausend Kehlen durch die Nacht geschallt. Und die Mauer kam weg. Stück für Stück. Stein für Stein.« Cohagen blies Rauch in die Herbstluft. »Dazu habe ich etwas Interessantes erfahren.«

»Was denn?«

»Wir beide waren bei *The Wall*. 1990 am Potsdamer Platz. Mit Roger Waters, den Scorpions und wer noch alles.«

»Da waren Sie auch?«, fragte Stark. »Was war das für eine Show!«

»Allerdings. Hindert deutsche Beamte allerdings nicht daran, Roger Waters wegen Volksverhetzung anzuzeigen, weil er bei dem Konzert in Nazi-Uniformen rumläuft.«

»Ich dachte, erst einmal ist das Kunst. Und außerdem: Hat er das nicht immer schon gemacht?«

»Ja, aber bei deutschen Ermittlungsbehörden kann man leider nicht davon ausgehen, dass sie das erfolgreichste Doppelalbum aller Zeiten kennen.« Cohagen schüttelte frustriert den Kopf. »Die hören wahrscheinlich nur Musikantenstadl und Marschmusik.«

»Würde passen«, sagte Stark.

Cohagen zeigte nach draußen. »Die Volkspolizisten der DDR haben sogar mitgeholfen. Wenn die Ordnungsmächte eines Staates bei der Demontage eines Staates mithelfen, dann ist das Ende nah.«

»Hier schützen die Polizisten Demonstrationen, die für einen islamischen Staat in Deutschland demonstrieren. Ist das etwas Ähnliches?«

Cohagen nickte. »Es ist nicht weit davon entfernt. Als nach dem Krieg zwischen Hamas und Israel einige Verbände Plakate gegen einen neuen Holocaust aufgehängt haben, haben die Berliner Polizisten die Plakate abgehängt. Angeblich, weil kein Impressum drauf war.« Cohagen schaute in die Ferne. »Eine völlig fadenscheinige Ausrede. In anderen Städten hängt die Hamas die Plakate ab. In Berlin hilft ihnen dabei die Polizei. Viele Juden, die ich kenne, haben mittlerweile große Angst, dass sie genauso ins Desaster tappen wie die, die das 1940 noch nicht gemacht haben, und sich die Geschichte wiederholt.«

»Wie war das bei Mark Twain?«, sagte Stark. Mark Twain war einer seiner Lieblingsautoren. *»Die Geschichte wiederholt sich nicht, aber sie reimt sich.«*

»Sehr wahr«, sagte Cohagen. Sie schauten nach draußen Richtung Westen. Auf der Straße des 17. Juni stand rechter Seite das sowjetische Ehrenmal mit den T34-Panzern. Cohagen zog ein Foto hervor. Ein Schwarz-Weiß-Bild. Darauf einige NVA-Soldaten, die zusammen mit den Demonstranten durch eine Bresche in der Mauer liefen.

»Das war 1989«, sagte Cohagen. »Staatsmacht und Umstürzler machen gemeinsame Sache. Und die Russen haben nachgeholfen.«

»Die Russen wollten die DDR loswerden«, sagte Stark. »Die haben das ja nicht aus Idealismus gemacht.«

»Die waren pleite«, sagte Cohagen. Er schaute Richtung russischer Botschaft Unter den Linden. »Es gab kaum mehr Erdöllieferungen für die DDR, schon seit 1982 lief das so und Ende der Achtziger erst recht. Russland musste sich öffnen. Sonst wäre es pleitegegangen. Das hat die CIA gut gemacht.«

Stark hob die Augenbrauen. »Die CIA?«

Cohagen lächelte wieder sein Lächeln, in dem sich eine leichte Spur von Überheblichkeit mit einem Schuss von Sadismus mischte. Es war die Mimik von jemandem, der nicht nur wusste, dass etwas schiefgeht, sondern sich auch darüber freute, wenn der naive Optimismus anderer enttäuscht wurde. Es war die Mimik von einem Menschen, der sogar darauf wettete und Geld verdiente, wenn etwas schiefging. So wie es manche Hedgefonds auch taten. »Die CIA war der Ansicht, dass Russland ein eigenes Vietnam braucht. Ein Krisenherd, der sie lange beschäftigt hält und Geld kostet. Viel, viel Geld. Die haben den Russen ein Stöckchen hingehalten. Und die Russen sind drüber gesprungen.«

»Afghanistan?«

»Genau.« Cohagen nickte. »Die Russen haben zwei Probleme. Moskau ist gegenüber Europa durch keine Gebirgskette geschützt, und im Winter sind die Häfen gefroren. Der Zugang zu einem Warmwasserhafen sollte über Afghanistan gehen. Sie wollten, so lautete der alte russische Traum, ihre Stiefel im warmen Wasser des Indischen Ozeans waschen.«

»Also marschierten die Russen in Afghanistan ein?«

»Ja. Wobei der Hindukusch auch noch im Weg stand. Das Gebirge ist nicht gerade klein. Aber ja, sie marschierten ein. Allerdings erst, nachdem die CIA bei den unterschiedlichen Clans in Kabul durch Bestechung für maximales Chaos gesorgt hatte. Russentreue Kommunisten gegen US-freundliche, muslimische Guerilla-Truppen. Die Russen mussten einmarschieren. Mussten eingreifen. Für Ordnung sorgen. Gegen die Mudschaheddin. Die russentreuen Kommunisten sind aber zu hart gegen die Afghanen vorgegangen, dann kam es zum

Bürgerkrieg, und man hatte Angst, dass auch der muslimische Süden Russlands in den Krieg hineingezogen wird. Die Russen schickten Truppen, die noch härter zuschlugen als die Kommunisten zuvor. Ansonsten wäre nicht nur ihr Traum von einem Warmwasserhafen geplatzt, sondern der Krieg hätte sich nach Norden hinaufgefressen. Vielleicht sogar bis nach Moskau. 1979 marschierten russische Truppen in Afghanistan ein. Von da an ging es abwärts.« Er schaute Cohagen an. »Noch niemand hat jemals Afghanistan erobert. Darum ist der zweite Name von Afghanistan auch *Graveyard of Empires.*«

»Friedhof der Großreiche.« Stark wiegte den Kopf hin und her, als wüsste er nicht, ob diese Bezeichnung nun dichterisch oder zynisch klang. »Jetzt sind dort wieder die Taliban an der Macht. Der ganze Krieg gegen den Terror hat nur dazu geführt, dass wieder die regieren, die auch vorher schon regiert hatten.« Er blies Rauch aus. »Und wie ging es weiter?«

»Moskau konnte es sich immer weniger leisten, die DDR durchzufüttern. Sie standen selbst mit dem Rücken zur Wand. Der Riesenkredit, den die DDR mit der BRD 1983 verhandelt hatte, hat den Niedergang vielleicht aufgehalten. Aber nicht verhindert. 1985 kam Gorbatschow. Er musste handeln. Und Honecker musste sich neue Freunde suchen.«

»China?«, fragte Stark.

Cohagen nickte, sichtlich erfreut, dass sein Adlatus verstanden hatte, worauf er hinauswollte. »China. Die

Kommunistische Partei hatte den Studentenaufstand am 4. Juni 1989 auf dem Platz des Himmlischen Friedens brutal niedergeschlagen. Das war für Honecker das Vorbild, aber leider hat er die Revolution dann, anders als die Chinesen, trotzdem nicht in den Griff bekommen. Denn als die Mauer fiel, ging es schneller als gedacht. Darum musste die BRD schnell eingreifen. Sonst hätten wir ein Rennen zwischen dem Kapital, das von der BRD nach Osten geht, und den Menschen, die von Osten nach Westen gehen. Und es war sehr wahrscheinlich, dass die Leute schneller waren. Und wir wissen ja, warum die Alliierten der Wiedervereinigung zugestimmt haben?« Cohagen kniff ein Auge zu.

Stark nickte. »Weil die Deutschen ihre Atombombe aufgegeben haben.«

Cohagen wusste, was Stark meinte. Die britische Premierministerin Margaret Thatcher hatte die *D-Mark* immer »Deutschlands Atombombe« genannt.

»England und Frankreich haben einem vereinigten Deutschland nur zugestimmt, wenn es die D-Mark aufgibt. Und dann gab es eine europäische Währung.«

»Und damit einen europäischen Superstaat?«

»Vielleicht. Und der wird vielleicht wieder eine Art Sowjetunion, und das ganze Spiel beginnt von Neuem. Und dabei …« Cohagen tippte Stark mit dem Zeigefinger auf die Brust, »… gewinnen wir immer dann, wenn etwas passiert. Wie an der Börse. Wenn Kurse steigen oder fallen, gibt es Geld. Unser Feind ist der Stillstand.«

Stark blies Rauch in die Herbstluft. »Als Amerikaner

bin ich freiheitsliebend. Insgesamt war es aber doch eine gute Sache mit der friedlichen Revolution«, sagte Stark. So ganz wollte er den Zynismus von Cohagen nicht übernehmen.

»Gut vielleicht, erfolgreich nicht. Wenn fast alle Deutschen die DDR zurückhaben wollen.«

»Das stimmt«, sagte Stark. Dieser Gedanke war ihm eben auch schon gekommen. »Eine gelungene Change-Strategie war das nicht.«

»Ich habe aber etwas sehr viel Interessanteres«, sagte Cohagen. »Schauen Sie sich die Uniformen an.« Er zeigte auf das Foto mit den NVA-Männern. »Sehen die aus wie die von der Bundeswehr?«

Stark musste nur kurz hinschauen. Er hatte bei gemeinsamen Militärmanövern der GIs mit deutschen Soldaten genügend Bundeswehr-Uniformen gesehen.

»Nein.«

»Sehr richtig«, sagte Cohagen. »Der Stahlhelm ist der 44er-Stahlhelm von der deutschen Wehrmacht.«

»Dünner Stahl, der abgeschrägt ist, nachdem im Verlauf des Zweiten Weltkriegs die Verluste durch Kopfschüsse zu hoch waren«, ergänzte Stark. An dem Gespräch hätte auch sein Vater seine Freude gehabt.

»Und der Schnitt der Uniformen?«, fragte Cohagen, wie bei einer mündlichen Prüfung.

»… ist preußisch«, sagte Stark.

Cohagen nickte wieder, wie ein zufriedener Professor. »Genauso preußisch wie damals die Uniformen der Wehrmacht. Das war Absicht.« Ein Lächeln zog über

Cohagens Gesicht. »Stalin wollte, dass sich die NVA an der Wehrmacht orientiert, nicht an den GIs, wie es die Bundeswehr getan hat. Die NVA war eine deutsche Armee und sollte deutsche Uniformen tragen.«

»Aus Respekt?«

Cohagen nickte. »Stalin wusste, zu was die Wehrmacht fähig war. Die größte und wahrscheinlich beste Armee, die es je gab. Etwa fünfzehn Millionen tote russische Soldaten. Stalin war klar, dass das nicht jeder Gegner schafft.«

»Wobei Stalin ja selbst nachgeholfen hat.«

Stark erinnerte sich an die Geschichtsbücher, die er gelesen hatte. An die Vorträge in Langley, beim CIA. *We killed the wrong pig,* sollte Churchill in Bezug auf Adolf Hitler gesagt haben. *Wir haben das falsche Schwein getötet.* Das war angeblich seine Aussage gewesen, als den Alliierten klar wurde, dass sie zwar eine große Gefahr in Form der Nazis beseitigt, aber eine fast noch größere Gefahr in Form von Stalin noch sehr lebendig war.

Cohagen nickte. »Klar. Die NKWD, der Vorläufer des KGB, bestand aus Terrorgruppen. Geheimdienstbataillone, die den Truppen hinterherzogen und Deserteure exekutierten oder in Arbeitslager verfrachteten. Einige der Kämpfer in den zweiten und dritten Reihen hatten nicht einmal Gewehre. Die sollten sie sich von den Toten nehmen, die gerade eben gefallen waren. Jedenfalls fürchtete und schätzte Stalin die Wehrmacht. Und er zeigte damit schon einmal seine Verachtung für die USA.«

»Die Vorboten des Kalten Krieges?«, fragte Stark.

»Kein Krieg bricht einfach so aus«, sagte Cohagen. »Und das, was damals begann, kommt jetzt zu seinem Ende. Und wenn ich mich nicht irre, sprechen wir genau deswegen.«

»Sie können uns die Türen öffnen, um an die heranzukommen, an die wir herankommen wollen. Oder müssen?«, fragte Stark.

Cohagen nickte. »So sicher wie die Tatsache, dass das Brandenburger Tor, sollte man die Farbe abkriegen, gleich wieder orange beschmiert wird. Und keiner dafür belangt wird.«

»Dann sollten wir jetzt übers Geschäft reden.« Das Gespräch über die Historie Berlins und der Deutschen im Allgemeinen war interessant, aber beide hatten viel zu besprechen und zu planen.

»Dazu habe ich eine Frage«, sagte Cohagen. »Hat Ihre Einheit schon einen Namen?«

»Wir wollen etwas Neues aufbauen«, sagte Stark. »Dafür müssen wir das Alte abschaffen. Ein Vakuum erschaffen, in das wir hineinstoßen.«

»Gefällt mir«, sagte Cohagen, »genau so funktioniert es nämlich.«

»Darum der Name«, sagte Stark. »Willkommen in der Taskforce *Nihilus*.«

KAPITEL 9

REITERHOF GRUNEWALD, BERLIN

Heute Abend würde Clara Magnesium brauchen. Sie merkte jetzt schon, dass sie morgen in den Beinen einen üblen Muskelkater haben würde. *Das kommt davon, wenn man immer Ausreden findet, nicht ins Gym zu gehen,* dachte sie. Besonders die Beinmuskeln hatte sie in letzter Zeit nicht allzu viel trainiert, obwohl ihr Personal Trainer ihr gesagt hatte, dass man damit die meisten Kalorien verbrennen konnte. Egal, die Reitstunde war vorbei, und der Muskelkater war jetzt schon spürbar, ihre Beine fühlten sich bleischwer an.

Markus hatte sie schon davor gewarnt. Beim Reiten wurden Muskelgruppen beansprucht, die man selbst beim Joggen oder an der Beinpresse im Fitnessstudio nicht beanspruchte.

Es war nicht leicht gewesen, sich in den Trab einzufinden, und Clara hatte sich wie ein nasser Mehlsack auf dem Pferd gefühlt, während sie verzweifelt versucht hatte, dem armen Tier nicht bei jedem Schritt in den Rücken zu plumpsen. Sie spürte, wie ihre Oberschenkelmuskulatur immer noch brannte. Immerhin war Sunny bis auf einige Launen ein liebes Schulpferd, das Claras Unsicherheit nicht, wie es manche Pferde machten, ausnutzte, sondern eher vorsichtiger trabte und fast ein wenig auf Clara aufzupassen schien.

Doch nach einer Weile hatte Clara begonnen, sich wohler zu fühlen. Sie hatte es geschafft, ihren Körper dem Bewegungstempo von Sunny anzupassen. Ihr Herzschlag normalisierte sich, und sie konnte endlich den Rhythmus finden. Ein wenig hatte sie sogar das Gefühl gehabt, dass ihre Atmung und sogar ihr Herzschlag und der Rhythmus des Schritts in einer ähnlichen Frequenz harmonierten. Synchronizität nannten das wohl die Mystiker. Vielleicht war es aber einfach nur gutes Reiten.

Sie war sogar versehentlich kurz im Trab geritten und wollte abrupt bremsen, doch Markus hatte sie motiviert, einfach weiterzumachen. Clara hatte es dann eine Weile sogar geschafft, ihren Körper dem Bewegungstempo von Sunny anzupassen. Kurz hatte der Rhythmus gepasst, dann wieder nicht. Es war jedenfalls noch alles andere als intuitiv.

»Das wird mit der Zeit«, sagte Markus, als sie die Pferde aus der Halle führten. »Irgendwann geht das nebenbei.«

»Wie Autofahren?«

»Genau. Der Vergleich passt sogar sehr gut. Die meisten Autos haben heute Automatik, aber wie hieß das vorher?«

Clara zuckte die Schultern. »Gangschaltung?«

»Genau. Dabei geht ein Auto ja gar nicht, sondern fährt.«

»Ach, damit sind die Gänge der Pferde gemeint?«

»Ich denke schon«, sagte Markus, »erster Gang Schritt, zweiter Gang Trab, dritter Gang Galopp…«

»Und bei den Isländern gibt es noch Tölt«, sagte Sophie.

»Da kennt sich aber jemand aus«, sagte Markus. »Und den Rückwärtsgang gibt es bei Pferden auch. Das passiert, wenn ihr Schenkeldruck gebt und die Zügel nach hinten zieht.«

»Ja, ich habe mir als Vorbereitung auf heute einige YouTube-Videos angesehen. Und beim Autosport heißt es ja auch *Autorennen,* obwohl ein Auto nicht rennt, sondern fährt.«

»Die Beziehung zwischen Mensch und Pferd ist fast zehntausend Jahre alt, ähnlich wie die von Hund und Mensch«, sagte Markus. »Die Umgangssprache ist voll mit Pferdebegriffen: *In Trab kommen, die Zügel anziehen, in die Hufe kommen, an die Kandare nehmen…*«

An die Kandare nehmen, dachte Clara. Das war einer der Lieblingssätze von Alexander Bellmann, dem Chef des LKA Berlin.

Ihr Handy vibrierte. »Einen Moment«, sagte sie und nahm das Handy aus der Reiterhose, die dafür eine extra Tasche hatte. Komischerweise gab es die meisten Reiterhosen mit Handytasche nur für Frauen. *Einen Vorteil muss es ja haben, Frau zu sein,* hatte Clara damals gedacht.

Sie blickte auf das Display. *MacDeath.* »Mein Mann«, sagte sie und nahm den Anruf an.

»Was ist?«, fragte sie. »Willst du wissen, wann das Essen fertig ist? Wir sind gerade beim Reiten fertig.«

»Biologisch ist das Pferd nicht dafür vorgesehen, dass

Menschen sich draufsetzen«, sagte MacDeath, der Claras neuer Reitleidenschaft nicht sonderlich viel abgewinnen konnte.

»Menschen machen das aber seit zehntausend Jahren, wie ich gerade gelernt habe«, sagte Clara. »Und deswegen mache ich das jetzt auch. Bin gleich da, dann gibt es Essen.«

»Musst du nicht. Wir sind am Intercon Hotel.«

»Aha, wollt ihr da essen? Ich habe doch extra Dorade zum Grillen gekauft. Die wird sonst schlecht.« Da fiel ihr ein, dass sie eigentlich mit Sophie essen gehen wollte. Was jetzt wahrscheinlich ohnehin nicht mehr ging. Warum hatte sie überhaupt die Dorade gekauft? Das war aber gestern auf dem Markt gewesen, und das war schon eine gefühlte Ewigkeit her.

»Das muss leider warten«, sagte MacDeath. »Es geht um einen Tatort, wobei die Essen-Metapher auch passt. Ist eher ein Schlachtplatte.«

»Wie viele?«

»Drei. Wie es aussieht, ein ranghoher Politiker. Und seine Frau und Tochter.«

»Alle tot?«

MacDeath schwieg kurz. »Ja.«

Clara seufzte. »Wir bringen die Pferde noch in die Box. Dann kommen wir. Sophie ist auch hier.«

»Das ist gut«, sagte MacDeath. »Rechtsmedizinische Expertise werden wir hier definitiv gebrauchen. Wobei wir einen natürlichen Tod schon einmal ausschließen können.«

KAPITEL 10

QUADRIGA LOUNGE, BRANDENBURGER TOR, BERLIN

»Sie müssen mir sagen, was wir tun sollen«, sagte Stark.

»Es gibt das Gesetz über den Kontrollstatus«, sagte Cohagen. »Wann wurde es entworfen? 1945?«

Stark nickte. »1945. Geheimes Zusatzprotokoll der Alliierten. Verabschiedet von England, der Sowjetunion und den USA. Allerdings haben die USA in Westdeutschland am meisten zu sagen.«

»Auch nach dreißig Jahren Wiedervereinigung.«

»So ist es.«

»Das heißt«, folgerte Cohagen, »Sie können übernehmen?«

»Wir können übernehmen.«

»Sie haben Unterlagen dabei?«, fragte Cohagen.

»Habe ich.« Stark legte seine Zigarre in den Aschenbecher und öffnete seine Leder-Brieftasche. »Hier.«

Cohagen überflog den Text. »Von einem Contractor?«

Stark nickte. »Einem PCM. Private Military Contractor. Es wird vor einem Systemwechsel gewarnt. Einem Systemwechsel, dem wir als USA keinesfalls zustimmen können.«

»Wie kamen Sie an die Informationen?«

Stark zuckte die Schultern. »Es läuft ja immer ähnlich

ab. Irgendjemand von der CIA oder NSA hört irgendwelche Gespräche ab. Die NSA entschlüsselt dann die Chats zwischen Terroristen, die sich über Xboxes oder verschlüsselte Apps wie Threema oder Telegram unterhielten.«

»Oder EncroChat«, ergänzte Cohagen, »bevor das verboten war.«

Stark nickte. EncroChat war im Jahr 2021 durch die Medien gegeistert, als Europol einen riesigen Kriminellenring aufgedeckt hatte. Mithilfe des FBI und wahrscheinlich auch der CIA. In den Niederlanden hatten Banden von Drogenbaronen weit abgelegen auf dem Land eigene Folterräume errichtet. Weit abgeschieden und schallisoliert. Die Bilder waren damals in allen Medien und besonders in der BILD-Zeitung zu sehen. Ein schallisolierter Raum mit einem Zahnarztstuhl, an dem die Gefangenen gefesselt und gefoltert werden sollten. Daneben schallisolierte Räume für die Gefangenen mit chemischen Toiletten, sodass niemand den Raum verlassen musste und kein fließendes Wasser erforderlich war. Die Gangs hatten Polizeiuniformen, als Polizeiautos getarnte Wagen und Lampen und Kellen, um ihre Opfer anzuhalten und mitzunehmen – scheinbar zu einem Verhör, in Wirklichkeit aber in die Folterscheune auf dem flachen Land irgendwo in den Niederlanden. Zum Glück, dachte Stark, waren die Räume nie genutzt worden. Die Gangster hatten sich über EncroChat ausgetauscht, eine Art WhatsApp des organisierten Verbrechens. Dumm war nur, dass das FBI die Kontrolle über

EncroChat gewonnen hatte und die Gangster nicht mit anderen Gangstern, sondern mit dem FBI kommunizierten. Dann war die ganze Sache aufgeflogen.

»Ich erinnere mich an die Geschichte«, sagte Cohagen, »so etwas schafft auch nur das FBI. Da kann das BKA mit seinen Faxen und Papierordnern lange warten.«

»War doch bei den russischen Hackern genauso«, sagte Stark. »Die haben US-Unternehmen gehackt. Festplatten gesperrt und Lösegelder erpresst.« Stark hatte öfter Bildschirme gesehen, auf denen dann stand, dass die Festplatte verschlüsselt sei und der Eigentümer bitte eine bestimmte Menge in Bitcoins zu überweisen habe, ansonsten würde die Festplatte gelöscht oder, was meist noch schlimmer war, die sensiblen Daten darauf an den Meistbietenden im Dark Web verkauft. Wenn auf der Festplatte nur Katzenvideos vom letzten Weihnachten waren, war das vielleicht nicht schlimm, aber meist sprach man in diesem Fall von militärischen Geheimnissen, Bauplänen oder auch internen Daten von Firmen. Da der normale Mitarbeiter in einem Unternehmen oft nicht wusste, wie er denn nun in Bitcoin bezahlen sollte, gab es eine Schritt-für-Schritt-Anleitung auf der Website, wie man zum Beispiel sein PayPal-Konto mit einer Bitcoin Wallet im Dark Web verbinden konnte. Man konnte als »Kunde« einer Ransomware-Attacke sogar ein Callcenter anrufen, wo jemand auf Englisch den »Kunden« durch das Prozedere führte. Diese Callcenter waren oft in Russland, etwa St. Petersburg, angesiedelt.

Je schneller und besser sie ihre Kunden bei der Bitcoin-Lösegeld-Zahlung berieten, desto höher fiel die Provision aus.

Das FBI hatte dann den russischen Hackern und auch der Regierung gesagt, dass sie jeden hacken dürften, aber eben keine US-Unternehmen. Sollten sie damit weitermachen, würde man sich leider gezwungen sehen, den potentesten Hacker des Planeten auf den Plan zu rufen – die NSA, die National Security Agency, der digitale Arm der US-Geheimdienste, der eine so große Rechenpower und so viel Hacker-Know-how hatte, dass er wahrscheinlich in jedem Land der Welt, wenn er es wollte, den Strom abstellen konnte. Die Russen waren dann eingeknickt und hatten angeboten, auch das Lösegeld wieder zurückzuzahlen. Das FBI hatte dankend abgelehnt. Man hatte die Bitcoin-Börse schon gehackt und sich erlaubt, sich das Geld selbst wieder zurückzuüberweisen.

»Ich wundere mich immer wieder darüber, wie ein wirtschaftlich so starkes Land wie Deutschland kontinuierlich von so dummen Politikern regiert werden kann.«

»Richtig«, sagte Stark, »es werden Löwen von Lämmern regiert.«

»Aber wie ging es weiter?«, fragte Stark.

»Manchmal kommen NSA oder CIA dann zu der Ansicht, dass sich in Deutschland eine Person aufhält, die zum Beispiel Abdul heißt und die eine Gefahr für die nationale Sicherheit darstellt, weil sie Anschläge plant oder davon weiß. Dann stellten sich die US-Behörden eine wichtige Frage: War die Gefahr, die von Abdul ausging, wirklich groß? Lautete die Antwort Nein, gab man die Information an die deutschen Behörden, von denen man wusste, dass sie, außer Falschparker und GEZ-Verweigerer, alle Kriminellen mit Samthandschuhen anfassten. War die Gefahr hingegen groß, war das Sache der Erwachsenen, dann kümmerte man sich lieber selbst darum, da die deutschen Ermittlungsbehörden nur Steuerhinterzieher erfolgreich jagten und Abdul normalerweise wieder freigelassen wurde, nach drei Tagen Waheed hieß, mit neuer Identität in drei Städten Hartz IV oder neudeutsch Bürgergeld beantragte und mit diesem Dschihad-Stipendium genug Zeit und Geld hatte, um weiter an seinem geplanten Anschlag zu basteln.«

»Ich sehe, Sie kennen Deutschland«, sagte Cohagen.

Stark sprach weiter: »Wenn also Abdul wirklich gefährlich war, dann rief die CIA einen Contractor an. Der lauert Abdul auf, unterstützt von ein paar CIA-Leuten, betäubt ihn und fährt mit ihm nach Ramstein, zur US-Luftwaffenbasis, dem größten Militärstützpunkt der USA außerhalb der USA. In der Mitte Europas. Dort wartet schon eine Militärmaschine, die den Contractor und Abdul in irgendeinen Folterkeller im ehemaligen Ostblock bringt. Zum Beispiel im rumänischen Constanta und dort in den Keller der früheren Securitate. Denn die CIA darf nicht auf US-Territorium und auch nicht auf deutschem Boden operieren, und foltern darf sie dort schon gar nicht. Das muss sie aber auch gar nicht, denn der nächste Ort, an dem so etwas möglich ist, liegt ja eben meist nur anderthalb Flugstunden entfernt. Jedenfalls in Europa.«

»Klingt plausibel«, sagte Cohagen. »Und dann?«

»An diesem Ort presst der Contractor dann die Wahrheit aus diesen Leuten heraus. Wenn sie geplaudert hatten, wird alles dokumentiert. Wenn Abdul noch irgendwelche Mitwisser verpfeifen oder in die Falle locken konnte, bleibt er noch eine Weile am Leben. Wenn nicht, wird er erschossen, die Leiche in ein Fass gesteckt, mit Benzin übergossen, angezündet, und die Reste werden in eine tiefe Grube geworfen, die ein Bagger zuschüttet.«

»Fahren die selbst den Bagger?«

»Ja, es gibt sogar Contractors, die einen Führerschein für Baumaschinen und Lkws haben. Die müssen ja nicht nur wissen, wie man professionell Leute tötete, sondern auch, wie man sie bestmöglich verscharrte.«

»Wer Müll produziert«, ergänzte Cohagen, »muss ihn schließlich auch fachmännisch entsorgen.« Er lächelte. »Von Mülltrennung verstehen die Deutschen etwas.«

KAPITEL 11

AUF DER AVUS AUF DEM WEG IN DIE BERLINER INNENSTADT, GRUNEWALD, BERLIN

Die sogenannte Berliner Automobil-Verkehrs- und Übungsstraße, kurz AVUS, war eine ikonische Autobahn, was man schon daran sah, dass sie, anders als viele Stadtautobahnen, einen eigenen Namen hatte.

Clara saß auf dem Beifahrersitz und telefonierte mit MacDeath, während Sophie den Wagen steuerte. Sie fuhren am Funkturm vorbei, an dem riesigen Messegebäude, das wie ein in die Jahre gekommenes Raumschiff aus einem Sechzigerjahre-Science-Fiction-Film aussah. Links und rechts erstreckten sich die Bäume des Grunewalds in den Himmel.

»Ist Winterfeld schon vor Ort?«, fragte Clara. Sie hatte das Telefonat auf laut gestellt.

»Ja, der war bei einer Matinee in der Philharmonie.«

Clara zog die Augenbrauen zusammen. »Seit wann macht der denn so was?«

»Hat eine neue Freundin. Louisa heißt sie, glaube ich. Ist etwas jünger. Und die steht auf klassische Musik.«

Clara hatte gerüchteweise davon gehört, hatte aber keine Ahnung, wie die beiden zusammengefunden hatten. Winterfeld war zwei Mal geschieden, für sein Alter allerdings noch gut in Schuss. »Winterfeld auch?«, fragte sie.

»Keine Ahnung, so ein bisschen Bach oder Beethoven zu einem Glas Rotwein bestimmt, aber ich glaube, wenn, dann nicht am Sonntagvormittag. Na, was macht man nicht alles für die Liebe.«

»Ist es denn Liebe?«, fragte Sophie dazwischen. »Martin, du bist doch Psychologe?«

»Psychiater«, korrigierte MacDeath, »aber ob das wirklich Liebe ist, das konnte ich nicht herausfinden.«

»Dann kann die Liebe ja nicht so groß sein, oder Amors Pfeile sind diesmal besonders unsichtbar. Sehen wir sie gleich?«

»Denke nicht, dass Winterfeld sie mit zum Tatort bringt. Das wäre ja ein komisches Date. So nach dem Motto: *Ich habe dir ja versprochen, dass wir offen miteinander umgehen und keine Geheimnisse voreinander haben.*«

»Auch wieder wahr.«

»Wo seid ihr?«

»Fahren gerade die Kantstraße runter. Laut Navi noch zehn Minuten. Warum die Eile? Ich denke, es sind sowieso alle tot?«

»Ja, aber die Presse ist es nicht. Je eher wir durch sind, desto schneller können die Leichen weg, und das Hotel hat auch wieder seine Ruhe. So was ist für ein Hotel nämlich nicht gerade imagefördernd.«

»Das kann ich mir denken. Stephen King und ›Shining‹ lassen grüßen.«

»Shining«, sagte MacDeath, und wäre das ein Videocall gewesen, hätte man gesehen, wie seine Augen leuchteten. »Da ist doch Jack Torrance Hausmeister und soll das im Winter leer stehende Hotel überwachen, damit da nichts einfriert und so.«

»Ja, weiß ich. Und?« Clara fürchtete, dass jetzt wieder ein langer Filmvortrag von MacDeath kommen würde.

»Weißt du, was das eigentlich Gruselige an der Handlung ist?«

»Du wirst es mir sicher gleich sagen. Aber wenn du schon so anfängst, ist es wahrscheinlich nicht die Wasserleiche in der Badewanne in Raum 213 oder wie der hieß?«

»Es ist die Blödheit des Hoteldirektors, ein Hotel in der besten Wintersportlage über den Winter zuzumachen.«

»Ein Psychiater mit Kaufmannssinn«, sagte Sophie. »So habe ich darüber noch gar nicht nachgedacht.«

Clara lächelte und schüttelte den Kopf. Typisch MacDeath.

»Gut, wenn ihr noch etwas lacht«, sagte MacDeath, »denn das, was ihr gleich seht, sehen selbst Leute wie wir nicht jeden Tag.«

KAPITEL 12

INTERCON HOTEL, TIERGARTEN, BERLIN

Clara sah Winterfeld schon, als sie beim Intercon Hotel vorfuhren. Alles an diesem Hotel strahlte Geld, Macht und Wohlergehen aus. Was weniger nach Wohlergehen aussah, war die Menge an Reportern und die Übertragungswagen, die bereits hinter dem Absperrgitter standen. Da niemand irgendwelche Informationen herausrückte, interviewten die Reporter sich gegenseitig. Einigen Polizisten wurde vorgeworfen, die Arbeit der Presse zu behindern. Was diese aber nicht daran hinderte, die Arbeit der Presse weiter zu behindern.

Als komplette Gegeninszenierung dazu stand Kriminaldirektor Winterfeld, der missmutig einen Zug von seinem Zigarillo nahm.

Er trug seinen etwas in die Jahre gekommenen Trenchcoat, blickte grimmig in den grauen Berliner Himmel. Er trug einen Anzug und eine Krawatte, stahlgraue Haare und blaue Augen, ein wenig erinnerte er Clara immer an den Leibwächter Lovejoy im Film *Titanic*.

MacDeath stand etwas weiter entfernt und telefonierte. Wahrscheinlich mit dem BKA.

»Guten Morgen«, sagte Clara, als sie den Wagen verließ. »Wie war der Kunstgenuss?«

»Hören Sie bloß auf«, sagte Winterfeld und stieß Rauch aus. »Béla Bartók oder irgend so was. War mir zu wenig musikalisch.«

»Klingt nach Zwölftonmusik.«

»Keine Ahnung, ich bin nur Kriminaldirektor, kein Musikwissenschaftler. Klang irgendwie wie die Hintergrundmusik bei Tom und Jerry. Wenn mir jemand gesagt hätte, das war Musik als Therapie und kein Profikonzert, hätte ich es auch geglaubt.«

»Ähm …«, fragte Clara. »Wo ist denn Louisa? Sie heißt doch Louisa?«

»Ja, heißt sie.«

»Klingt irgendwie adelig«, sagte jetzt Sophie, »so als ob die viel Geld hat.«

»Klingt so«, sagte Winterfeld, »hat sie aber leider nicht. Dafür gibt sie Yoga-Unterricht und interessiert sich für Thriller.«

»Wie alle Frauen«, sagte Sophie. »Dann freut sie sich doch bestimmt, mal einen echten Ermittler zu kennen.«

»Tja«, knurrte Winterfeld, »mir scheint, das, was ich bisher erzählt habe, ist ihr dann doch zu krass.«

»Ich sehe schon, die Flitterwochen sind in vollem Gange«, sagte Clara. »Welche Romantik.« Sie blickte sich um. »Wo ist sie denn jetzt? Also Louisa?«

»Nach Hause gefahren. Oder soll ich die mit in die Suite nehmen? So nach dem Motto: *Schau mal, was dein neuer Freund so beruflich macht. So hast du eine Luxussuite bestimmt noch nicht gesehen. Und diese Spritzer, die sind kein rotes Gemälde von Jackson Pollock, sondern …*«

»Auch wieder wahr.« Sie schaute nach oben. »Gehen wir?«

Winterfeld warf den Zigarillostumpen fast angewidert mit Schwung auf den Boden.

Clara fragte sich schon lange, warum die Männer in den Gangsterfilmen ihre Zigaretten immer so mit Schwung auf den Boden warfen. Doch Winterfeld ging noch weiter. Er warf den Stumpen auf den Boden und drückte mit dem Schuh darauf herum, bis nur eine schwarz-braune Mischung aus Asche und Blättern übrig war. »Bleibt uns wohl nichts anderes übrig.«

Sie durchquerten die große Lobby des Hotels. In deren Mitte befand sich eine großzügige Empfangstheke, hinter der Mitarbeiter in schicken Uniformen standen. Der Empfangstresen war mit frischen Blumenarrangements geschmückt, die Clara aber eher an Grabsträuße erinnerten. Es herrschte überall eine beklommene Atmosphäre. Auch wenn bisher noch keine Informationen an die Presse gegangen waren, hatte sich der Mehrfach-Mord sicherlich schon beim gesamten Hotelpersonal herumgesprochen. Einige der Beamten saßen auf den Sofas und sprachen in ihre Funkgeräte. Leise Musik erklang. Loungemusik, keine Zwölftonmusik.

Polizisten hatten bereits zwei der Aufzüge abgesperrt. Die helle Atmosphäre der Lobby mochte so gar nicht zu dem Grauen passen, das die Ermittler wahrscheinlich gleich erwarten würde.

»Winkler«, sagte einer der Polizisten, »Sie sind die Kollegen vom LKA 113? Die Kriminaltechnik ist schon oben. Wollen wir?« Er wies mit dem Kinn nach oben.

»Welche Etage?«, fragte Winterfeld.

»Die dreizehnte«, knurrte Winkler.

»Das kommt davon, wenn man als Hotel eine dreizehnte Etage baut.«

Clara verdrehte die Augen.

KAPITEL 13

IM AUFZUG DES INTERCON HOTELS

Das Opfer ist Helmut Schwarz, Ministerpräsident von Mecklenburg-Vorpommern, ermordet zusammen mit seiner Frau und seiner Tochter, hatte Winterfeld gerade gesagt. Clara hörte die Worte noch einmal, während sie mit dem Aufzug nach oben fuhren.

Das Ganze war ein bestialischer Mord, werden Sie sehen. Und perfekt geplant, Telefonkabel durchtrennt, und Mobile Jammer in der Suite installiert, damit keiner mobil telefonieren kann.

Clara sah, wie die Zahlen der Stockwerke am Aufzug blinkten. Fünf, Sechs, Sieben. Es ging nach oben, aber eigentlich ging es nach unten in die Abgründe der menschlichen Seele.

Je höher sie kam, desto schmerzhafter krampfte ihr Magen sich zusammen. Sie spürte einen Schwall ätzender Magensäure, der ihre Speiseröhre hinaufschoss – wie jedes Mal, wenn sie wusste, dass etwas Furchtbares auf sie wartete.

Sie hatte schon viele Tatorte gesehen. Alle waren verschieden und dennoch ähnlich: Die beklemmende Atmosphäre, die in der Luft hing und noch immer eine

Aura von Angst atmete. Die Gewissheit, dass hier ein Mensch um sein Leben gefleht, gelitten und geschrien hatte und schließlich gewaltsam gestorben war. Das Schlimmste aber war der Geruch. Clara kannte den Geruch von Leichen aus der Rechtsmedizin. Der süßliche Geruch des Todes, der einem tagelang nicht mehr aus der Nase wich, wenn man ihn erst eingeatmet hatte. Doch am Tatort, der Crime Scene oder Killing Scene, wie man beim FBI sagte, kam noch ein anderer Geruch hinzu: der Geruch nach Blut, der etwas metallisch Beißendes hatte. Ein Geruch, der auf verstörende, grässliche Weise fehl am Platz war. Denn dieser Geruch gehörte in ein Schlachthaus, aber mit Sicherheit nicht in Wohnräume, in denen Sessel, Tische und Bücherregale standen.

Es war der metallische, kupferne Geruch nach Blut, vermischt mit dem süßlichen Gestank des Todes, der einen Tatort zu einem Todesort machte, manchmal durchsetzt mit dem Geruch nach Exkrementen, da das Opfer in seiner Todesangst seine Körperfunktionen nicht mehr unter Kontrolle hatte. Und dies war nicht nur der Geruch des Todes, sondern der Geruch des Bösen.

Noch roch Clara nichts, aber da war etwas Dunkles, Undurchdringliches, Grauenvolles, das sich wie ein schwarzer Schatten aus dem dreizehnten Stock nach unten zu ihr vorarbeitete, das sie erwartete, die Klauen nach ihr ausstreckte und ihr einen Hauch von Verwesung, Blut und Schmerz ins Gesicht blies.

Sie hatten die dreizehnte Etage erreicht. Absperrband, weitere Polizeibeamte, die ihr kurz zunickten.

Sie betrat den Raum. Und dann war der Geruch wirklich da. Nicht nur in ihrem Kopf, sondern auch in ihrer Nase, in ihrem Mund, sogar in ihren Augen – überall.

Der Geruch des Todes, der Geruch des Blutes, der Geruch des Mordes – der Geruch des Bösen.

KAPITEL 14

SUITE IM INTERCON HOTEL, TIERGARTEN, BERLIN

Clara blickte auf die Leichen. Die ganze Familie. Alle drei mit schwarzem Isolierband gefesselt und alle drei an eine der tragenden Säulen des Hotels gebunden. Die Gesichter geschwollen und blutverschmiert.

Aus Nase und Mund von Mutter und Tochter war bluthaltiges Erbrochenes gesickert. Die Augen waren weit aufgerissen, keiner hatte den Leichen bis jetzt die Augenlider geschlossen. Die Angst stand noch in den Augen bei allen drei Leichen, wie ein Standbild aus der Hölle.

Das Ganze war irgendwie angeordnet wie ein Renaissance-Gemälde. MacDeath hatte ihr einmal von dem Killer als Künstler erzählt, von berühmten Genies, die auch Menschen ermordet hatten. Cellini, Caravaggio. Und der hier? Der war kein Künstler, aber ein Mörder. Hatte er Fotos davon gemacht? Digital oder oldschool mit einer Polaroidkamera, damit wirklich niemand die Bilder sah? Gab es überhaupt noch Polaroids, fragte sich Clara kurz, und wenn ja, wer kaufte die und wofür? Für alberne Schnappschüsse auf Hochzeiten oder Junggesellenabschieden oder für wirklich furchtbare Dinge, wie so etwas hier?

Helmut Schwarz' Mund stand offen, ein Speichelfaden hing beinahe bis auf den Teppich hinab, und ein Techniker der Spurensicherung wischte ihn mit einem Wattestäbchen auf, das erst in einem Röhrchen versiegelt wurde und dann in einer Papiertüte verschwand, die er in einen Asservatenkoffer legte, in dem sich bereits mehrere Abstrichröhrchen befanden. Eine andere Kollegin klebte den gesamten Körper mit durchsichtigem Klebeband ab, auf dem kleine Nummern klebten, fotografierte die genaue Position der Streifen auf dem Körper und nahm die Klebebänder dann wieder ab. Später würde sie genau diese Klebestreifen auf Faserspuren untersuchen, die dann hoffentlich Hinweise auf die Kleidung des Täters geben würden. Ein Junge, der unter seinem weißen Papieranzug eher nach Hip-Hop aussah, tupfte mit einem Grafitpinsel über die Möbel und Wände, kniff prüfend die Augen zusammen, schüttelte den Kopf hier, nickte da und zog nur manchmal die Klebefolienstreifen heraus, mit denen auch seine Kollegin arbeitete, um einen Abdruck zu sichern. Ein weiterer Mann von der Spurensuche entnahm Proben des Teppichs.

Neben Helmut Schwarz lagen seine Frau und seine Tochter. Beide blickten mit aufgerissenen Augen zur Decke, unter allen drei Leichen eine große, schwarzrote Blutlache. Doch bei den Frauen war noch etwas. Nur bei den Frauen. In ihren Armen.

Clara ging etwas näher heran. »Hat er etwa?«, fragte sie. Sie konnte es nicht glauben. Oder wollte es nicht glauben.

Einer der Kriminaltechniker nickte. Soweit Clara wusste, hieß er Matthias, aber genau wusste sie das nicht. »Ja, er hat ihnen offenbar Fleisch aus dem Arm gebissen.«

Clara schluckte. »Lebend?«

»Das muss die Rechtsmedizin in der Sektion anhand der Vitalitätszeichen feststellen«, sagte Matthias, »ist aber möglich.«

Clara blickte Winterfeld an. »Was ist das hier?«, fragte sie.

»Die Bisswunde?«

»Nein, das hier alles.«

Der zuckte die Schultern. »Das frage ich Sie. Sie sind die Ermittler.«

»Nein, im Ernst«, sagte Clara. »Das sieht einerseits nach Auftragsmord aus, und dann beißt er Fleisch aus den Opfern? Und nur aus den Frauen? Das wäre doch eher typisch für einen psychotischen Täter. Und vor allem: Wenn es nur um den einen Politiker geht, warum muss dann die ganze Familie dran glauben?«

»Na ja«, sagte MacDeath, »warum sollte er sie dann am Leben lassen, nachdem er ihnen Fleisch rausgebissen hat? Wenn er erwischt wird, läuft es von der Strafe her wahrscheinlich sowieso auf dasselbe hinaus.«

»Das ist sehr zynisch.«

Clara merkte, dass ihre Stimme ein wenig schroff klang, aber das änderte nichts: Sie musste sich in das Denkmuster des Täters hineinversetzen. Der Modus Operandi sprach für einen Mann. Männliche Serienmörder, obwohl Clara nicht wusste, ob es ein Serienmörder war, töteten gemäß ihrer sexuellen Präferenz. Da die meisten Serienmörder Männer und heterosexuell waren, waren die meisten Opfer von Serienmördern Frauen.

»Meiner Erfahrung nach sind Serienmörder auch eher zynisch, als dass sie irgendwelche Glücks-Coaches sind.« MacDeath stand neben ihr. »Es gab auch in den USA schon Serienmörder, die sehr professionell vorgegangen sind. Manche waren sogar früher bei der Polizei und sind dort rausgeflogen.«

»Aber suche ich mir gerade einen hochrangigen Politiker aus, wenn es mir eher um die Tat geht?« Clara kniff die Augen zusammen und versuchte, sich den Mörder vorzustellen.

Was war beim Vorgehen des Killers wichtig? Der erste Kontakt mit der Familie musste sitzen. Der erste Schuss. Sie trat näher heran.

»Er hat sie gefesselt«, sagte sie. »Wie hält man drei Leute in Schach, auch wenn einer von ihnen fast noch ein Kind ist?«

»Fünfzehn Jahre, laut Personalausweis«, sagte Matthias.

»Ach, die Papiere haben Sie?«

Matthias nickte. »Genau deswegen wissen wir ja so genau, wer es ist. Bestimmt nicht durch Real-Time-DNA-Analyse. Wir leben in Deutschland, nicht in China.«

»Drei Leute hält man nur mit einer Waffe in Schach«, sagte Clara. »Aber hier liegt keine mehr?«

Matthias schüttelte den Kopf. »Die hat er mitgenommen. War zu erwarten.«

Clara stellte sich noch eine andere Frage. Warum gerade *diese* Opfer? Warum nicht nur der Promi, der Politiker, sondern die ganze Familie? So wie es Machiavelli gesagt hatte? Bring alle um, damit sich die Nachkommen nicht an dir rächen? War das sein Motiv?

Sie merkte, wie ihr vom Denken der Kopf schmerzte. Nicht nur vom Denken, sondern auch, weil es ihr physisch wehtat, wenn sie das tat, was sie tat. Denn in solchen Augenblicken konnte Clara in das Innere des Killers schauen. Sie konnte seine Wünsche sehen, seine logischen Schlüsse nachvollziehen, seine Begierden spüren. Clara musste dann immer an die U-Bahn denken, die an der Schönhauser Allee aus dem Untergrund kam, dort, wo sie einmal gewohnt hatte, bevor sie mit MacDeath zusammengezogen war. Die U-Bahn war wie der Killer. Er war immer da, mit seinen Begierden und seinen düsteren Plänen. Doch dann, wenn sich ein Mord ereignete, war die U-Bahn plötzlich über der Erdoberfläche, dann konnte jeder das Grauen sehen, das sich vorher nur im Kopf des Killers ereignet hatte. Dort, wo es meist noch besser war als in der Realität. Das hatten einige der großen Serienkiller gesagt. *Die Fantasie war immer besser als die Realität.* Es waren solche Augenblicke, in denen die U-Bahn kurzzeitig auf der Erdoberfläche fuhr, sichtbar wurde wie der schreckliche Wurm in den Eishöhlen der Antarktis bei H. P. Lovecrafts *Berge des Wahnsinns*, bevor sie wieder in der Finsternis des Untergrunds verschwand und unsichtbar zu einem neuen Schrecken raste.

Clara kannte den Grund, warum sie sich so gut in die Seele des Mörders hineinversetzen konnte, und dieser Grund gefiel ihr nicht. Denn am Ende ging es Clara genauso wie dem Täter. Sie und die Ermittler schlugen aus der Dunkelheit heraus zu, um den Täter zu fassen. Genau so machte es auch der Täter mit seinen Opfern, sonst wäre er gar nicht in die Suite gekommen. Beide, Clara und der Killer, schlugen aus der Dunkelheit zu. Beide waren Kinder der Nacht.

Der Täter hatte es genauso gemacht. Hatte gewusst, wann die Familie eincheckte, hatte es irgendwie geschafft, in die Suite zu kommen.

»Wissen wir, ob irgendjemand von den Bodyguards fehlt?«, fragte Clara.

»Nein, alle noch da«, sagte Winterfeld. »Meinen Sie, er hat sich für eine der Wachen ausgegeben?«

»Wie kommt der sonst hier einfach so rein?«

»Die Kollegen führen bereits Gespräche mit den Wachen. Die haben aber natürlich niemanden gesehen.«

»Natürlich nicht«, knurrte Winterfeld. Clara schaute auf die Leichen. Die Tochter hatte eine kleine, kreisrunde Wunde im Kopf, die anderen beiden eine in ihrer Brust."

»Zweimal Herzschuss, einmal Kopfschuss«, sagte Winterfeld.

»Eher präzise für einen, der ansonsten Fleischstücke herausbeißt. Warum macht er das?« Clara wusste, dass Auftragskiller immer ins Herz schießen sollten. Schoss man in den Kopf und vernichtete dabei einen Teil des

Gesichts, war es schwer mit der Identifizierung von Zielen. Und genau auf diese Identifizierung legten die Auftraggeber des Killers den größten Wert. Das hatte Clara, schon lange bevor sie beim LKA anfing, in dem Film *Leon – der Profi* gesehen.

»Einerseits Dominanz und Kontrolle«, sagte MacDeath. »Andererseits dieses animalische Fleisch-Herausbeißen. Vielleicht geht es ihm um Aufmerksamkeit und Inszenierung?«

Clara nickte. *Staging* nannte man das beim FBI. Die Opfer in einer bestimmten Lage anzuordnen. Clara musste an den Tränenbringer denken, einen Killer, den sie gejagt und letztendlich erschossen hatte, nachdem er fast MacDeath ins Jenseits befördert hatte. Und vorher ihr ungeborenes Kind. Der Tränenbringer hatte Prostituierte ermordet und die Leichen absichtlich in obszöner Art und Weise drapiert, und zwar an Orten, wo sie auch gefunden werden mussten. Anderen Mördern hingegen tat der Mord leid, und sie versuchten, die Leichen möglichst unversehrt aussehen zu lassen, legten sie ins Bett, deckten sie zu und stellten ihnen sogar ihr Lieblingsgetränk auf den Nachttisch. Das nannte man *Undoing,* die Tat wieder rückgängig zu machen, wenn auch nur symbolisch. Bei dem Tränenbringer hatten sie die Medien ausgenutzt, um seine Gier nach Aufmerksamkeit auszunutzen. War es hier ähnlich?

»Eine Sache frage ich mich dennoch«, sagte Clara. »Wenn hier mitten im Hotel jemand so ein Massaker veranstaltet: Warum hat das dann niemand gehört?«

KAPITEL 15

HOTEL INTERCON, TIERGARTEN, BERLIN

Keiner antwortete. Draußen hörte man stark gedämpft die Autos am Schöneberger Ufer. Auch Clara schwieg ein paar Sekunden. »Das muss hier doch eine furchtbare Szene gewesen sein.« Sie schaute Winkler und dann Matthias an. »Die Opfer haben doch bestimmt geschrien.«

»Bestimmt.«

»Und warum hat das keiner gehört?«

»Das ist ein Fünf-Sterne-Hotel«, sagte Winkler, »da sind die Gäste sehr dankbar, wenn man nicht jedes Auftreten von Ledersohlen oder jeden Fernseher der Nachbarn hört.«

»Mit anderen Worten?«

»Das Ding ist fast schalldicht. Und die Fenster sind gepanzert. Hier wurden schon mal Politiker der Sicherheitsstufe 1 untergebracht. Nicht gerade der US-Präsident, aber für die Ebene darunter reicht es.«

Clara biss sich auf die Lippe. »Ob er es gewusst hat?«

MacDeath zuckte die Schultern. »Schwer zu sagen. Würde mich nicht wundern, wenn ja. Irgendwie schwankt dieser Killer total zwischen kalkuliertem Skalpell und psychopathischer Raserei.«

Clara blickte auf das tote Mädchen.

Das Höschen des jungen Mädchens hing um ihre Fußgelenke.

Clara musste wieder an den Tränenbringer denken, den psychopathischen Mörder, der neben Prostituierten auch Teenagermädchen ermordet hatte. Ihren Eltern hatte er dann die Unterhöschen geschickt, zusammen mit einem Schreiben: *Das ist das Höschen Ihrer Tochter. Und wenn Ihre Tochter nicht in ihrem Höschen ist, wo ist sie dann?* Clara hatte damals gedacht, dass man Eltern nichts Schlimmeres schicken konnte, doch sie war eines Besseren belehrt worden. Denn der Mörder hatte den Eltern als Nächstes abgeschnittene Körperteile geschickt.

Ihre Gedanken waren wieder bei den Leichen in diesem Hotel.

»Hat er sie …?«, fragte sie.

»Vergewaltigt?«, fragte Matthias von der Spurensicherung. »Auf den ersten Blick nein. Die Kollegen haben schon eine erste Prüfung vorgenommen. Zumindest war ein Schnelltest auf Samenflüssigkeit im Genitalbereich negativ. Alles Weitere muss die Rechtsmedizin überprüfen. Ob tatsächlich keine Penetration bei den beiden Frauen stattgefunden hat, wissen wir daher jetzt noch nicht.«

»Und wie ist er reingekommen?«

»In die Suite oder in die Frauen?« Matthias wollte wohl einen dummen Witz machen.

»Sie wissen, was ich meine!« Clara fand den Witz nicht komisch.

»Vielleicht an den Wachen vorbei? Oder er hat sich selbst als Wache ausgegeben«, sagte MacDeath.

Matthias nickte und zuckte die Schultern.

»Viele Mörder träumen davon, im Vollstreckungsdienst zu sein«, sagte MacDeath. »Sie träumen davon, welche fantastische Machtposition so eine Position ihnen ermöglicht. Manipulation, Dominanz, Kontrolle, da kommt alles zusammen. Die Täter spielen Polizei, und mit ihrer Uniform kommen sie auch überall leichter rein.«

»Und er war ganz sicher bewaffnet?«, fragte Clara.

»Mit Sicherheit«, sagte MacDeath, »er muss, wie gesagt, eine Waffe besessen haben, sonst hätte er nicht die zwei Leute dirigieren können, vielleicht sogar drei.«

Sophie hatte die ganze Zeit nichts gesagt und sich lange das Blutspurenmuster an den Wänden und auf den Körpern angeschaut. »Die Tochter wurde als Letztes erschossen«, sagte sie.

Clara wurde gerade klar, was das bedeutete: »Sie hat gesehen, wie dieser Mörder ihre Eltern ermordet hat? Ohne ihnen helfen zu können?«

Sophie nickte nur.

Matthias und Winkler nickten ebenfalls. »Wir fürchten, so ist es gewesen. Ihr Bett war zerwühlt«, sagte Matthias, »so, als ob sie aus dem Nebenzimmer in die Hauptsuite gekommen ist, wo auch das Ehebett in dem abgetrennten Bereich steht.«

»Durch Schreie?«

»Ja, vielleicht ist sie durch die Schreie wach geworden.«

»Und dadurch kam ihr Peiniger nur noch mehr in Fahrt?«

MacDeath nickte. »Ich bin sicher, dass ihn das erregt haben könnte. Dominanz, Kontrolle und Panik und Ausgeliefertsein bei seinen Opfern.«

»Der Killer und die toten Eltern«, sagte Clara, »das war das Letzte, was dieses junge Mädchen sehen würde. Und der Killer wusste es. Er muss sich an der Vorstellung geweidet haben.«

KAPITEL 16

INTERCON HOTEL, BERLIN

»Also am ehesten ein Auftragsmord?«, fragte Winterfeld, während um sie herum die Rechtsmedizin die Leichen abtransportierte.

»Vielleicht«, sagte MacDeath, »aber einige Details sprechen dagegen. Erst einmal war es ein Mann, da bin ich mir ziemlich sicher.«

»Wegen der Zielgruppe?«

»Genau. Serienmörder«, sagte MacDeath, »und die Sache mit dem anderen Geschlecht, jedenfalls dann, wenn sie heterosexuell sind.«

»Eines der Opfer war aber auch ein Mann«, sagte Clara.

»Ja, vielleicht weil er halt dabei war. Fleisch herausgebissen hat er nur den Frauen. Zudem braucht man eine ziemliche Willenskraft, um drei Personen über einen längeren Zeitraum in Schach zu halten.«

»Kann auch eine Frau haben«, sagte Winterfeld. »Guck dir mal die weiblichen MMA-Fighter an.«

»Macht Ihre neue Freundin so was ebenfalls?«, fragte Clara.

»Nein, die macht, wie ich schon sagte, Yoga und Pilates.« Winterfeld schnaubte kurz. »Jedenfalls ist letztens bei einer MMA-Kämpferin in den USA ein Einbrecher eingedrungen. Die hat den so zusammengeschlagen, dass er wahrscheinlich noch Monate aus der Schnabeltasse trinkt.«

»Tja«, sagte Clara. »In den USA geht so was.«

»Genau«, sagte Winterfeld. »In Texas kann man einen Einbrecher in seinem Haus erschießen. Richtig so. Hier würde wahrscheinlich die Frau angezeigt werden.«

»Zur Sache«, sagte Clara. »Unser kaputtes Rechtssystem werden wir hier und heute nicht ändern können.«

»Also«, sagte MacDeath, »zurück zum Thema. Der Täter, ich tippe halt vom Modus Operandi auf einen Mann, hat den weiblichen Opfern post mortem Fleischstücke herausgeschnitten beziehungsweise sogar herausgebissen. Aber das ist nicht alles.«

KAPITEL 17

INTERCON HOTEL, TIERGARTEN, BERLIN

»Ebenso hat er, laut dem Bericht, Weingläser der Suite mit Blut gefüllt und offenbar daraus getrunken«, ergänzte Matthias.

»Dann muss er ihnen doch irgendwie Blut abgezapft haben?«, fragte Clara. »Die Wunde wäre dafür eher zu klein.«

»Hier«, sagte Sophie, »bei beiden Frauen sind Einstiche am Hals. Er kann dort mit einer Spritze Blut abgezapft haben. So wie beim Bluttest beim Arzt.«

»Dann ist er also auch medizinisch bewandert«, sagte MacDeath, »und sicherlich kein desorganisierter Killer. Ein desorganisierter Killer kriegt es nicht hin, einem lebenden Opfer Blut abzunehmen.«

Clara schaute angestrengt auf den Bericht. »Lippenspuren und DNA sind allerdings keine an den Gläsern zu finden.«

»Kann sein, dass er sie mit Handschuhen angefasst und dann daraus getrunken hat, ohne dass die Lippen das Glas berühren.«

»So wie die Wikinger mit den Trinkhörnern«, sagte Winterfeld. »Oder die Formel-Eins-Piloten mit ihren Champagnerflaschen.«

»Kann ja Absicht sein, damit es heldenhafter wirkt?«, fragte Clara.

MacDeath nickte.

»Mal eine andere, viel wichtigere Frage«, sagte Clara. »Wir wissen noch nicht genau, wie er hier eigentlich reinkam, oder?«

»Ich nehme an, mit dem Aufzug hoch und durch die Tür rein«, sagte Winterfeld.

»Sehr witzig. Was sagen denn die Wachen?«

»Versuchen wir herauszufinden«, sagte der Polizeimeister. »Die waren offenbar zu dem Zeitpunkt nicht da. Die Tür war aber auch verschlossen.«

»Dann ist er hier reingekommen, mit Schlüssel oder ohne«, sagte Clara. Sie wusste, dass man viele Türen, die nicht abgeschlossen waren, mit einem einfachen Dietrich oder einer Scheckkarte öffnen konnte.

»Haben wir Kameraaufnahmen?«, fragte Clara.

»Haben wir«, sagte Winkler, »aber da haben wir auf den ersten Blick nichts gesehen. Vielleicht hat er sich auch selbst als Wache verkleidet. Ist dann einfach hochgegangen mit irgendeiner Begründung. Frechheit siegt ja oft.«

»Das stimmt«, sagte MacDeath. »Ed Kemper, einer der berühmtesten Serienmörder der USA, hatte mal zwei Leichen im Kofferraum, als er eine Verwandte an der Universität besucht hatte. Als ihn der Pförtner am Parkplatz der Uni fragte, was er denn dabeihabe, sagte er …«

»Ich will es gar nicht wissen«, sagte Clara.

»Genau«, sagte MacDeath, »er sagte: *Ich habe zwei*

Leichen im Kofferraum.« Clara musste an Sophie denken. Sie war mal mit Gehirnen aus der Rechtsmedizin in die Neuropathologie gefahren. Als sie auf dem internen Parkplatz parkte, hatte sie ein Wächter angeraunzt, dass hier nur die Lieferanten parken dürften. Sie hatte dann gesagt, dass sie *Gehirne für die Neuropatho,* also die Neuropathologie, habe. Der Wächter hatte das nicht geglaubt und in den Kofferraum geschaut. Dort hatte er mehrere weiße Eimer mit verschlossenen Deckeln gefunden. Da der Mann immer noch nicht überzeugt war, hatte Sophie ihm zwei der Eimer geöffnet, und er hatte das gesehen, von dem er nicht geglaubt hatte, dass es da war: Die zwei schimmernden Gehirne, die in den Eimern in einer Härtungsflüssigkeit schwammen. Wahrscheinlich hatte er sein Gesicht ab dann nie wieder in einen fremden Kofferraum gesteckt und auch niemanden je wieder aufgefordert, den Kofferraum zu öffnen oder irgendein Gefäß, was sich in dem Kofferraum befand.

»Hat Kemper sich nicht freiwillig bei der Polizei gemeldet?«, fragte Winterfeld.

»Ja, nach einer ziemlichen *killing spree,* wie man das auf Englisch nennt.« MacDeath nickte. »Er tötete erst seine Mutter in ihrem Bett, schnitt ihr den Kopf ab und warf ihn in den Müllschlucker, weil sie ihn immer so angemeckert hatte. Dann lud er Sally, die Freundin seiner Mutter, zu einem Überraschungsessen ein, ganz freundlich, schlug sie mit einem Baseballschläger zusammen, erwürgte sie und schnitt ihr den Kopf ab.«

»Ein echter Romantiker«, sagte Winterfeld. »Und dann?«

»Er legte beide enthaupteten Körper, Mutter und Freundin, ins Bett seiner Mutter, legte sich dazu und schlief ein paar Stunden. Dann ließ er die Leichen dort liegen und machte eine lange Autofahrt durch mehrere Bundesstaaten, bis er sich von einer Telefonzelle in Colorado bei der Polizei meldete und sagte, sie sollten kommen und ihn festnehmen. Sein Ding war erledigt, er hat aus freien Stücken aufgegeben.«

»Wir sollten vielleicht nicht allzu sicher sein, dass es hier auch so ist«, sagte Clara.

Der Killer ist da draußen, dachte Clara, *immer noch auf der Jagd.*

Aber wir auch.

»Eine wichtige Sache kommt hier noch hinzu«, sagte MacDeath. »Die große Frage lautet, ob er nur Fleisch aus den Opfern herausbeißt. Oder ob er sie auch isst.«

Clara nickte. »Herrje.«

»Allerdings«, sagte MacDeath. »Das Beißen ist einfach nur pervers. Das Essen von Teilen der Opfer ist *Kannibalismus.*«

KAPITEL 18

QUADRIGA LOUNGE, BRANDENBURGER TOR, BERLIN

»Wissen Sie was«, sagte Cohagen. »Hier kann uns alles um die Ohren fliegen, Gewalt, Terror, Anarchie. Nur die Politik tut nichts.«

»Haben Sie eine Erklärung dafür?«, fragte Stark. »Denn das frage ich mich schon seit Jahren.«

»Sehr einfach«, sagte Cohagen, »die Politik hat mehr Angst vor der eigenen Bevölkerung als vor den Terroristen.«

»Das stimmt.« Stark nickte. »Dabei bleiben die Deutschen lange ruhig, bevor etwas passiert. Wie Hindu-Kühe. Dulden alles, lassen sich ihr Brandenburger Tor mehrmals beschmieren. Doch irgendwann aber rasten sie aus, dann kommt der *Furor Teutonicus,* wie man ihn so schön nennt. Und dann gnade der Welt Gott. Denn dann glauben sie, sie müssten sich mit der ganzen Welt anlegen. Das tun sie auch, machen zwei Weltkriege und verlieren normalerweise dabei, wenn auch nur knapp.«

Stark dachte an ein Cover des Satire-Magazins *Titanic,* auf dem ein älterer Herr besorgt aus dem Fenster schaute. Überschrift: *Bammel vor dem Dritten Weltkrieg: Wie hoch verlieren wir diesmal?*

»Wichtig ist: Es gibt in den USA Überlegungen, den

Besatzungsstatus Deutschlands wieder zu aktivieren. Dann könnten die USA hier regieren, an einer deutschen Regierung vorbei.«

»Deutschland unter einer US-Militärregierung?« Cohagen hob die Augenbrauen. »Das wird vielen nicht schmecken. Die meisten deutschen Staatsdiener sind reine Untertanen und geben ihr Gehirn ab, sobald sie den Job antreten. Die können sich kaum vorstellen, dass es in Deutschland einen anderen Dienstherrn als den deutschen Staat geben könnte.«

»Auch wenn sie die Strategie des Dienstherrn immer weniger teilen?«

»Wie gesagt«, sagte Cohagen, »sie geben ihr Gehirn an der Tür ab. Es war wahrscheinlich ein Fehler, den Deutschen nach 1945 zu erlauben, wieder eine eigene Nation zu werden. Sie haben sich lange Zeit benommen, aber wenn sie nicht lange genug unter Aufsicht sind, fangen sie an zu spinnen. Und wählen Leute wie Hitler, Merkel oder Scholz.«

»Laut Grundgesetz und Verfassung wäre ein Besatzungsstatus durch die Alliierten möglich«, sagte Stark. »Der Besatzungsstatus wurde zwar 1990 mit der Wiedervereinigung offiziell beendet, aber man sollte mal ins Kleingedruckte schauen. Jedenfalls kommen derzeit in Bremerhaven riesige Containerladungen an. Aus den USA. Für die Truppenstützpunkte hier und in der Ukraine. Mit Waffen.«

Stark wusste, dass die meisten Menschen den Besatzungsstatus als Verschwörungstheorie abtaten; wenn sie überhaupt jemals davon gehört hatten. Dass die USA Deutschland jederzeit wieder besetzen konnten.

»Wissen Sie, Mr Stark«, sagte Cohagen und legte Stark die Hand auf die Schulter. »Die Angst der Eliten vor den normalen Leuten ist alt wie der Mensch. Wer hat Donald Trump gewählt? Weiße. Die machen sechzig Prozent der USA aus. Sind also in der Mehrheit. Ist das jetzt undemokratisch? Wahrscheinlich nicht. Es waren aber meistens Leute, die auf dem Land lebten, die Trump gewählt haben. Und vor diesen bodenständigen Landbewohnern hatten die Mächtigen immer am meisten Angst.«

»Ja, so scheint es zu sein.«

»Noch eine Frage an den Angelsachsen«, sagte Cohagen. »Was heißt *Schurke* auf Englisch?«

»*Villain*«, sagte Stark.

Cohagen strich sich über seinen Bart. »Sehr richtig! Und *Villain* leitet sich ab von *Villager*, also Dorfbewohner. Die Landbevölkerung ist böse und unkalkulierbar, jedenfalls für die Eliten. Egal, ob sie nun Römisches Reich, Katholische Kirche oder Bundesregierung heißen. Aber …«

Stark ergänzte die Frage: »… das kann man ändern.«

Es vergingen ein paar Sekunden.

»Mr Stark?«, fragte Cohagen, als sein Gegenüber immer noch nichts sagte. »Was brauchen Sie?«

»Informationen«, sagte Stark, »und zwar eine Menge.«

KAPITEL 19

INTERCON HOTEL, BAR, BERLIN

An der Bar des Intercon Hotels war die Welt noch in Ordnung, und der Kaffee ging sogar aufs Haus. Auch beim Anschlag auf den Breitscheidplatz im Dezember 2016, das wusste Clara, hatte ein Hotel eine sehr wichtige und positive Rolle gespielt. Das Waldorf Astoria, das zur Hilton-Gruppe gehörte, hatte den Einsatzkräften sofort Räume angeboten und erlaubt, dort die Verwundeten zu versorgen. Den Teppich hatte das Hotel danach komplett austauschen können, aber in so einer Situation zu helfen war für den Hotelmanager Ehrensache gewesen. Natürlich hatte sich von der Berliner Politik niemand offiziell beim Hotel bedankt, weil diese Hilfsbereitschaft natürlich nicht in die sozialistische Berliner Erzählung von *bösen globalen Kapitalisten-Konzernen* passte.

»Wenn er nur etwas rausbeißt und das Blut trinkt«, fragte Winterfeld, »ist das dann schon Kannibalismus?«

»Was soll das denn sonst sein?«, fragte MacDeath. »Liebkosung?«

Der Kellner, der den Kaffee serviert hatte, machte ein verdutztes Gesicht. MacDeath sprach weiter, wenn auch etwas leiser. »Das ist nach dem Buch eindeutig Kannibalismus. Medizinisch nennt man das *Anthropophagie,* also *das Essen von Menschen.* Im Tierreich gibt es das ohnehin. Es gibt sogar Haie, die im Mutterleib andere Haiföten fressen, sodass am Ende manchmal nur zwei Haie zur Welt kommen. Intrauterinen Kannibalismus nennt man das.«

»Echte Bruderliebe«, sagte Winterfeld.

MacDeath fuhr fort, während er in seinem Cappuccino rührte. »Angeblich kommt das Wort *Kannibalismus* von Kolumbus. Er hatte gesehen, dass die Einwohner der Westindischen Inseln Angst vor den *Caniba* hatten, das waren die menschenfressenden Einwohner einer Nachbarinsel. Im Spanischen sprach man von *Cariba,* woraus dann die *Karibik* wurde. Im englischen und deutschen Sprachraum bürgerte sich allerdings der Begriff *Cannibal* und *Kannibale* ein.«

»Ist unser Killer ein Kannibale?« Clara fand den Exkurs interessant, wollte aber gerne zur Sache kommen.

»Und ist das nicht eher selten?«, fragte Winterfeld.

»Möglich«, sagte MacDeath. »Das ist beileibe kein neues Phänomen. Nicht nur die Kunstfigur Hannibal Lecter verspeiste andere Menschen, allerdings aus dem Grund, die Welt von *unhöflichen oder inkompetenten Menschen* zu befreien. Dann gab es Peter Kürten in Deutschland und Albert Fish und Jeffrey Dahmer in den USA. Über die hatten wir ja vor einiger Zeit schon mal gesprochen.«

Clara erinnerte sich. »Und dieser Haarmann in den Zwanzigern, das war doch auch ein Kannibale?«

»Ja, und ein Schlachter noch dazu. Er hat in Hannover mehr als zwanzig Jungen ermordet, alle so zwischen zehn und zweiundzwanzig Jahren alt. Die hat er zu Wurst verarbeitet, teilweise selbst gegessen, teilweise verkauft. Sie nannten ihn *den Menschenfresser.*«

»Warte mal«, sagte Clara. »Hier gab es doch noch diesen Armin Meiwes. In Rotenburg, also in Deutschland.«

MacDeaths Miene hellte sich auf, als wäre das ein besonders interessanter Fall.

»Oh ja, der! Ich habe mir damals mal die Fallunterlagen angeschaut. Auch die Zeitungsmeldungen waren interessant. *Menschenfresser aß Berliner.* Und damit war kein Berliner Pfannkuchen gemeint.« Er grinste.

Clara fand das nicht witzig.

»Meiwes hatte als Jugendlicher Robinson Crusoe gelesen. Die Schilderung, wie Menschen geschlachtet und gegessen werden. Da hat es *klick* gemacht.«

»Der Fall war aber doch ganz anders«, wandte Clara ein. »Meiwes hat als Mann andere Männer gegessen.«

»Ja, weil er wahrscheinlich homosexuell war. Oder ist.«

»Es war auch sonst anders.« Clara ließ nicht locker. »Wollte das Opfer von Meiwes nicht gegessen werden und ist deshalb 2001 extra nach Rotenburg zu ihm gekommen?«

»Richtig. Ein Ingenieur aus Berlin wünschte sich, zu verschwinden. Er hatte wohl vorher schon in einschlägigen Foren gesucht und zudem an Berliner Prostituierte seinen Wunsch getragen, verstümmelt und gegessen zu werden, hat da aber keinen Anbieter gefunden. Er forderte dann auch Meiwes auf, nach dem Tod seine Knochen zu zermahlen und zu vernichten. Auch alle Erinnerungen an ihn sollten ausgelöscht werden.«

»Hier bei unserem Fall war es sicher alles andere als freiwillig.«

»Richtig«, sagte MacDeath, »hier war es sexueller Kannibalismus. Die Zielgruppe für das Rausbeißen und möglicherweise auch Essen waren Frauen.«

»Gibt es noch anderen?«, fragte Winterfeld. »Ich meine anderen Kannibalismus?«

»Ja, soweit ich weiß, gibt es verschiedene Arten von Kannibalismus. Von all diesen Auswüchsen muss man den Kannibalismus in Extremsituationen unterscheiden, wenn Menschen andere Menschen essen, weil sie sonst verhungern. So wie die Japaner 1942 auf Papua-Neuguinea, die erst die australischen Soldaten und dann auch sich selbst gegessen haben.«

»Und die anderen Formen?«

»Sexuellen Kannibalismus gab es schon bei den Azteken. Es gab Priester, die mit der abgezogenen Haut einer Frau bekleidet waren, die sie vorher gegessen hatten. Freud geht sogar so weit, das Saugen des Kleinkinds an der Mutterbrust als frühe Form des Kannibalismus zu sehen. Denkt an die Worte *Zum Anbeißen* oder *ich habe dich zum Fressen gern*. Das Element des *anderen in sich aufnehmen* finden wir auch beim Küssen wieder.« Er faltete die Hände. »Die Eucharistie in der katholischen Kirche, wo die Gläubigen den Leib Christi essen, um damit das Göttliche in sich aufzunehmen, ist gar nicht so weit weg von der Motivation des Armin Meiwes.«

»Sehr christlich«, brummte Winterfeld.

»Und unser Killer ist anders motiviert?« Clara schaute auf die Uhr und sah, dass es Sonntag war und sie entweder weiter an dem Fall arbeiten oder nach Hause wollte. »Jedenfalls bin ich sicher, dass diese Familie *nicht* gegessen werden wollte.«

»Bestimmt nicht! Bei unserem Killer sind es vielleicht eher rituelle Gründe. Er möchte die Stärke des anderen in sich aufnehmen, indem er das Blut trinkt und das Fleisch isst.«

»Aber nur von den Frauen. Und die waren ja weniger mächtig als der Ministerpräsident.«

»Guter Punkt«, sagte MacDeath. »Das ist nicht ganz logisch, ich stimme zu. Jedenfalls kommt Kannibalismus auch im Hardcore-Bereich, siehe Armin Meiwes, häufiger vor, als man denkt. Doch bei alldem gibt es auch eine gute Nachricht. Und das ist wieder logisch.«

Clara sah an MacDeaths Gesichtsausdruck, dass gleich wieder ein blöder Witz kam. Der kam tatsächlich.

»Es gibt mehr Menschen, die gegessen werden wollen, als die, die andere essen wollen«, sagte er.

»Und das sagt uns was?«, fragte Clara.

»Vor dem Hintergrund von Bevölkerungswachstum und Lebensmittelknappheit ist das doch eine gute Nachricht.«

Der Witz war noch dümmer, als Clara erwartet hatte. Dass er auch noch von ihrem Ehemann kam, machte die Sache nicht besser. »Ich glaube, ich gehe«, sagte sie. Sie beobachtete die Kollegen der Kriminaltechnik, genannt KT, die ihre Utensilien einpackten. Sophie war bereits mit den Fahrern der Rechtsmedizin, die die Leichen abgeholt hatten, in das Institut in Moabit gefahren. Sie wollte vor der Sektion in Ruhe die Computertomografie durchführen. Der Fall war dermaßen voller Widersprüche, dass Clara hoffte, Sophie würde ihr Antworten liefern können.

Sie blickte nach draußen. Ein ruhiger Sonntag. Und in der vorherigen Nacht war hier das Grauen ausgebrochen. Epikur hatte gesagt: *Wenn wir da sind oder am Leben sind, ist der Tod nicht da. Wenn aber der Tod da ist, sind wir nicht da.*

Also treffen wir niemals den Tod? Ist es wirklich so einfach?, dachte Clara.

Ihr Handy klingelte.

Sie nahm den Anruf an. »Ja?«

Sie hörte kurz zu und beendete den Anruf.

»Die Rechtsmedizin. Sophie. Wir können hin.«

»Na dann«, sagte Winterfeld, »gehen wir von einem grausigen Ort zum nächsten.«

MacDeath trank seinen Kaffee aus. »Also hier an der Bar fand ich es gar nicht so grausig.«

Clara nickte und blickte in Gedanken noch einmal in die Suite. Das Blut auf dem Boden, die Weingläser, die abgesteckten Bereiche, wo die Leichen gelegen hatten.

Da fiel ihr ein Spruch ein, der ihr schon öfter geholfen hatte, mit all dem Schrecken umzugehen, denn was immer anderen Menschen Grausames passierte, es gab immer eine Stimme in ihrem Kopf, die ihr zuflüsterte, dass ihr selbst, Clara, das genauso passieren könnte.

Eines Tages werden wir sterben, dachte sie.
Aber an allen anderen Tagen nicht.

KAPITEL 20

INSTITUT FÜR RECHTSMEDIZIN, MOABIT, BERLIN

Clara betrachtete die junge Frau auf dem metallenen Sektionstisch der Rechtsmedizin in Moabit, blickte in das Gesicht. Die Frau war viel zu jung, um tot zu sein, viel, viel zu jung – fünfzehn Jahre, wie die Daten des Einwohnermeldeamtes und besonders auch das Geburtsdatum in ihrem Pass ergeben hatten. Sie hatte Träume gehabt, Hoffnungen, Wünsche, Pläne. Und alles war an dem schrecklichen, blutigen Tag zu Ende gegangen, als das Monster mit seiner Waffe, seinem Messer und sogar seiner Spritze in die Hotelsuite gekommen war.

»Wir fangen alle besser an, als wir enden.«

Das war Dr. von Weinstein, der stellvertretende Direktor des Instituts für Rechtsmedizin.

Mit seinem gebräunten Teint, den gegelten, nach hinten gekämmten schwarzen Haaren, die von grauen Strähnen durchzogen waren, und der silbernen Designerbrille entsprach er nach Claras Empfinden überhaupt nicht dem Klischee eines Rechtsmediziners. Sophie, die noch ihre Reithosen trug, stand daneben und verdrehte über den Spruch ihres Chefs die Augen. Sophie und Clara hatten etwas gemeinsam. Beide hatten mit von Weinstein und Winterfeld Chefs, die es mit der politischen Korrektheit nicht allzu genau nahmen. Man sah von Weinstein jedenfalls deutlich an, dass er nicht begeistert war, dass man ihn aus dem freien Sonntag herausgeklingelt hatte. Doch die Opfer waren dermaßen prominent, dass er nicht anders konnte, als ins Institut zu kommen.

Die Obduktion war noch im Gang. Winterfeld stand an der Stirnseite des Obduktionstisches, dort, wo sich der Kopf des Mädchens befand. Die Sektionsassistenten hatten Brust und Bauchhöhle vollständig geöffnet. Einer war gerade dabei, mit einer Oszillationssäge den Schädel aufzusägen, um das Gehirn zu entnehmen. Clara kannte die Vorschriften, Paragraf 89, Strafprozessordnung: Die Leichenöffnung muss, soweit der Zustand der Leiche es gestattet, stets die Öffnung der Kopf-, Brust- und Bauchhöhle mit einbeziehen.

Und hier war er wieder, hier im Sektionssaal in Moabit, stärker als je zuvor: der Geruch des Todes. Dieser süßliche, perfide Gestank, den niemand mehr vergisst, der ihn einmal wahrgenommen hat.

»Schon etwas Neues zu den Bissspuren?«, fragte Clara.

»Schlechte Nachrichten«, sagte von Weinstein, »aber dafür habt ihr jetzt Gewissheit. Hier!«

Er zeigte auf die Wunden am Oberarm des Mädchens und auf die Bauchpartie der Leiche ihrer Mutter.

»Die Wundränder«, sprach von Weinstein weiter,

»sind deutlich unterblutet, das sind klare Vitalitätszeichen.«

»Das heißt …«, begann Clara.

»Das heißt, sie lebte noch, als er ihr die Bisswunden beigebracht hat und wohl auch die Fleischteile herausgerissen hat.«

»Und das war wirklich der Killer?«, fragte Winterfeld. »Nicht irgendein Hund?«

»Das können wir sehr genau feststellen«, sagte Sophie. »Wir haben sogar häufiger Kinder, die von ihren Eltern gebissen werden und bei denen die Eltern dann behaupten, es war der Hund. Besonders in Berlin scheint das als Erziehungsmethode angesagt zu sein.«*

»Dennoch, auch wenn es ein Mensch war …«, sagte MacDeath, »… normalerweise ist doch das menschliche Gebiss als sogenanntes Allesfressergebiss nicht dafür geeignet, rohes Fleisch herauszubeißen.«

»Die Teile waren ja recht klein, wie man an den Wunden sieht«, sagte Winterfeld, »und wenn man stark genug zubeißt, geht es vielleicht schon. Hat das menschliche Gebiss dafür nicht die Eckzähne?«, fragte er dann.

»Wir haben Eckzähne, damit wir andere lebend zerbeißen können?«, fragte MacDeath. »Ich weiß nicht.«

Clara war nicht sicher, ob die Frage ernst gemeint war oder nur wieder ein geschmackloser Scherz.

»Heutzutage natürlich nicht«, bemerkte jetzt Sophie,

* Näheres in Tsokos, Guddat: »Deutschland misshandelt seine Kinder«, ebenfalls bei Droemer Knaur erschienen, 2014

»aber evolutionsbiologisch schon. Die Menschen waren früher Carnivoren, also Fleischfresser. Und wurden dann Allesfresser. Andererseits sind unsere Eckzähne, anders als zum Beispiel bei Wölfen und Raubkatzen, heute nicht mehr dafür geeignet.«

Von Weinstein nickte und zeigte auf die Wunden. »Sie haben mit Ihrer Diskussion natürlich recht, aber Sie machen den Fehler, von einem normalen Gebiss auszugehen.«

»Dann hat der Kerl kein normales Gebiss?«, fragte Clara.

Von Weinstein schüttelte den Kopf. »Wie es aussieht, hat er sich die Eckzähne scharf schleifen lassen.«

»Das wird ja immer seltsamer.« Clara schüttelte den Kopf.

»Body Modification. In der Vampir-Gothic-Szene kommt so was öfter vor.«

Clara ließ die Information sacken. »Ein Auftragskiller und Psychopath, der sich die Eckzähne scharf schleifen lässt …«

Von Weinstein nickte. »Tja, der Typ, der das gemacht hat, ist ganz besonders. Und da ist noch etwas. Die Kriminaltechnik hatte schon eine Ahnung, aber sie hat sich bestätigt.«

»Okay«, sagte Clara, »was kommt jetzt noch?«

»Er hat Frau und Tochter wirklich Blut abgepumpt.«

»Wie bitte?«, fragte Clara. »Etwa wie beim Blutspenden?«

»Sieht so aus. Und es sieht auch so aus, als wären sie

dabei noch am Leben gewesen. Wir haben die Einstiche an den Venen genau untersucht. Zudem geht es bei Lebenden viel einfacher, Blut abzuzapfen, weil durch das schlagende Herz noch Blutdruck da ist.«

»Vielleicht«, begann Clara. »Vielleicht wollte er das für die Auftraggeber mitnehmen? Als DNA-Beweis?«

Von Weinstein schüttelte den Kopf. »Ich bin kein Profiler, aber dafür hätte er Haare oder was auch immer mitnehmen können. Ich vermute, das Blut hat eine symbolische Bedeutung, ansonsten macht sich niemand diese Arbeit.«

Alle schwiegen einige Sekunden.

»Und«, fragte Winterfeld, »was meinen Sie?«

»Vergesst den ganzen Kram mit politischem Mord, Auftragskiller und was auch immer da von den Medien kommt oder kommen wird …«, sagte von Weinstein, »… der Mörder hier ist ein eiskalter Psychopath, wie er nur im Buch stehen kann.«

KAPITEL 21

LANDESKRIMINALAMT BERLIN, BÜRO VON DR. ALEXANDER BELLMANN

Das Büro von Dr. Alexander Bellmann, Chef des LKA Berlin, sah aus wie eine Kommandozentrale. Der Blick hinaus auf den Tempelhofer Damm und die riesige Fläche des ehemaligen Tempelhofer Flughafens, davor der wuchtige Schreibtisch mit dem großen Ledersessel, hinter dem Schreibtisch Regale und einige wenige Fotos. Auf den Fotos Bellmann, mit seinem hageren Gesicht und den grau melierten Haaren, neben berühmten Persönlichkeiten. Dem Bundespräsidenten, dem Chef von Scotland Yard und dem Direktor des FBI. Ein Foto zeigte ihn irgendwo in Asien mit Condoleezza Rice.

Der Schreibtisch war wie leer gefegt. Zwei Fotos von seiner Frau und seinen beiden Töchtern, die ihn wohl vornehmlich aus der Zeitung kannten, ein großer Monitor, ein Laptop mit Dockingstation und zwei Telefone. Daneben ein Blackberry. Bellmann gehörte zu den wenigen Leuten, die noch kein iPhone oder anderes Smartphone hatten, weil man auf den Dingern »eben nicht richtig tippen konnte«, wie er immer sagte. Auf dem Tisch noch ein Ordner und ein Eckspanner, ein Block und ein Stift. Sonst nichts. Kein Schnickschnack, wenig Persönliches, keine Aktenstapel wie in Winterfelds Büro. Hier saß ein Mann, der nur Augen hatte für das, was im Moment wichtig war.

Fakten und Resultate.

Erfassen und erledigen.

Entsichern, zielen, feuern.

Und den Nächsten ins Visier nehmen.

Es war keine Seltenheit, dass Bellmann am Samstag in seinem Büro war. Besonders, wenn er in der Woche kaum zum Arbeiten gekommen war. Die vergangene Woche war er in Wiesbaden gewesen, beim BKA, in Meetings, Vorträgen und Konferenzen. Alles, was in dieser Woche liegen geblieben war, arbeitete er am Wochenende ab. Am Montagmorgen würde seine Sekretärin wie immer in solchen Fällen einen Riesenstapel Papier mit unterschriebenen Anweisungen auf ihrem Schreibtisch finden sowie eine Inbox mit mehr als fünfzig E-Mails. Sonntags hingegen war Bellmann nie im Büro. Dieser Tag war dann doch mehr oder weniger für die Familie reserviert.

Außer heute.

Heute war er auch am Sonntag im Büro, genauso wie Clara, MacDeath und Winterfeld, die ihm gegenüber an seinem wuchtigen Schreibtisch saßen.

Heute war allerdings keine Frau Bories, Bellmanns permanent schlecht gelaunte Sekretärin, vor Ort. Also gab es auch keinen Kaffee und keine trockenen Kekse. Außer Bellmanns schlechter Laune gab es gar nichts.

Bellmann schaute gleichzeitig auf die Uhr und in die Ermittlungsberichte.

»Glauben Sie mir«, sagte Bellmann, »mir tut dieser Sonntag, der von einem freien Tag zu einem auch noch stressigen Arbeitstag wird, genauso leid wie Ihnen. Aber alle erwarten Antworten.« Er ließ die Mappe demonstrativ auf den Schreibtisch fallen. »Das BKA, die anderen Ministerpräsidenten und mittlerweile der Innenminister.«

»Wenn es der Typ auf Politiker abgesehen hat, dann hätte ich als Politiker auch Angst«, sagte Winterfeld. »Das ist schon etwas anderes als Parteibüros mit Kot beschmeißen oder rumpöbeln.«

»Immerhin einige Kabarettisten haben etwas zu lachen«, sagte Bellmann und hob eine Pressemeldung hoch. »*Schwarz' Politik doch nicht ungenießbar,* hat Hans Flemming dazu gesagt«, las er mit gekräuselten Lippen vor. »Weder witzig noch geschmackvoll.«

»War Hans Flemming nicht der, der Angela Merkel als ersten weiblichen Imam tituliert hat?«

»Ja, der war das.«

Clara sah das mit der Geschmacklosigkeit ähnlich und blickte zu MacDeath. An seinem Gesichtsausdruck erkannte sie hingegen, dass er das so geschmacklos fand, dass es schon fast wieder witzig war. Auch wenn er es sich nicht anmerken ließ. Aber nach einigen Jahren Ehe sah man bei einem Menschen halt mehr als die anderen.

»Da das ja eh alles schon bei der Presse und bei Kabarettisten ist«, sagte Bellmann, »obwohl da eigentlich der

Daumen drauf sein sollte, meine Frage: Wie weit sind wir? Auch im Umfeld von Schwarz?«

»Läuft in alle Richtungen«, sagte Winterfeld. »Mein Kollege Hermann ist bereits mit dem BKA in Kontakt.«

»Um was zu tun?« Bellmann hob die Augenbrauen.

»Wir vermuten, dass der Killer nicht nur irgendein Auftragskiller ist, sondern ein lupenreiner Psychopath. Und vielleicht sogar ein Wiederholungstäter, was ihn ziemlich nahe an die Gattung des *Serienkillers* bringt«, sagte MacDeath. »Es könnte also sein, dass er die Ergebnisse seiner Arbeit in irgendeiner Weise der Welt zeigen will. Vielleicht nicht in der Tagesschau, aber auf bestimmten Seiten im Internet.«

»Da sind Sie sicher? Soll ich das so dem Innenminister erzählen?« Bellmanns Mundwinkel sackten komplett nach unten.

»Wir wissen zwar nicht, wer der Killer ist, aber er ist bestimmt auf Instagram, wo er mit seinen Taten prahlt. Denn das war wahrscheinlich nicht seine erste Tat.«

»Und was war seine erste Tat?«, fragte Bellmann.

MacDeath zuckte die Schultern. »Vielleicht sind diese ersten Leichen nie entdeckt worden? Vielleicht hat er vorher an anderen geübt?«

Bellmann verzog das Gesicht. »Und jetzt, wo er fertig ist mit Üben, postet er die Morde auf Instagram?«

»Oder TikTok«, sagte MacDeath und ignorierte Bellmanns schnippischen Ton.

»Wie auch immer. Das erklärt überhaupt nicht das Motiv. Hier steht«, sagte Bellmann und tippte auf das Papier, wie ein Vogel, der nach einem Wurm hackt, »dass Schwarz bis zuletzt versucht hat, Nordstream 2 in Mecklenburg-Vorpommern zu blockieren. Und zwar schon vor dem Ukraine-Krieg. Das wäre in jedem Fall ein politisches Motiv.«

»Richtig. Allerdings ist Nordstream 2 mittlerweile sowieso Geschichte«, sagte Winterfeld. »Warum ihn dann noch umbringen?«

Bellmann wackelte mit dem Kopf. »Auch wieder wahr. Aber alles andere klingt sehr exotisch.«

»Es kann zwei Motive geben«, sagte MacDeath. »Erst einmal der Auftrag, Schwarz auszuschalten, und dann die Befriedigung, die der Killer durch seine Tötung bekommt.«

»Nicht nur durch *seine* Tötung«, sagte Bellmann und schaute in den Bericht, »schließlich hat der Killer auch noch Schwarz' Frau und Tochter umgebracht und ihnen, wenn ich das hier richtig sehe, bei lebendigem Leib Fleischteile aus dem Körper der Frauen gebissen.« Bellmann hatte schon einiges gesehen und erlebt, aber man konnte sehen, wie er sich bei dem Gedanken innerlich schüttelte. Er zeigte nach hinten auf die Fotos, wo er mit einigen Würdenträgern ausländischer Sicherheitsbehörden stand. »Ich bin ja schon sicherheitspolitisch etwas herumgekommen, vieles davon freiwillig und ohne dass ich es in meiner Position hier im LKA gemusst hätte.« Clara hörte aus diesen Worten wieder den Ärger und Neid heraus, der an Bellmann seit einiger Zeit nagte, weil eben nicht er, sondern Victor Eisenstein Chef des

BKA geworden war. Beide Namen trugen den Sieg in sich, bei Eisenstein war es *Victor*, bei Bellmann *Alexander*, nach *Alexander dem Großen*, doch am Ende war es dann Eisenstein geworden. »Mir ist aber nicht bekannt, dass Auftragskiller die ganze Familie mit umbringen, und wenn, dann so, dass sie alle möglichen Zeugen ausradieren wollen – auf alle Fälle nicht so, dass sie Fleisch herausbeißen.«

»Ich stimme zu«, sagte MacDeath, »das ist eine klar psychotische Komponente. Andererseits ist es bei dem ebenfalls politisch motivierten Überfall der Hamas auf Israel auch zu Gräueltaten gekommen, die über eine *normale* Tötung weit hinausgehen. Dort wurden Kinder enthauptet, Babys gekocht und was noch alles.«

»Auch im Kongo oder Sierra Leone gibt es politisch motivierte Säuberungen, die ebenfalls in Barbarei ausarten«, sagte Bellmann, »was aber der Innenminister und alle anderen eben nicht hören wollen, ist die Aussage, dass es so etwas woanders ja auch gibt. Fakt ist: Es gab schon diverse Mordanschläge auf Politiker oder hohe Wirtschaftsbosse: Herrhausen, Rohwedder, Lübcke und wen noch. Aber so etwas wie hier, das gab es noch nie!«

»Vielleicht ist der Mord tatsächlich zu psychotisch, um eine politische Dimension zu haben«, sagte Winterfeld. »Oder?« Er blickte Clara und MacDeath an. Beide nickten.

»Dann stellt sich aber erst recht die Frage nach dem Motiv. Und das müssen wir wissen, um überhaupt eine

Ahnung davon zu haben, warum es Schwarz erwischt hat und wer der Killer ist«, sagte Bellmann.

Clara merkte, wie ihr ganz kurz der Funken einer Idee kam. Doch dann war die Idee schon wieder weg, wie eine Wolke, die man nirgends festhalten konnte.

»Es gibt sicher Antworten«, sagte MacDeath, »und die werden wir uns anschauen. Sie werden aber nicht hübsch sein.«

»Was meinen Sie damit?«

»Wir werden herausfinden müssen, was Schwarz in der Zeit gemacht hat, wenn er gerade nicht Politiker war? War er in seltsamen Foren? Dark Rooms? S&M Clubs? Vielleicht sogar Kannibalen-Netzwerken?«

»Wie bitte?«, fragte Bellmann.

»Bei allem Respekt«, sagte Clara, »aber wir alle haben schon an Fällen gearbeitet, bei denen wir vorher nie geglaubt haben, dass diese Person gerade das macht, was sie macht. Denken Sie an Franco Gayo zum Beispiel.«*

»War das nicht der, dem dieses riesige Schwert in den Anus und durch den ganzen Körper gerammt wurde?«, fragte Winterfeld. Bellmann verzog wieder das Gesicht.

»Richtig«, sagte MacDeath, »religiös motivierter Ritualmord, in Anlehnung an den Jesus der Apokalypse, aus dessen Mund das Schwert ragt.«

»Ich fürchte, wenn wir so etwas herausfinden, wird es sehr hässlich«, sagte Bellmann.

»Wollen Sie Ergebnisse oder keine?«, fragte Clara.

* Clara Vidalis, Band 2: »Seelenangst«

»Darüber, dass es für die Familie peinlich wird, muss sich keiner mehr Gedanken machen«, sagte Winterfeld, »die Familie hat der Killer ja gleich mit erledigt.«

»Nicht, dass als Nächstes noch die Großeltern dran sind«, sagte MacDeath.

»Sehr witzig, liebe Kollegen«, sagte Bellmann. »Die haben eh schon Polizeischutz.« Er blickte kurz aus dem Fenster. »Was sind Ihre nächsten Schritte?«

»Die digitale Unterwelt«, sagte Clara und blickte MacDeath und Winterfeld an. »Richtig?« Beide nickten.

»Dann los«, sagte Bellmann und stand auf. »Finden Sie diesen Superpsycho. Und wenn Sie ganz TikTok auf links drehen müssen!«

KAPITEL 22

IRGENDWO UND NIRGENDWO

Er hatte an der Hantelbank trainiert, an der Brustpresse und beim Schrägbankdrücken. 10 Sätze, 10 Wiederholungen, 80 Kilogramm, 100 Kilogramm, 120 Kilogramm.

Das Messer hatte er vorher geschliffen, da seine Hände nach den Übungen zu sehr zitterten.

Auch deine Seele soll ein Schwert durchdringen, so stand es schon in der Bibel. Und so würde es mit diesem Messer sein. Er hatte es zehn Minuten lang an einem speziellen Schleifstein geschliffen. Es musste scharf sein. So wie sein Geist. Sein Wille. Der Wille war wie ein Schwert, das die Realität durchschnitt. Ein Schwert, das seine Opfer zerschnitt.

Er hatte die Fleischstücke mitgenommen. Hatte sie in die Pfanne gegeben. Der Herd arbeitete mit Gas. Gas erschuf Feuer. Und nur auf dem Feuer konnte man die Herzen von Helden braten. Strom war für Affen. Gas und Feuer waren für Helden.

Langsam ergriff er ein Stück Fleisch. Ließ es einen Moment über der Pfanne baumeln. Ließ dann das Stück in die Pfanne gleiten. Nur eines der beiden. Eines würde er anbraten, das andere würde er roh essen.

Medium blutig. So mochte er das Fleisch.

Er gab nur ein wenig Salz und Pfeffer auf das rötliche Fleisch, das in dem Öl brodelte und sich langsam von Rot ins Bräunliche verfärbte. Er drückte mit dem Messer auf eines der Fleischstücke. Sah, wie ein wenig Blut hervorquoll und zischend auf dem heißen Boden der Pfanne verdampfte.

Das Blut. Blut, das in den Himmel steigt. Ein Opfer an die Götter des Krieges.

Nur ein wenig Pfeffer und Salz. Er wollte den puren Fleischgeschmack genießen. Und den Geschmack des Blutes.

Das Blut, das verdampfte und den Raum erfüllte.

Ein Raum aus Blut, dachte er. *Ein Opfer, dessen Geruch den Herrn erfreut.* So stand es schon in der Bibel. Im Alten Testament.

Er nahm das Fleisch aus der Pfanne und legte es auf den Teller. Weißes Porzellan.

Wein gab es nicht zum Essen. Es gab etwas anderes, das er ebenfalls mitgebracht hatte. Es war in der Flasche, und er goss es in das große Weinglas. Es war dickflüssig und flockig geworden, deswegen musste er es mit ein wenig Wasser verdünnen und umrühren.

Das menschliche Blut setzte sich aus festen und flüssigen Bestandteilen zusammen. Der flüssige Anteil – das Blutplasma – bestand zu 90 Prozent aus Wasser, der Rest war ein Gemisch aus Eiweißen, Salzen und anderen Nährstoffen. Dadurch war das Blut sehr salzig. Damit sich Menschen von Blut ernähren könnten, hatte er gelesen, müsste das komplette eigene Genmaterial und auch das Zusammenspiel zwischen bestimmten Bakterien und der Erbsubstanz im Körper verändert werden. Das war aktuell biologisch noch nicht möglich.

Aber er würde den ersten Schritt dazu machen.

Denn das Blut war das Leben.

Fleisch essen.

Blut trinken.

Menschenfleisch.

Und Menschenblut.

Er setzte die Maske auf, die nur die Augen und den Mund frei ließ.

Prüfte die Kamera.

Und drückte auf den Auslöser.

Dann begann er zu essen. Und zu trinken.

KAPITEL 23

IT-ABTEILUNG DES LKA,
TEMPELHOFER DAMM, BERLIN

TikTok auf links drehen, hatte Bellmann gesagt.

Und das würden sie tun.

Clara wusste schon, dass sie nichts Gutes erwartet. Viel zu oft hatte sie im Internet nur schreckliche und abscheuliche Dinge gesehen.

Denn das Internet, das wusste sie, war ein allgegenwärtiges, weltumspannendes Netzwerk, das die Kommunikation von jedem mit allen ermöglichte, den beinahe gedankenschnellen Austausch von Informationen, der die Welt gleichsam auf die Größe eines Computerchips schrumpfen ließ. Die Menschen redeten nicht mehr miteinander, sondern mit Webseiten, sie trafen sich nicht mehr, sondern tauschten sich über soziale Netzwerke aus. Sie setzten sich Reizen aus, die auf die gleichen Nervenbahnen im Hirn einwirken wie Nikotin und Kokain. Elektronische Drogen.

Frühere Endgeräte musste man mittels klobiger Knöpfe bedienen, während die heutigen iPhones und iPads gestreichelt und liebkost werden wollen wie eifersüchtige Geliebte, die niemanden neben sich dulden. Und so wie jeder Himmel seine Hölle hatte, so schuf das Internet sich seine eigene Schattenwelt und seine eigene Negierung der vernetzten und scheinbar aufgeklärten Gesellschaft.

Denn, das hatte Clara in all den Jahren beim LKA gelernt, das Internet war nicht nur das größte Kommunikationsmedium und der umfassendste Wissensspeicher aller Zeiten. Das Internet war zugleich der größte Tatort der Welt. Von Kinderpornos bis zu Horrorclips, von Anleitungen zum Suizid bis zu Bauanleitungen für Bomben, von Happy-Slapping-Videos zu Aufnahmen tödlicher Unfälle und Katastrophen bis hin zu Bildern betrunkener Jugendlicher, die in einer Ecke liegen, nackt inmitten der eigenen Exkremente und für alle Welt sichtbar, bis hin zu dem abscheulichen Phänomen der Snuff Movies und Red Rooms im Dark Web, war das Internet ein moderner Pranger voller Obszönitäten und Abartigkeiten. Eine Schattenwelt, in der sich die dunkelsten Begierden, die perversesten Abgründe und die grausamsten Fantasien manifestierten.

Clara, Hermann und MacDeath saßen bei der IT im LKA. Hermann trug einen kleidsamen Kreator-Kapuzenpullover mit dem passenden Titel *Gods of Violence* und kaute Gummibärchen. Auf einem der großen Monitore war Trautmann vom BKA zugeschaltet. Trautmann war die BKA-Version von Hermann und wurde, nicht nur aufgrund seiner abstehenden roten Haare, sondern auch wegen seiner Fähigkeit, selbst in den entlegensten Winkeln der realen und der virtuellen Welt Schmutz zu finden, der *Schrubber* genannt.

»Wie heißt dieses Tool?«, fragte Clara.

»Gridshark«, sagte Trautmann, »noch nicht 100 Prozent legal, aber wir können damit, wenn alles gut geht, Aktivitäten des Killers finden. Falls er tatsächlich mit seinen Taten bei Social Media prahlen sollte. So was soll ja gelegentlich vorkommen.«

»Klar«, sagte MacDeath, »denkt an den Green River Killer. Oder der BTK-Mörder, der wollte unbedingt mediale Aufmerksamkeit. Auch wenn es da noch kein Social Media gab. Oder vor ein paar Jahren hier in Berlin der *Tränenbringer.«*

Clara erinnerte sich noch sehr gut, oder eher sehr unerfreulich, an den Tränenbringer. »Wäre das bei einem politischen Mord denn der Fall?«, fragte sie. Sie wiederholte das Wort in ihrem Kopf. *Gridshark. Netzhai.* Klang auf alle Fälle wirkungsvoll.

»Kommt drauf an«, sagte Trautmann, »nehmt mal Ramsan Kadyrow, den Präsidenten von Tschetschenien und Putin-Getreuen. Der hat sicher sehr viele Andersdenkende auf dem Gewissen und postet auch ständig seine Trainingsroutinen, Schießübungen und Appelle mit seiner Elitetruppe, den Kadyrowski, auf Instagram.«

»Und wo kommt Gridshark her?«, fragte Clara. »Habe noch nie davon gehört.«

»Soll auch keiner«, sagte Trautmann, »weil es halt noch nicht richtig zugelassen ist. Ist so was Ähnliches wie die Rasterfahndung, die das BKA damals gegen die

* Clara Vidalis, Band 5: »Tränenbringer«

RAF eingesetzt hatte. Die ersten Entwürfe kommen aus der Zeit, als täglich Terrorwarnungen von al-Qaida eingingen. Es muss so um 2010 gewesen sein.«

»So was kriegt Deutschland hin?«, fragte Clara. Clara wusste: Gut im Überwachen waren die deutschen Ämter nur, wenn es darum ging, kleine Unternehmer und Arbeitnehmer bei der Steuer zu jagen oder Menschen zu finden, die ihre GEZ-Gebühren nicht zahlen wollten.

»Natürlich nicht«, sagte Trautmann. »Der Prototyp kommt natürlich vom NSA. Israelisches Know-how steckt wohl auch mit drin.«

»Und den hat das BKA?«, fragte Hermann. »Steht der dann neben den Stempelkissen und Faxgeräten?« Hermann konnte sich, zu Recht, so viel digitale Kompetenz in einer deutschen Ermittlungsbehörde nur schwer vorstellen.

»Das BKA hat einen gewissen Zugriff, ja, aber eigentlich nur, wenn Gefahr im Verzug ist.«

»Das ist ja wohl hier der Fall!«, sagte Clara. »Wir kriegen sogar Druck vom Innenminister. Oder ist die heilige Kuh des Datenschutzes mal wieder wichtiger und müssen vorher noch tausend Ethik-Kommissionen befragt werden?«

»Am besten auch noch die evangelische Kirche«, sagte MacDeath und verzog das Gesicht.

»Um Gottes willen, bloß die nicht«, sagte Trautmann. »Jetzt trifft es mal die, die sonst immer blockieren. Die Politiker. Eine Krähe hackt der anderen kein Auge aus, und hier siegt dann doch mal der Selbsterhaltungstrieb über die Ideologie. Wir müssen nur überlegen, wie wir das möglichst schnell für unsere Anliegen nutzen, ohne zu viel Staub aufzuwirbeln.«

»Und wie funktioniert das?«

»Eigentlich war Gridshark dafür gedacht, um Handydaten von Terroristen auszuwerten. Sobald sich mehrere verdächtige Subjekte an einem Ort versammeln, von denen über GPS die Ortsdaten gemeldet wurden, sprach das für einen möglichen terroristischen Plan.«

»Macht nicht Palantir auch so was? Die Security-Firma von Peter Thiel?« Das war Hermann. Clara hatte ebenfalls schon davon gehört. Thiel, ein Amerikaner deutscher Herkunft, der auch fließend Deutsch sprach, war der erste Investor in Facebook gewesen und hatte dann zusammen mit dem jetzigen Tesla-Chef Elon Musk PayPal gegründet. Da Thiel »Herr der Ringe«-Fan war, hatten all seine Firmen Namen aus dem *Herrn der Ringe.* Es gab *Mithril Investment* und eben auch *Palantir.* Eines der neueren Start-ups, in die Peter Thiel investiert hatte, war der Drohnenhersteller *Anduril,* benannt nach Aragorns Schwert *Flamme des Westens,* ebenfalls aus dem *Herrn der Ringe.* Der Gründer, der, ähnlich wie der frühe Mark Zuckerberg, immer mit Latschen herumlief, wurde daher auch *Oppenheimer in Flipflops* genannt.

»Richtig«, sagte Trautmann. »Es kann aber sein, dass die Terroristen verschiedene SIM-Karten haben. Oder die immer wechseln. Deswegen hat man Gridshark angepasst.«

»Aber es funktioniert trotzdem bei dem, was wir vorhaben?« Clara ärgerte sich ein wenig, dass sie Trautmann alles aus der Nase ziehen musste. In dieser Hinsicht war er ähnlich wie von Weinstein aus der Rechtsmedizin. Der konnte auch stundenlang über irgendwelche postmortalen Verletzungen sprechen, ohne damit herauszurücken, ob es nun ein Mord oder ein natürlicher Tod war. »Wir wissen ja nicht einmal, wer der Mörder ist, und Handydaten und SIM-Karte haben wir von dem schon gar nicht.«

Trautmann nickte. »Das ist gerade der Witz. Man kann damit per Handyortung Menschen einem gewissen geografischen Quadranten zuordnen.« Er räusperte sich. »Das Ganze geht über die Telekom-Firmen. Die speichern die geografischen Daten eine Weile. Gridshark kann darauf zugreifen, ähnlich wie die Kontenabrufe der Steuerbehörde bei Banken.«

Clara begann langsam zu verstehen. »Das heißt, wir wissen nicht, wer der Mörder ist und welche SIM-Karte er hatte, aber wir könnten damit erfahren, wer wo war? Zum Beispiel im Intercon Hotel gestern Abend?«

Trautmann nickte. »Wenn es nicht zu viele Daten sind, ja. Wir wüssten durch die Handydaten, wer sich dort ab 23 Uhr oder etwas vorher aufgehalten hatte.«

»Lass mich raten«, sagte Hermann, »und dann können wir die gleichen Daten in den sozialen Medien suchen und können dann zielgerichtet Postings finden?«

Trautmann nickte. »Wenn er das mit seinem Handy aufgenommen hat …«

»Falls er es aufgenommen hat«, sagte MacDeath.

»Genau. Falls er das aufgenommen hat, können wir das in den sozialen Medien zuordnen.«

»Das kann Gridshark?«

»Na ja, es steckt Know-how vom NSA und vom Mossad drin. Das alles muss allerdings äußerst begrenzt erfolgen, denn allein die Nutzung ist ohne richterlichen Beschluss strafbar.«

»Haben wir die Zeit, am Sonntag auf einen Richter zu warten?«

»Ich denke, das ist Bellmanns Job. Oder gleich der vom Innenminister. Wenn sie eine Lösung wollen, müssen sie jetzt mal aktiv werden.« Trautmann verschränkte die Arme. »Die typische Politiker-Methode *wasch mir den Pelz, aber mach mich nicht nass* funktioniert diesmal leider nicht.«

Clara musste grinsen. Diesen Satz mit dem Pelz waschen, aber nicht nass machen, schien es nur im Deutschen zu geben. Wahrscheinlich, weil dieses Denken auch typisch deutsch war.

KAPITEL 24

BLACKSTEEL HAUPTQUARTIER, OFFENBACH BEI FRANKFURT AM MAIN

Es war schon fast dunkel an diesem Sonntagnachmittag in Frankfurt im Büro von Blacksteel. Blacksteel war ein mittelgroßer Waffenfabrikant, der nach einigen Jahren der Durststrecke durch all die Kriege, die mittlerweile vor den Toren Europas wüteten, wieder satte Gewinne machte. Manfred Hörner, Vorstandschef des mittelständischen Unternehmens, packte seine Unterlagen zusammen, als die letzten Strahlen der Herbstsonne schräg durch die drei Meter hohen Fenster in das verglaste Büro fielen. Dann ging er zum Fenster, blickte auf die Hügel des Taunus, die Hochhäuser der Frankfurter City in einiger Entfernung und, noch weiter weg, die Flugzeuge, die sich am Frankfurter Flughafen in den Himmel erhoben oder dort landeten. Er ging zurück zum Schreibtisch. Der Klang der Ledersohlen auf dem Parkett erinnerte an eine Mischung aus einer hektisch tickenden Uhr und dem dumpfen Pochen einer Flak-Kanone, in jedem Fall kündigten sie einen Haufen Arbeit für die an, denen sich Hörner näherte.

Hörner hatte einen eisgrauen Bart, kurze graue Haare und eine Brille mit Edelstahlrahmen. *Der Eiswolf* war sein Spitzname auf den Waffenmessen dieser Welt, da er, bevor die Sanktionen gegen Russland begonnen hatten, auch an Russland Waffen verkauft hatte. Er schaute auf die Uhr. Noch fünf Minuten. Er würde gleich noch ein rasches Telefonat erledigen müssen, und dann war es auch für ihn Zeit, die Arbeit für den Rest des Sonntags ruhen zu lassen. Mehr oder weniger jedenfalls. Dieses Wochenende war wenigstens halbwegs frei gewesen, was man von den anderen Wochenenden, zum Beispiel dem danach, nicht behaupten konnte. Am nächsten Freitag ging es zu einer kleinen Waffenmesse in Dubai, danach war noch ein Besuch in Israel angesagt und höchstwahrscheinlich sogar noch eine USA-Reise, bis dann endlich mal Weihnachten und damit ein paar Tage Ruhe wären. Auf dem Tisch lagen diverse Zeitungsartikel, die Hörner aufbewahrt hatte. Sie alle handelten vom Tod Henry Kissingers, dessen Bücher Hörner alle gelesen hatte. Kissingers Trauma war der Zweite Weltkrieg gewesen, und seine gesamte diplomatische Mission war es gewesen, alles zu tun, um zu verhindern, dass es jemals wieder zu einem solchen Krieg kam. Das nannte man *Realpolitik*, wie sie schon Bismarck verfolgt hatte, und war natürlich meilenweit entfernt von der moraltriefenden, ideologisch aufgeladenen Phrasenpolitik deutscher Prägung, die im Reden und Ratschlaggeben immer ein Riese war, im Handeln aber immer mehr ein Zwerg wurde. Dementsprechend unbeliebt war Kissinger in seiner alten Heimat, wo der Steigbügelhalter des Bösen oft genug das Blöde gewesen war und sein würde.

Deutschland, dachte Hörner, war immer gut darin gewesen, die größten Talente zu vertreiben. So war auch der jüdische Kissinger mit seiner Familie vor den Nazis über London nach New York geflohen und lebte dort zuerst in Washington Heights, einer Gegend Manhattans, die so viele Flüchtlinge aus Deutschland anzog, dass man sie bald ironisch *Das Vierte Reich* nannte.

Da Hörners Sekretärin am Freitag überraschend krank geworden war und sich auch nicht gemeldet hatte, suchte er selbst in seinem Outlook nach der Nummer, während allmählich die Dunkelheit des Spätherbstes in die Winkel und Ecken des riesigen Büros kroch. Manfred Hörner mochte große Räume. Sei es das Pantheon in Rom, das Kapitol in Washington oder auch virtuelle große Kuppeln, wie die Raketenabwehr *Iron Dome,* an deren Entwicklung seine Firma Blacksteel maßgeblich beteiligt war. Genau darum ging es in dem letzten Telefonat, das Hörner von seinem Büro aus heute führen würde. Es musste aber über die Büroverbindung sein, da Handys abgehört werden konnten.

Hörner wählte die Nummer und wartete auf das Freizeichen.

KAPITEL 25

TEMPELHOFER DAMM, BERLIN

Da die Kantine des LKA am Sonntag geschlossen war, hatten Clara, MacDeath und Hermann einen kleinen Spaziergang zum Mehringdamm zu Curry36 gemacht. In der Nähe war auch Mustafas Gemüse-Kebab, die Schlangen waren vor beiden Lokalitäten in etwa gleich lang, sodass sich Clara für einen Döner entschied, während die Männer lieber Currywürste haben wollten. Da beide Imbisse in allen Berlin-Reiseführern als besondere Attraktionen gelistet waren und regelmäßig von Touristen regelrecht überrannt wurden, hatten sich viele Einheimische angewöhnt, die Wahl ihres Essens von der Länge der Schlange vor den Buden abhängig zu machen. Sie hatten Trautmann die Daten geschickt, und jetzt sollte die Maschine erst einmal ihren Dienst tun. Bellmann hatte sich zwar gewunden, aber dann doch einen Bereitschaftsrichter gefunden, der das Ganze sehr schnell genehmigt hatte. Wahrscheinlich wollte der Richter bei allen rechtsstaatlichen Bedenken nicht als derjenige dastehen, der den Ermittlungen beim Mord an einem Ministerpräsidenten im Weg stand.

Clara schaute auf das Treiben hinter der Theke. Ähnlich wie in den meisten Döner-Buden war hier die Geschwindigkeit groß. Clara war sich bewusst, dass man in Berlin ohne Döner-Buden wahrscheinlich verhungern würde. Denn hier ging es wirklich immer schnell. Sobald jemand bedient war, fragte der türkische Mitarbeiter sofort mit militärischem Ton: »Nächster, bitte! Nächster, bitte! Nächster, bitte!« Es schien ihm ein Graus zu sein, wenn jemand lange vor der Theke stand, ohne etwas zu bestellen, und Clara konnte das sehr gut verstehen. Schließlich hieß das Ganze *fast food* und nicht *slow food*, und hier traf es wirklich zu. Das war dann doch ein typischer Kontrast zu den meisten deutschen Bäckereien oder auch anderen Lokalitäten, bei denen die Bedienung dem Gast, wenn er die Tür öffnete, sofort den Hintern zudrehte und irgendwas ganz dringend in den Regalen herumräumen musste, anstatt den Kunden zu bedienen. So als wäre zwischen der Eingangstür und dem Hintern der Verkäuferin ein unsichtbarer Transmissionsriemen, der dafür sorgte, dass sich die Bedienung sofort wegdrehte, sobald die Tür aufging.

Nun standen sie draußen und kauten auf ihren Currywürsten und Dönern herum. Clara fiel auf, dass sie, wie auch Sophie, noch ihre Reithosen trug, aber das fiel in Berlin ohnehin niemandem auf. Wahrscheinlich könnte sie auch komplett ohne Hose herumlaufen, ohne dass irgendjemand etwas sagen würde. Das war dann einer der Vorteile von Berlin: In einer Stadt, der alles egal war und wo selbst die BVG einen Werbespot mit dem Titel *Ist mir egal* herausbrachte, was ebenfalls zu *Service* und *Sauberkeit* der BVG passte, war dann auch wirklich allen alles egal.

Claras Handy klingelte. Es war Trautmann.

»Störe ich?«, fragte Trautmann.

»Wir essen gerade«, sagte Clara. »Aber passt.«

»Sag bloß, die Kantine hat bei euch auf?«

»Natürlich nicht. Es gibt Currywurst und Döner.«

»Das Essen der Champions. Gibt's auch was zu trinken?«

»Ja, Cola Light und Apfelschorle, warum?«

»Hier gibt's Blut«, sagte Trautmann.

»Was?« Clara vergaß das Kauen. »Wo?«

»Wir haben ein Posting mit einem Video, wo ein maskierter Typ eine rote, dicke Flüssigkeit aus einem Weinglas trinkt.«

»Sag nicht, es ist …«

»Doch! Der Hintergrund ist die Suite vom Intercon!«

KAPITEL 26

BLACKSTEEL HAUPTQUARTIER, OFFENBACH BEI FRANKFURT AM MAIN

Manfred Hörner, Vorstandschef des Waffenherstellers Blacksteel, sprach schon seit etwa sechs Minuten mit Edward, einem Berater der Firma, der für Deals im Mittleren Osten zuständig war. Mittlerweile war Edward für Hörner auch so eine Art Spin Doctor geworden, der dafür sorgte, dass die richtigen Aussagen über die richtigen Kanäle bei den richtigen Leuten landeten. Denn als Chef einer Waffenschmiede konnte man sich in Deutschland eigentlich nur in die Nesseln setzen, wann immer man irgendetwas in ein Mikrofon oder eine Kamera sprach. Da war er wieder bei Kissingers Realpolitik, die in Deutschland niemand mochte. Die Kohlen sollten die Amis für die Deutschen aus dem Feuer holen, während sich deutsche Politiker aufs Klugscheißen fokussierten.

»Haben wir den Termin mit dem General von Abu Dhabi?«, fragte Hörner. »Ja, gern im Palm Jamera, warum nicht. Ist er denn zu der Zeit in Dubai? Ah okay. Ist er denn auch Entscheider?«

Das war eine wichtige Frage. Denn auch wenn die Generäle am liebsten alle Waffen dieser Welt kaufen wollten, hatten sie doch meist einen Verteidigungsminister als Chef, der auf dem Budget saß, und der im Thema längst nicht so tief drin war wie die Generäle. Da hieß es dann vorstandstauglich oder ministertauglich kommunizieren, und dabei half ihm Edward. Edward sprach dann immer von den »3C«, die allesamt kurze Aufmerksamkeitsspannen hatten und einfache Erklärungen brauchten: Children, Customers, Chief Executives – Kinder, Kunden und Vorstände.

»Kannst du da etwas entwerfen?«, fragte Hörner.

»Surely«, sagte Edward, »sicher.«

»Was ist eigentlich mit deiner Sekretärin los«, fragte Edward dann, »Marie oder wie die heißt? Ich wollte schon am Freitag einige Termine mit ihr klären, aber die war nie zu erreichen.«

Hörners Miene verfinsterte sich. »Keine Ahnung. Ist nicht gekommen, und hat sich nicht abgemeldet. Die kann was erleben.«

»Wird ja wohl nichts Ernstes sein?«, fragte Edward.

Auf Hörners Stirn erschien eine Falte. Darüber hatte er noch gar nicht nachgedacht. Sollte ihr irgendetwas passiert sein? Soweit er wusste, war sie alleinstehend. Was war, wenn sie tot in ihrer Wohnung lag?

Er wischte die Gedanken beiseite. »Wenn sie Montag ohne Abmeldung immer noch nicht da ist, fange ich an, mir Sorgen zu machen«, sagte er.

»Sonst noch etwas?«, fragte er und war in Gedanken schon beim Abendessen im Schlosshotel Kronberg, wo Hörner heute Abend eingeladen war.

»Ja, eine Sache noch«, sagte Edward, so wie Steve Jobs,

oder vorher auch Columbo, immer *one more thing* gesagt hatten. »Ich würde …«

Auf einmal war das Gespräch zu Ende. Edwards Stimme brach jäh ab, als hätte jemand den Strom abgestellt. Doch die Lichter brannten noch. Am Strom konnte es nicht liegen. Hörner legte auf, wählte noch einmal. Nichts.

Er wartete, ob Edward ihn anrief. Doch das Telefon blieb still. Er lauschte in den Hörer. Nichts. Nicht mal ein Besetzt-Zeichen.

Er griff zu seinem Smartphone, scrollte durch das Adressbuch, fand die Nummer von Edward. Wählte. Wieder nichts.

Hörners Augen weiteten sich ein wenig, als er das Signal auf dem Smartphone sah. »Kein Empfang«. *Das war doch völlig unmöglich?* Er versuchte noch ein paar andere Nummern, doch nichts funktionierte. Er rief den Pförtner unten an. Erst mit dem Smartphone, dann mit dem Festnetztelefon. Dann den Wachschutz. Wieder nichts.

Kein Empfang beim Empfang, sagte irgendeine blöde Stimme in seinem Kopf, doch lachen konnte er darüber nicht.

Verdammt noch mal, dann halt nicht, dachte er, steckte sein Smartphone in die Sakkotasche, nahm seinen Mantel und die Aktentasche und ging mit schnellen Schritten durchs Vorzimmer Richtung Tür.

Und erst, als sich die Tür nicht öffnen ließ, merkte Hörner, dass er Angst hatte.

KAPITEL 27

IT-ABTEILUNG, LKA, TEMPELHOFER DAMM, BERLIN

Clara, MacDeath und Hermann schauten gebannt auf den Bildschirm, auf dem Trautmann das Video teilte.

Darauf war ein maskierter Mann zu sehen. Die Maske ließ die Augen und Mund und Nase frei, ähnlich wie die Sturmhauben von Elitetruppen. Der Mann hob das Weinglas in die Höhe und ließ die rote Flüssigkeit in seinen Mund tropfen.

»Wissen wir, dass es Blut ist?«, fragte Clara.

»Natürlich nicht«, sagte Trautmann, »aber laut Ermittlungsprotokoll der Spurensicherung wurde doch Blut der Mutter und Tochter an dem Glas gefunden. Und wir wissen oder vermuten zumindest, dass er Blut in den Spritzen mitgenommen hat. Von daher ist die Wahrscheinlichkeit ziemlich hoch, dass es genau dieses Glas ist.«

»Aber wir haben von dem Killer keine Lippenabdrücke an dem Glas, das in der Suite stand?«, fragte Clara. »Richtig?«

»Richtig«, sagte MacDeath. »Er wollte offenbar nicht, dass wir Speichelproben oder einen Lippenabdruck von ihm bekommen. In dieser Hinsicht agiert er wieder wie ein Profi und nicht wie ein psychotischer Killer, der Fleischstücke aus seinen Opfern herausbeißt.«

»Pervers«, sagte Winterfeld, »er trinkt das Blut und filmt es auch noch. Das war auf TikTok?«

Trautmann nickte. »Nicht auf den Goreseiten wie Goregrish oder diese ganzen anderen Sachen, die teilweise auch nur im Dark Web auffindbar sind. In diesem Fall war es tatsächlich das ganz normale TikTok.«

»Weiß TikTok schon davon?«

»Und ob. Eisenstein, unser Chef, ist bereits mit TikTok in Kontakt. Wir wollen auf keinen Fall, dass die Seite gesperrt wird, denn das könnte den Killer alarmieren. Stattdessen wollen wir, dass sie nur für das BKA sichtbar ist.«

»Und das hat Gridshark herausgefunden?«, fragte Clara.

»Ja, es waren die gleichen Mobildaten. Die meisten Fotos, die man mit Smartphones aufnimmt, haben einen Proxy, der zeigt, wo und mit welchem Gerät sie gemacht worden sind. Diese Proxys kann Gridshark erkennen.«

»Ist das nicht sehr unvorsichtig von dem Killer?«, fragte Clara.

»Natürlich«, sagte MacDeath, »aber das ist doch oft die Hybris, die wir bei Mördern haben, die sich zu selbstsicher fühlen. Irgendwas scheint diesen Kerl zu überkommen, und dann lässt er alle Vorsicht fahren. Wobei er sicher auch nicht weiß, dass das BKA solche Tools hat.«

»Gott sei Dank«, sagte Trautmann.

»Und Gridshark kennt durch diese Proxys auch den Ort, wo die Fotos gemacht wurden?«, fragte Clara. »Auch wenn er jetzt irgendwo Fotos macht?«

»Wenn er irgendwo anders ist«, sagte Trautmann, »und da etwas postet, dann …«

Plötzlich verstummte Trautmann.

»Was ist los?«, fragte Clara.

»Das ging schnell«, sagte Trautmann.

»Was denn?«

»Er scheint ganz in der Nähe zu sein. Eine neue Ortsmeldung von Gridshark.«

»Bei euch im BKA?«, fragte Hermann. Clara stellte sich vor, wie der Killer gleich neben Trautmann in dessen Büro in die Kamera schaute.

»Nicht ganz so nah, aber fast. Frankfurt am Main. Ich versuche, die genauen Koordinaten herauszufinden.«

Claras Handy klingelte.

Eine Berliner Nummer. Sie nahm den Anruf an.

Am anderen Ende der Leitung meldete sich das Deutsche Herzzentrum.

KAPITEL 28

IT-ABTEILUNG, LKA,
TEMPELHOFER DAMM, BERLIN

Clara verließ das Büro. Was zum Teufel wollte das Herzzentrum von ihr?

»Guten Tag, Dr. Beate Wilforst hier. Frau Vidalis, wir wurden unterrichtet, dass Sie den Mord an der Familie Schwarz untersuchen.«

»Das ist richtig. Mehr kann ich aber dazu nicht sagen.«

Woher wusste die das alles, fragte sich Clara.

»Müssen Sie auch nicht. Es geht darum, dass Lea Schwarz einen Organspendeausweis hatte. Ihr Herz würde für eine unserer kleinen Patientinnen hervorragend passen.«

»Das … äh … freut mich«, sagte Clara. Und kam sich selten blöd vor. Aber was sollte sie sonst sagen?

»Da die Zeit trotz zum Glück optimaler Bedingungen ausgesprochen knapp ist, haben wir die Rechtsmedizin gefragt, ob wir das Herz entnehmen dürfen. Dr. von Weinstein sagte, dass wir vorher Sie als zuständige Ermittlerin fragen sollten. Mit den Angehörigen ist ansonsten alles geklärt.« Sie machte eine kurze Pause. »Die Kleine hat derzeit ein Kunstherz.«

»Spricht von mir aus nichts dagegen«, sagte Clara. Es freute sie, dass ein Teil von Lea Schwarz dann noch woanders weiterleben würde und einem anderen Menschen das Leben schenkte.

»Das freut mich sehr«, sagte Dr. Wilforst.

»Nur eine Sache«, sagte Clara. »Ich würde das junge Mädchen gern besuchen, sobald der Eingriff erfolgreich verlaufen ist.« Clara wusste nicht, warum sie das gesagt hatte. Aber sie hatte es gesagt, und sie meinte es so.

»Das können Sie gern tun. Wir melden uns wieder. Darf ich Sie auf dieser Nummer wieder anrufen?«

»Das dürfen Sie.«

Clara beendete den Anruf. Und musste an den Bibelspruch aus Hesekiel denken: *Ich schenke dir ein neues Herz.*

KAPITEL 29

IT-ABTEILUNG, LKA,
TEMPELHOFER DAMM, BERLIN

Clara kam zurück ins Büro von Hermann, wo sie alle mit großen Augen anblickten.

»Alles okay?«, fragte sie. »Ihr schaut mich an, als ob jemand gestorben ist.«

»Ist vielleicht auch«, sagte Hermann. »Dieses Wunderding von Trautmann …«

»Gridshark«, sagte Trautmann aus dem Monitor heraus. Er tippte konzentriert etwas auf einer großen digitalen Landkarte ein, die ein wenig wie Google Maps aussah.

»Genau. Das hat wieder etwas herausgefunden.«

»Der Killer ist in der Nähe. Oder besser in der Region. Er ist nicht hier beim BKA. Aber zwischen Frankfurt und Offenbach.«

»Und wo genau?«

»Die Geodaten zeigen das Firmengelände der Firma *Blacksteel.*«

»Klingt ja wie bei Warhammer«, sagte Hermann.

»Klingt nicht nur so«, sagte Trautmann, »das ist ein Waffenhersteller.«

Clara setzte sich gar nicht erst hin. »Ich sage Winterfeld Bescheid. Und dann Bellmann. Und die Kollegen in Frankfurt sollen ein Sondereinsatzkommando schicken und einen Zugriff machen.«

KAPITEL 30

AUF DEM WEG NACH FRANKFURT AM MAIN

Der Innenminister der Bundesrepublik Deutschland hatte sich ausgesprochen spendabel gezeigt und Clara und ihrem Team die Flugbereitschaft der Bundeswehr zur Verfügung gestellt. Bellmann wäre am liebsten mitgeflogen, wollte dann aber doch in Berlin bleiben, um die »Presse in Schach zu halten«, wie er es nannte.

»So toll ist das gar nicht mit der Flugbereitschaft«, knurrte Winterfeld, als sie im Taxi zum Flughafen BER saßen. Draußen war es dunkel geworden, und der Herbstregen prasselte gegen die Scheiben. Clara und MacDeath waren kurz nach Hause gefahren und hatten einen Koffer gepackt, da sie wohl in Frankfurt übernachten würden.

»Die *weiße Flotte.*« Winterfeld dehnte die Worte. »Die Flugbereitschaft. Für den Kanzler, den Außenminister, den Bundespräsidenten, den Bundestagspräsidenten und so weiter. Die, die immer Klimaschutz predigen und sogar auf dem Weg zum eigenen Klo das Flugzeug nehmen. Verlogenes Scheißpack.« Er senkte die Stimme. »Da haben wir endlich mal einen Killer, der die richtigen Leute umbringt.«

Clara schüttelte den Kopf. »Das, lieber Herr Vorgesetzter, sollten Sie für sich behalten, falls wir doch den Innenminister treffen.«

»Der ist noch in Brüssel, zum hundertsten Mal über Grenzschutz debattieren, wo eh nichts bei rauskommt. Die Außenministerin ist im Urlaub, und darum ist der Jet auch frei.«

»Dann fliegt sie nicht mit dem Jet in Urlaub?«, fragte Hermann.

»Diesmal anscheinend nicht«, sagte Winterfeld, »ansonsten würde mich das nicht wundern.«

Der Jet war annehmlicher, als es Winterfelds schlechte Laune glauben machen wollte. Einer der Piloten sprach aber gleich Klartext. »Klar«, sagte er, »ist schon etwas glamourös, nur arbeiten will hier trotzdem keiner.«

»Ach nein?«, fragte Clara.

»Nein, die hohen Herren benehmen sich schlimmer als irische Sauftouristen, die gerade aus Berlin-Schönefeld mit Ryanair zurückfliegen. Du musst mit den Politikern sogar diskutieren, wenn sie sich anschnallen sollen. Die berufen schon Konferenzen ein, obwohl die Maschine noch im Steigflug ist. Und zeitlich ist das schlimmer als bei den Billigairlines.« Er seufzte. »Leute wie Kohl oder Genscher haben noch Sightseeing gemacht, und die Crew konnte ruhig im Hotel übernachten. Das machen die Politiker von heute nicht mehr, die haben am besten drei Termine pro Tag. Überall die Visage in jede Kamera reinhalten, damit einen ja niemand übersieht. Gerade die frühere Kanzlerin war dafür bekannt, kaum

Übernachtungen zu haben, immer kürzere Standzeiten und so weiter. Die gesetzlich vorgeschriebenen Ruhezeiten bekommt die Besatzung, aber keine Minute mehr.«

»Sie müssen doch gute Qualifikationen haben«, sagte Clara, »die Besatzung meine ich, nicht die Politiker?«

»Klar«, sagte der Mann.

»Weniger Qualifikation als Politiker geht ja auch kaum«, unterbrach Winterfeld. »Wie war das mit den Sälen? Kreißsaal, Hörsaal, Plenarsaal. Sonst sehen die nichts vom Leben.«

»Hörsaal nur, wenn sie studiert haben, sonst nicht mal das«, sagte Hermann.

Clara sagte nichts, stimmte aber zu. Um in Deutschland jemandem die Haare zu schneiden, brauchte man eine Ausbildung, für jeden Mist musste irgendetwas geprüft werden. Aber über achtzig Millionen Leute regieren, das ging ohne Ausbildung und Studium.

»Und bei einigen am Ende *Obduktionssaal*«, ergänzte MacDeath. Clara verdrehte die Augen.

»Also höhere Qualifikationen?«, fragte Clara, um den Mann einmal ausreden zu lassen.

»Ja, höhere Qualifikation als Flugbegleiter normaler Airlines, sogar bessere als die in der First Class. Essen wird ja schließlich auf Meissener Porzellan serviert. Derzeit arbeiten da fünfundachtzig Soldaten aus der Luftwaffe, und dreiunddreißig Stellen sind vakant.« Der Mann seufzte. »Will halt keiner machen.«

»Aber alle wollen Stewardess bei der Lufthansa werden?«, fragte Hermann. »Habe ich mal gelesen.«

»Tja, da sind die Uniformen auch hübscher. Und die Gäste netter.« Der Mann beugte sich nach vorn. »Dann bitte anschnallen und Sitze nach vorne, wir starten in Kürze.«

»Wir berufen gleich mal eine Konferenz ein, ohne Anschnallen natürlich«, sagte Winterfeld und grinste. »Nein, kleiner Scherz.«

KAPITEL 31

BLACKSTEEL WERK,
OFFENBACH BEI FRANKFURT AM MAIN

Das Werksgelände erstreckte sich vor Clara und den Ermittlern und war von einem hohen Zaun oder Mauer umgeben. An den Eingängen standen Wachleute und Sicherheitspersonal, die die Ermittler misstrauisch beäugten.

Wege für Lkws und Gabelstapler verbanden die zahlreichen Produktionshallen, und die Gebäude auf dem Werksgelände waren riesig mit vielen Fenstern und Lüftungssystemen. Produktionshallen, Lagerhäuser und Bürogebäude waren alle miteinander verbunden. Durch ein offenes Tor sah Clara Maschinen, Förderbänder und Roboter, die in einem rhythmischen Takt arbeiteten. Die Lagerhäuser waren gefüllt mit Paletten, Regalen und Produkten. Gabelstapler und Kräne bewegten sich zischend und blinkend durch die Gänge. Die Geräusche von Maschinen, Metall auf Metall, das Starten und Stoppen von Motoren und die vereinzelten Rufe der Arbeiter füllten die Luft.

Von der geschäftigen Aktivität war auch heute einiges zu spüren, da die Fertigung vierundzwanzig Stunden an sieben Tagen die Woche lief. Dennoch spürte man, dass es heute etwas anders war. Normalerweise ein Ort, an dem Menschen und Maschinen in perfekter Synchronisation arbeiteten, lag es in der Luft, dass die Situation seit wenigen Stunden eine ganz andere war. Irgendetwas war anders. Irgendetwas fehlte.

In einem Empfangsgebäude trafen die Ermittler auf den Werksleiter, Herbert Karim, sowie Kommissar Feldmann vom LKA Hessen.

»Manfred Hörner«, sagte Feldmann, »die Leiche ist bereits in der Rechtsmedizin, direkt im BKA in Wiesbaden.«

»Wer hat ihn gefunden?«

»Eine Reinigungsfrau.«

»Und wie ist der Killer hier reingekommen?«

»Wir haben schon einige vom Werkschutz in Gewahrsam genommen. Einer hat ausgespuckt, dass jemand ihn aufgefordert habe, *etwas weiter wegzugehen.*«

»Und wie hat er ihn dazu motiviert?«

»Mit einer Tasche voller Bargeld und drei Rolex-Uhren.«

»Wow, Geld scheint der Killer ja auch zu haben. Sonst irgendjemand? Sekretärin oder so was?«

»Frau Lehner, die fehlt seit Freitag, und wir haben sie bisher nicht erreicht. Ein Einsatzwagen ist schon auf dem Weg zu ihr.«

Clara nickte. »Und?« Sie blickte Feldmann an. »Was ist mit Hörner geschehen? Wie hat ihn die Putzfrau entdeckt?«

»Er lag auf dem Rücken. Tot in seinem Büro. Allerdings an zwei verschiedenen Orten.«

»Hat der Mörder ihn verstümmelt?«

»Er …«, begann Feldmann, »… hat ihm den Kopf abgetrennt. Und ein Auge herausgeschnitten. Allerdings hoffentlich post mortem. Und dann das hier.« Feldmann zog ein Foto hervor.

»Er hat an mehreren Teilen Fleisch entfernt.«

»Hat er es herausgebissen?«, fragte MacDeath.

»Wie es aussieht, nein. Er hat es wohl geschnitten.« Alle starrten auf das Foto. »Wie kommen Sie darauf, dass er es herausgebissen haben könnte?«

»Die Schnittränder sind unterblutet«, sagte Clara und ignorierte die Nachfrage. »Also hat das Opfer dabei noch gelebt.« Kaum hatte sie die Frage gestellt, wurde ihr klar, wie viel rechtsmedizinisches Fachwissen sie sich über die Jahre im Sektionssaal angeeignet hatte. Sophie wäre sicher stolz auf sie.

Feldmann nickte. »Und dann noch das hier.«

Auf dem Foto war der nackte Oberkörper von Hörner abgebildet. Auf der Brust ein blutiges Zeichen, das der Killer mit einem Messer eingeritzt hatte. Es sah aus wie ein »T«. Oder ein Kreuz.

Und Clara wusste in dem Moment, dass sie dieses Zeichen schon einmal gesehen hatte.

KAPITEL 32

BUNDESKRIMINALAMT, WIESBADEN

Feldmann vom LKA und Trautmann vom BKA saßen zusammen mit Clara im Büro von Eisenstein, dem Chef des Bundeskriminalamtes in Wiesbaden. Eisenstein strich sich kurz über die kurzen, grauen Haare und sah an sich herunter, wie ein Mann, der sich gut gehalten hatte, aber auch schon mal besser in Form gewesen war. Clara wusste, dass Eisenstein früher bei der GSG9 gewesen war und Übungsmanöver mit der israelischen Armee in der Negev-Wüste durchgeführt hatte, was wohl selbst für GSG9-Leute ziemlich heftig war.

Alexander Bellmann war ebenfalls per Videokonferenz hinzugeschaltet. Zudem der Innenminister aus Brüssel.

Vor ihnen lagen die Fotos aus der Rechtsmedizin. Dr. Meyring vom rechtsmedizinischen Institut des BKA saß ebenfalls mit am Tisch. Die Leiche war gerade obduziert worden. Alle lauschten auf den Bericht des Rechtsmediziners.

»Der Killer hatte Hörner tatsächlich den Kopf abgeschnitten und eines der Augen entfernt, wahrscheinlich hat er es als eine Art Andenken mitgenommen«, erklärte Meyring. Der Kopf blickte sie aus dem Foto heraus klagend an.

»Das spricht wieder für den Serienkiller«, sagte MacDeath, »da ist es durchaus üblich, dass sie Teile ihrer Opfer mitnehmen.«

Meyring nickte. »Das Auge ist tatsächlich verschwunden. Wir schauen derzeit nach Vitalitätszeichen, ob er das Auge herausgeschnitten hat, als Hörner noch lebte oder post mortem. Aber da ist noch etwas.«

»Was denn?« Bellmann beugte sich nach vorn, und es sah aus, als würde er gleich aus dem Bildschirm herauskommen.

»Wir haben in der Augenhöhle …«, Meyring zögerte kurz, »… Sperma gefunden.«

BUCH 2

Sadist without reason, a pervert for all seasons
The headlines scream, hear them roar
Sanctified by the crimson by a diabolical drifter
The Night Stalker prowls to hunt you down
Who is this evil slayer, Death Valley perpetrator
When you say goodnight beware of the dark …

Testament, *City of Angels**

* Album »Titans of Creation«, gemeint ist Richard Ramirez, der »Night Stalker«

KAPITEL 1

IRGENDWO AUF DEM WERKSGELÄNDE

Warum tun wir Dinge, die verboten und falsch sind?, fragte sich der Mann. *Vielleicht*, weil *sie verboten und falsch sind. Das Gespenst der Perversion.*

Er sah den bewusstlosen Körper des Mannes vor sich. Wie tot, aber doch lebend. Und wenn tot, dann doch träumend.

Und spürte, wie sich allmählich Erregung in ihm aufbaute.

Wie etwas hart wurde.

Spürte, wie er sein Ding irgendwo hereinstecken wollte.

Das Opfer war ein Mann und hatte keine Vagina.

Auf Analverkehr stand er nicht.

Den Mund wollte er ihm auch nicht aufsperren, am Ende klappte der Kiefer noch zusammen und biss ihm in den Schwanz. Das konnte bei Bewusstlosen leicht passieren, das wusste er.

Er schaute den Kopf an.

Und dann fiel es ihm ein.

Eigentlich gab es da außer dem Mund nichts.

Und irgendwie doch.

Was für eine geniale, grausame Idee!

Ob wohl schon irgendjemand vorher auf diese Idee gekommen war?

Mit Sicherheit, die Welt war voll von gestörten Menschen.

Aber genau hier und heute? Da war er sicher der Einzige.

Er wuchtete den bewusstlosen Körper des Mannes nach oben, sodass der Kopf auf der richtigen Höhe war.

Arrangierte die Kamera.

Dann holte er das Skalpell.

KAPITEL 2

BUNDESKRIMINALAMT, WIESBADEN

Die Worte hallten in Claras Kopf wider: *Wir haben in der Augenhöhle Sperma gefunden …*

Ein ekelhafter Kloß schob sich plötzlich Claras Speiseröhre hinauf, als sie die Worte hörte. Ihr war, als würde sich der Boden unter ihr bewegen. Sie musste sich an der Tischkante festhalten, während ihr Blick hinter einer schwarzen Wolke, wie der eines Tintenfisches, verschwamm. Sie riss die Augen auf, atmete tief durch und konnte nach ein paar Sekunden wieder atmen.

Bellmann zog die Augenbrauen zusammen. Auch der Innenminister sagte nichts.

»Wie bitte?«, fragte nun Bellmann.

Meyring räusperte sich. »Er hat offenbar in die Augenhöhle … ejakuliert. Oder er hat …«

MacDeath beendete den Satz. »Oder er hat den Schädel von Hörner durch die Augenhöhle penetriert.«

Allen stand der Mund offen. Der Killer war mit seinen Perversionen offenbar noch nicht am Ende. Falls es überhaupt derselbe Killer war.

»Richtig … penetriert?«, fragte Eisenstein.

»Ja.« Meyring nickte. »Wir haben sogar im Neocortex Ejakulat gefunden.«

Man konnte sehen, wie Bellmann sich auf dem Bildschirm in Berlin fast schüttelte. »Ist es nun der gleiche Modus Operandi?«, fragte er.

»Auf den ersten Blick ja«, sagte MacDeath. »Was gegen einen typisch sexuell motivierten Serienmörder spricht, ist, dass er sowohl Frauen als auch Männer umbringt. Die meisten Serienmörder bevorzugen Opfer ihrer sexuellen Präferenz. Denn sowohl das Herausbeißen von Fleisch als auch das Penetrieren des Schädels haben, besonders bei Letzterem, eine eindeutig sexuelle Komponente.«

»Vielleicht ist er ja bisexuell?«, fragte Winterfeld.

»Gar nicht so unwahrscheinlich«, sagte MacDeath. »Und da ist noch etwas, was nicht zusammenpasst.«

»Bitte, Herr Kollege«, sagte Bellmann.

»Was mich wundert, ist, dass ja das Ejakulat, was er im Schädelinnenraum gelassen hat, uns reichlich DNA-Spuren bietet, während er am letzten Tatort ja anscheinend peinlich darauf geachtet hat, weder Speichelspuren noch einen Lippenabdruck zu hinterlassen, und deshalb das Glas, das er auf dem Video gezeigt hat, mitgenommen hat. Das ist schon sehr widersprüchlich.«

Der Innenminister meldete sich zu Wort. »Mir wurde gesagt, es handele sich um einen politischen Mord. Ebenso wie bei Schwarz.« Man sah dem Mann an, dass er das alles offenbar erst einmal verdauen musste. »Deswegen die Frage an Sie Experten: Macht ein Auftragskiller, ähm … so etwas?«

»Das ist das große Rätsel«, sagte Clara. »Normalerweise nicht. Aber was ist schon normal.«

»Und wo ist der Kerl jetzt?«, fragte Bellmann. »Trautmann, was sagt denn Ihre Wunderwaffe?«

»Nichts zu sehen«, sagte Trautmann. »Wir bekommen sofort ein Signal, falls er wieder irgendwo aktiv wird.«

»Das passt doch alles nicht zusammen«, sagte Bellmann. »Ist es nun Auftragsmord oder das Werk eines psychotischen Killers?«

Claras Coach hatte ihr einmal gesagt, sie sollte aufhören, *entweder oder* zu fragen, sondern, wenn sie Ziele erreichen wollte, lieber *sowohl als auch* zu sagen.

»Oder beides zusammen?«, fragte Clara. »Wissen Sie alle, was mich erstaunt?«

»Mich erstaunt es schon mehr als hinreichend, beziehungsweise es ekelt mich geradezu an, dass jemand den Schädel seines Opfers durch die Augenhöhle penetriert«, sagte Bellmann und schürzte die Lippen.

»Vielleicht aber immerhin post mortem«, sagte MacDeath.

Bellmann schaute MacDeath strafend an und sprach dann weiter. »Bitte, liebe Kollegin, was erstaunt Sie noch?«

»Vielleicht die Frage, ob er ein Kondom benutzt hat.« Das war Winterfeld. Clara verdrehte genervt die Augen.

»Hat er nicht«, sagte Meyring, »sonst hätten wir ja nicht das Ejakulat in der Augenhöhle gefunden. Und schwanger wird er davon auch nicht.« Er prustete genervt. »Mein Gott, Ursache und Wirkung …«

»Also, Frau Vidalis«, sagte Bellmann.

»Diese Zeichen, die er seinem Opfer in die Brust geritzt hat.« Sie schaute Winterfeld, Hermann und MacDeath an. »Erinnert ihr euch? Damals? Der Totenzeichner?«

»Stimmt«, sagte MacDeath, »die sahen so ähnlich aus.«

Der Totenzeichner* war ein Elitesoldat aus einer Einheit gewesen, die nur aus Psychopathen bestand. *Unknown Warfare,* unbekannte Kriegsführung nannte man die dazugehörige Militärstrategie, bei der man Menschen, die gerne töteten, in Eliteeinheiten steckte.

»Nein, nein, nein«, sagte Bellmann, »jetzt fangen Sie nicht schon wieder mit diesem Totenzeichner an. Ich habe die Story schon damals nicht so richtig geglaubt. Und erwischt haben wir ihn auch nicht!«

»Die Zeichen sehen aber ähnlich aus«, sagte Clara, fast ein wenig trotzig.

»Prüfen Sie das von mir aus, aber ich habe diese Totenzeichner-Story noch nie richtig geschluckt«, sagte Bellmann. Eisenstein schaute etwas unentschlossen drein, vielleicht wollte er die Überprüfung der Zeichen erst einmal abwarten.

Die Tür öffnete sich. Es war der Assistent von Meyring. Der drehte sich um. »Was gibt es?«, fragte er.

Der Mann schluckte. »Nichts Gutes.«

* Clara Vidalis, Band 4: »Der Totenzeichner«

KAPITEL 3

EISENHOWER EXECUTIVE OFFICE BUILDING, WASHINGTON, D. C., USA

Der Indian Treaty Room im Weißen Haus, in dem das Treffen stattfand, hatte hohe Decken und war reich verziert. Howard Starks Blick wechselte von der Stuckdecke zu Henry Wilson, dem Nationalen Sicherheitsberater des US-Präsidenten. Daneben saß Peter Thomsen, der offenbar für das Protokoll zuständig war.

Mehr Teilnehmer gab es nicht, sodass Stark sich nur noch einen Namen zusätzlich merken musste. Er wusste, wie wichtig es war, sich Namen zu merken. Menschen, die Erfolg hatten, konnten das, oder sie nutzten Eselsbrücken, um all die Namen irgendwie zu behalten. Bill Clinton war jemand, der das sehr gut konnte. Ansonsten hatte aber Clinton wenig Interesse an den Geheimdiensten gehabt. Beim jetzigen Präsidenten war das Interesse etwas höher, und bei Trump war es noch höher gewesen, oder würde es bald wieder sein, wenn er die Wahl gewinnen sollte. Das lag daran, dass Trump ganz besonders zwei Sorten Menschen bewunderte: die, die viel Geld gemacht hatten, und Männer vom Militär.

Stark wusste, dass Wilson selbst beim NSA gewesen war, bevor er Berater des Präsidenten wurde, die NSA, die riesige Datenkrake National Security Agency, die spätestens seit der Snowden-Affäre in aller Munde war. Snowden hatte als selbstständiger Berater bei der Beratung Booz Allen Hamilton gearbeitet, einer Beratung von öffentlichen Institutionen, die auch für das Pentagon tätig gewesen war. Das Projekt, PRISM, das später zu unrühmlicher Bekanntheit gelangte, war gemeinsam mit der Firma Palantir aufgesetzt worden, deren Software schon dabei geholfen hatte, bin Laden aufzuspüren. Palantir war ein Baby des Facebook-Investors und PayPal-Gründers Peter Thiel. Ursprünglich war es für PayPal entwickelt worden, um Betrug aufzudecken, das, was man im Tech-Bereich gemeinhin *Fraud Protection* nannte. Der Vorstandschef von Palantir war Alex Karp, mit dem Thiel in Stanford ein Zimmer geteilt hatte. Karp hatte auch an der Goethe Universität in Frankfurt studiert, unter anderem bei Jürgen Habermas. Als Thiel und Karp Anfang des Jahrtausends nach Risikokapital suchten, glaubte niemand, dass man Software für die Terrorismusbekämpfung brauche, auch wenn der 11. September nicht lange her gewesen war. *Wir glaubten daran,* soll Karp gesagt haben, *aber sonst niemand.* Stark hatte Thiel einmal auf einer Konferenz getroffen. Ein sehr heller Kopf, Milliardär und Unterstützer der ersten Stunde von Donald Trump. Manche sagten, dass Palantir für die Thiel-Unterstützung im Wahlkampf von Trump einen Auftrag des US-Waffenherstellers Raytheon erhalten habe. Ob das stimmte, wusste selbst Stark nicht. Dass der Geheimdienst aber oft bei hoffnungsvollen Tech-Start-ups als Investor einstieg, war kein Geheimnis. Sogar die digitalisierungsfeindlichen und kriminalitätsfreundlichen deutschen Behörden hatten das Palantir-Programm *Gotham* eingekauft.

Stark hatte selbst mit Datenanalyse zu tun gehabt. Er erinnerte sich an eine Bewerbung bei der NSA für ein Sommerpraktikum und die unzähligen Interviewrunden. In dem Praktikum hatte er Wilson das erste Mal kennengelernt. Erfahrung in bestimmten Feldern wurde erwartet und natürlich die US-Staatsbürgerschaft. Beim Geheimdienst anzufangen, war ein bisschen wie an einer Business School zu studieren. Obwohl Stark an der Kennedy School der Harvard University studiert hatte, wo es auf seine spätere Karriere schon einen Vorgeschmack gegeben hatte. Keiner arbeitete allein, sondern man lernte die Teams kennen, mit denen zusammen man die Aufgaben bearbeiten würde. Dabei kam es oft zu Reibereien. *Forming, storming, norming, performing* nannte man diesen Vierklang. Man kam zusammen, formte sich, ging aufeinander los, definierte Regeln der Zusammenarbeit, und dann leistete man zusammen Großes. Der Geheimdienst betrieb, ähnlich wie die großen Beratungen oder Investmentbanken, für ein Praktikum mehr Aufwand als die meisten Firmen bei einer Festanstellung. Dann gab es einen IT-Crash-Kurs und einen Einblick in *Big Data*, *Machine Learning* und Programmiersprachen wie C++, Java, SQL, R und Python gab es noch obendrauf. Früher war es wichtig, Menschen zusammenzubringen. Heute waren es eher verschiedene

Datenpunkte. Genau das, was Firmen wie Palantir auch machten.

Stark kannte all die Gerüchte und Mutmaßungen, die es über Geheimdienste gab. Besonders der Name von Ian Flemmings James Bond fiel eigentlich sofort, wenn von Geheimdiensten die Rede war. Dabei gab es weder bei der Central Intelligence Agency noch bei der National Security Agency James-Bond-ähnliche Typen, die Smokings trugen, Autos zu Schrott fuhren und ständig wechselnde Affären hatten – alles Aktivitäten, die auffielen und damit eben nicht geheim waren – was dem Wort *Geheimdienst* irgendwie zuwiderlief. Die Menschen, die heute beim Geheimdienst arbeiteten, mussten Teamplayer sein. Jemand mit einem ausgeprägten Ego-Problem wie James Bond wäre dort sofort gefeuert worden. Erst vor Kurzem hatte die CIA im *Economist* ausgeschrieben. Sie suchten *performing, patriotic professionals for the nations first line of defence. Leistungsbereite, patriotische Profis für die erste Verteidigungslinie des Landes.*

»Deutschland hat seine letzten Atomkraftwerke abgeschaltet«, sagte Wilson und schüttelte den Kopf.

»Ja, den Deutschen ist nicht mehr zu helfen«, sagte Stark. »Bald hat Trump hier wieder das Sagen, die USA treten aus der NATO aus, und Deutschland und Europa sind auf sich gestellt. Da wäre es vielleicht gut, wenn Europa etwas mehr Atomwaffen hätte als die, die Frankreich hat und England, wobei Letztere gar nicht mehr in der EU sind. Und in der Eurozone schon gar nicht.«

»Und es schadet nicht, die Technologie dafür im Land zu haben. Vor allem vor dem Hintergrund, dass Deutschland einmal Weltmarktführer bei Atomtechnik war. Denk an Oppenheimer, Werner Heisenberg, Otto Hahn, Albert Einstein.«

Stark selbst war in Amerika geboren, doch deutscher Abstammung. Was Wilson nicht erwähnt hatte, war die Raketentechnik. Sein Vater hatte Stark schon als Kind die Geschichte von Wernher von Braun, dem Erfinder von Hitlers Vernichtungswaffe V2, erzählt. Braun hatte Hitler lediglich die Story als Vernichtungswaffe aufgetischt, um ein Budget für die Entwicklung der ersten Weltraumrakete zu bekommen. Es ging ihm gar nicht um Waffen, sondern um die Erforschung des Weltraums. Stark war vor einiger Zeit in der Heeresversuchsanstalt in Peenemünde gewesen, wo Wernher von Braun an der V2 gearbeitet hatte. Eine Waffe, die erst als »Aggregat 4« bezeichnet wurde und die Propagandaminister Goebbels dann in »Vergeltungswaffe« oder »V2« umtaufte. Eine Waffe, die der Vernichtung der Feinde des NS-Regimes dienen sollte, die aber ironischerweise bei ihrer Herstellung mehr Menschenleben an Zwangsarbeitern gefordert hatte als bei ihrem Kriegseinsatz in London. Wernher von Braun war von den Alliierten in die USA mitgenommen worden und dort Direktor der NASA geworden und hatte dort auch das Raumfahrtprogramm begleitet. Die Saturn-Rakete, mit der die Amerikaner vor fünfzig Jahren zum Mond geflogen waren, hatte eine verblüffende Ähnlichkeit mit der früheren *Vernichtungswaffe* V2.

Von Braun war in den USA sehr beliebt. Er galt als Vater der Raumfahrt und damit als treibende Kraft, die die USA dazu gebracht hatte, gegen die Sowjets aufzuholen und zum Mond zu fliegen, nachdem die Sowjetunion 1957 den Sputnik ins All geschossen und 1961 den ersten Menschen ins All gebracht hatte. »Ich möchte einen Mann auf den Mond bringen und sicher wieder zurückbefördern«, hatte Kennedy damals gesagt. Den Russen wurde dann gern in den Mund gelegt, sie hätten gesagt: »Wir möchten einen Mann auf den Mond bringen.« Ob er je zurückkommen würde, wäre wohl nicht so wichtig, Hauptsache, man habe einen Menschen auf dem Mond. Schließlich seien ja Milliarden Menschen auf der Erde, auf dem Mond aber niemand.

Die Nazis, das musste Stark zugeben, waren in einigen Bereichen *first mover* gewesen. Das BND-Gelände in Pullach bei München hatten die Nazis bereits entdeckt und zu einem Geheimdienst umgebaut, lange bevor es, geleitet von Reinhard Gehlen, zu einer der ersten Außenstellen des US-Geheimdienstes CIA wurde und dann Bundesnachrichtendienst hieß. Der erste Geheimdienst der Welt hingegen sollte im 16. Jahrhundert in England entstanden sein, als es darum ging, das protestantische Königshaus vor katholischer Einflussnahme zu sichern, und auch heute noch gehörte der Britische Auslandsgeheimdienst MI6 zu den besten der Welt.

Wilson schnaubte. »Wie sehen Sie das, Stark? Es gibt doch auf der Welt kein Land, das sich dermaßen selbst im Weg steht wie Deutschland?«

Stark nickte. »Richtig. Es gibt zwar total gescheiterte Staaten ...«

»Die, die Donald Trump *Shithole* Countries genannt hat?« Wilson grinste.

»Genau die. Die sind halt blöd, kriegen es nicht hin und werden es auch nie hinkriegen. Aber Deutschland könnte ja. Es will nur nicht.«

»Es gibt also kein Land, das so viel könnte und so wenig will?«

»Richtig. Und darum gibt es Nihilus. Ich habe den Eindruck, dass wir sehr bald Ernst machen müssen. Wir können es uns nicht leisten, dass die größte Macht innerhalb Europas dermaßen unkalkulierbar ist.«

Stark kannte die Geschichte. 1648, am Ende des Dreißigjährigen Krieges, war in Europa der Nationalstaat erfunden worden. Der Prozess, der dahin führte, nannte man den *Westfälischen Frieden*, weswegen Henry Kissinger immer von *westphalian* gesprochen hatte, wenn es um Nationalstaaten ging.

»Es ist verrückt«, sagte Stark. »Deutschland soll aufrüsten, muss aufrüsten, will es aber nicht. Durch den Ukraine-Krieg sind die deutschen Rüstungsunternehmen wieder stark geworden. Die Armee könnte irgendwann zur stärksten Europas gehören. Da wird es den europäischen Partnern allerdings wieder unwohl. Gleichzeitig wollen sie, dass Deutschland mehr Geld in das Militär investiert.«

»Wie wäre es mit Söldnern?«, fragte Wilson.

Stark lächelte. Er kannte die Diskussionen um Söldner. Schon Machiavelli hatte sich in seinem Buch *Der Fürst* extrem negativ über Söldner geäußert. *Sie seien nur mutig im Frieden und feige vor dem Feind,* hatte er geschrieben. Fakt war, dass Söldner die heutigen Kriege mehr bestimmten als viele andere nationale Truppen. Die Gruppe Wagner war da nur die bekannteste. Die USA hatten mit Firmen wie Blackwater, die jetzt Academi hießen, ihre eigene private Sicherheitsfirma. »PMC«, sagte Stark, »Private Military Companies. Das kann die Lösung sein, um eine kleine Armee mit Geld sehr viel stärker zu machen. Aber denk mal daran, was das für einen Aufschrei in Deutschland geben würde.«

Wilson schaute nach draußen. »Wir haben Russland, die wieder ihren Lebensraum erweitern wollen. Und dann haben wir China. Der Sowjet-Kommunismus ist unter seiner Bürokratie zusammengebrochen, doch China ist extrem agil und schnell.«

»Und das, obwohl im Zentralkomitee der kommunistischen Partei nur chinesische Männer über fünfzig sind. Das spricht jedem *Diversity*-Gedanken Hohn.«

»So ähnlich wie der Vatikan.«

»Ja, aber auch ähnlich langfristig erfolgreich.« Wilson räusperte sich. »Ich würde sogar sagen, es gab in der Geschichte der Menschheit noch niemals etwas, was gleichzeitig so groß und so schnell war wie China. Das haben wir alle unterschätzt. Aber komplett!«

Stark schaute in den Bericht. »Digitale Diktatur«, sagte er. »Ein schöner Titel.«

»Wissen Sie, was Mao 1960 gesagt hat?«, fragte Wilson. »Ein Nuklearkrieg wäre in Ordnung, da mehr Imperialisten als Sozialisten sterben würden. Das hat Nikita Chruschtschow abgeschreckt, und es kam zu keinem Krieg zwischen Russland und China.«

»Verzeihung, aber wo ist der Zusammenhang?« Stark war verwirrt.

»Heute gewinnt nicht der, der die meisten Menschen umbringt. Es gewinnt der, der die meisten Daten hat. Und das haben die Chinesen. Anderthalb Milliarden. Wer die Künstliche Intelligenz beherrscht, beherrscht die Welt.« Er blickte sich um. »Europa ist in der Hinsicht tot, der Rest der Welt auch. Es gibt nur noch uns. Und China. Und dann noch ein aggressives Russland. Und wenn wir nicht Europa als Stoßdämpfer dazwischen haben, wird es irgendwann auch für uns ungemütlich.«

KAPITEL 4

AUTOBAHN A20 RICHTUNG GREIFSWALD

Ein gemieteter schwarzer Kleinbus durchschnitt die kalte Abendluft auf der Autobahn in Richtung Greifswald. Er hatte ordentlich Gas gegeben. Zunächst in einem gemieteten Porsche über die A5, dann über die A7 Richtung Hamburg. Dort hatte er den Porsche gegen den Kleinbus eingewechselt.

Auch wenn hier kaum Werkschutz vor Ort sein würde, war der Auftrag dennoch nicht unbedingt einfacher. Er musste ihn befragen, bevor er ihn töten durfte. Dafür musste er möglichst unauffällig in das Haus gelangen und dafür sorgen, dass es niemand mitbekam und dass niemand Hilfe holen konnte. Und dann gab es noch eine andere Sache, die er vorbereiten wollte. Ebenfalls in Greifswald. Die hatte zwar nichts mit seinem Auftrag zu tun, aber sie würde ihm Spaß machen. Und das war das Wichtigste.

Diesmal war es kein Firmensitz. Es gab also keinen Wachschutz. Aber es gab eine andere Herausforderung. Er musste reinkommen, und zwar so, dass der Inhaber des Hauses dabei noch lebte. Es wäre einfach, den Mann einfach von draußen durchs Fenster in seinem Wohnzimmer zu erschießen, so wie das bei Treuhand-Chef

Rohwedder gemacht worden war. Das wäre eine Sache von wenigen Minuten gewesen.

Er wusste schon, wie er hereinkommen würde. Erst klingeln, dann wird die Tür geöffnet, und wenn sie mit einer Kette gesichert ist, diese ganz schnell mit dem Bolzenschneider durchschneiden. Und schon ist man drin.

Falls sich die Zielperson dann weigern würde, irgendetwas zu sagen, würde sie schnell feststellen, dass man mit einem Bolzenschneider nicht nur Ketten durchschneiden konnte.

Normalerweise reichte es, den Leuten nur das Werkzeug zu zeigen. Bei ganz hartnäckigen Fällen musste man halt den kleinen Finger nehmen. Und ihnen sagen, dass der Daumen als Nächstes drankäme, wenn sie weiterhin auf stur schalteten. Dann taten sie alles und erzählten einem sogar, dass sie Damenunterwäsche trugen.

Die ersten Ortsschilder auf Greifswald tauchten am Straßenrand auf.

KAPITEL 5

BUNDESKRIMINALAMT, WIESBADEN

Dr. Karls, der Assistent von Dr. Meyring von der Rechtsmedizin des BKA, hatte einige Unterlagen dabei.

»Was gibt es?«, fragte Meyring.

»Wie Sie wissen, haben wir in der Augenhöhle des Toten ja Reste einer Flüssigkeit gefunden und diese analysiert«, sagte Karls.

»Ja, wissen wir«, sagte Meyring. »Sperma, wie es aussieht. Der kranke Kerl hat die Augenhöhle seines Opfers penetriert, nachdem er ihm das Auge rausgeschnitten hat.«

Clara wollte sich gar nicht vorstellen, wie es aussehen würde, wenn der Killer sich mit dem Kopf befriedigte.

»Fast richtig«, sagte Karls, »das ist aber leider noch nicht alles.«

Was soll denn noch kommen?, fragte sich Clara.

Karls sprach weiter. »Im Fettkörper hinter dem Augapfel haben wir Blutungen festgestellt. Ebenso im Fronthirn, an der Sehnervkreuzung bis hin zum Thalamus. Und auch dort haben wir …«, Karls' Stimme stockte wieder, »… haben wir Spermareste gefunden.«

»In seinem Gehirn?«

Karls sagte nichts, aber für Clara war das ein *Ja*.

»Dann hat das Opfer noch gelebt, als seine Augenhöhle penetriert wurde?«

Karls nickte nur.

»Wie ist es denn möglich, dass er einfach so die Fettkörper hinter den Augen mit seinem Penis penetrieren kann?«, fragte Eisenstein.

»Ganz einfach«, sagte Meyring. »Indem er die Augenmuskeln durchtrennt und den Augapfel mit den Sehnerven aus der Augenhöhle herauszieht. Das Vorgehen ist doch klar.«

»So klar ist mir das nicht«, sagte Eisenstein, »Geschlechtsverkehr läuft normalerweise etwas anders.«

»Das wird bei verschiedenen Augen-OPs so gemacht. Übrigens bis heute, weil die Augäpfel aufgrund der knöchernen Begrenzung der Augenhöhle außerhalb des Schädels besser operiert werden können.«

»Für mich eher eine Lobotomie als eine OP«, sagte MacDeath.

»Wenn man so will«, sagte Meyring, »Sie kennen das ja.«

»So genau kenne ich das nicht«, sagte Eisenstein.

»Okay«, sagte Meyring, »also, die Lobotomie war eine ziemlich vorsintflutliche Technik. Der Erste, der die Technik angewendet hatte, war Walter Freeman Ende der Vierzigerjahre in den USA. Er hatte das Augenlid des vor ihm liegenden Patienten angehoben und hatte dann eine zentimeterlange Nadel, so ähnlich wie ein Eispickel, allerdings mit scharfer Spitze, etwas oberhalb des Augapfels in die Augenhöhle des Patienten geschoben.«

»Aber das Auge blieb drin?«

»Genau. Anders als bei Hörner wurde das Auge dabei gar nicht in Mitleidenschaft gezogen. Die Nadel ging über das Auge in das Schädelinnere. Wenn der Arzt mit der Nadel auf den Schädelknochen stieß, nahm er einen kleinen Hammer, und dann nach ein paar Schlägen gab der dünne Knochen nach. Die Augenhöhlenwand war sehr dünn, sodass Freeman sie schnell mit einer Nadel und dem Hammer durchstoßen konnte. Mit einem, na ja, stark erigierten Glied geht das auch. Oder er hat mit irgendwas nachgeholfen, das wissen wir leider nicht. Bei Freeman ging das Metall weiter in die Hirnmasse, der Arzt ließ die Nadel kreisen und zerstörte das dortige Nervengewebe. Wenn er dort fertig war, war das andere Auge dran. Beziehungsweise die andere Hirnregion.«

Eisenstein verzog das Gesicht. »Und so was machten die freiwillig?«

Meyring schüttelte den Kopf und zeigte auf Hörner. »Der hier sicherlich nicht«, sagte er. Aber dann nickte er. »Die anderen damals schon. Der Glaube war damals, dass eine Lobotomie angeblich Depressionen heilen konnte, Schizophrenie, Psychosen, auch Alkoholismus. Doch die meisten Patienten wachten nach der Operation mit dem Verstand eines kleinen Kindes auf, hatten keine eigene Persönlichkeit mehr, konnten nicht mehr sprechen oder nicht mehr laufen. Oder beides. Dennoch hatten die ersten Patienten Freeman damals die Bude eingerannt. Weil es so praktisch war. Nach dem Eingriff konnten die Patienten meist nach Hause gehen, es gab nur ein paar Blutergüsse um die Augen herum, abgesehen davon, dass es auch ein paar Tote gab, aber das war Freeman egal. Die OP war kurz und praktisch und darum beliebt. Freeman schwebte damals sogar eine Operation in der Mittagspause vor, nach der man sofort wieder zur Arbeit gehen könnte. Wobei die meisten danach eher in der Psychiatrie landeten.«

»Und Freeman?«, fragte Winterfeld.

»Dem war das egal. Er hatte teilweise bis zu fünfundzwanzig Lobotomien pro Tag durchgeführt, sodass er sich wegen dieser Massenabfertigung stolz den *Henry Ford der Lobotomy* nannte.«

»Zur Sache«, sagte Clara, die die Geschichte von der Lobotomie schon einmal gehört hatte, »die Lobotomien von Freeman sind seit Jahrzehnten Geschichte. Die Lobotomie durch diesen Killer hat vor nicht wenigen Stunden stattgefunden. Und Sie sagten Unterblutungen«, sagte Clara, »das sind doch klare Vitalitätszeichen. Das heißt, das Opfer hat in dem Moment noch gelebt?«

»So scheint es zu sein. Der Killer hat, entschuldige, wenn ich es so deutlich sage, *das Gehirn seines Opfers gefickt.*«

Clara schluckte wieder.

»Hat Hörner das alles mitbekommen?«

»Ihm wurde ein Lähmungsmittel eingespritzt, sodass ich davon ausgehe, dass er sich nicht bewegen konnte. Möglicherweise war auch sein Schmerzempfinden reduziert, obwohl das Gehirn keinen Schmerz empfindet. Möglicherweise hat er aber doch Schmerzen erlitten, und er war durch die Schmerzen ohnmächtig geworden. Vielleicht hat er auch gar nichts gemerkt.«

Hoffen wir es, dachte Clara.

»Aber er hat ihm doch das Auge entfernt?« Die Blutung im Gehirn in den Unterlagen zeigte, dass Hörner noch gelebt haben musste, als der Killer ihm das Auge entfernt hatte. Was für eine grauenvolle Vorstellung, dachte sie.

»Das hat er mit Sicherheit gemerkt. Nun, es kommt noch etwas hinzu. Durch die Penetration durch die Augenhöhle ins Gehirn hat der Killer ihm nach und nach das Fronthirn zerstört. Als der Killer mit ihm fertig war und seinen Orgasmus hatte, war Hörner nicht mehr der Alte. Er wurde durch die Penetration zum geistig Behinderten.«

KAPITEL 6

BUNDESKRIMINALAMT, WIESBADEN

Trautmann kam in den Raum.

»Hermann hat etwas gefunden«, sagte er. »Er spielt es auf den großen Bildschirm. Am besten, ihr kommt alle mit.«

Eisenstein stand auf, und alle anderen folgten ihm. »Das schaue ich mir auch an«, sagte er.

Bellmann, der zugeschaltet war, sagte noch irgendetwas, aber keiner hörte ihn. Er wurde zurückgelassen, wie ein unartiges Kind, das Stubenarrest hat.

Sie gingen durch diverse Korridore, bis sie wieder in Trautmanns Büro vor den großen Monitoren standen. Das Gesicht von Hermann war auf dem Monitor zu sehen, neben ihm eine Tüte Gummibärchen.

»Der Typ hat einen Fan-Bereich bei TikTok aufgebaut, wo es um ziemlich brutale Praktiken geht«, sagte Hermann.

MacDeath schaute blinzelnd auf die Beschreibung des Kanals. »Na ja, das sieht man ja schon am Namen«, murmelte er. *»FickTok.«* Er rückte seine Brille zurecht. »Sehr schöngeistig.«

»Das Beste kommt erst noch«, sagte Hermann. »Oder das Schlimmste. Hier.«

Er startete das Video.

Der Titel des Videos war nicht viel besser.

Fucked into submission.

Clara hielt den Atem an.

Sie hatte schon viele Schrecken gesehen. Frauen in Satanskulten, die gezwungen wurden, aus ihren toten Kindern, die bereits halb verwest waren, Fleischstücke herauszubeißen und zu essen. Killer, die anderen Menschen Schwerter in den Anus eingeführt hatten, die aus dem Mund wieder herauskamen. Der gleiche Killer, der auch einer Frau das Kind aus dem Leib geschnitten und gegessen hatte. Kindliche Killerkommandos, die einer jungen Frau im Zug die Innereien aus der Vagina gezogen hatten. All das hatte sie gesehen und akzeptiert, weil es zu ihrem Job gehörte. Und jedes Mal gedacht, dass es nicht noch schlimmer werden konnte. Doch Rekorde waren dafür da, um gebrochen zu werden. Denn es wurde noch schlimmer. Jedes Mal.

Denn was sie hier sah, war mindestens genauso schlimm wie das Schlimmste, was sie je gesehen hatte. Sie hatte es erst gesehen und dann gehört. Und deswegen war es noch verstörender, weil es eine fast groteske Komponente hatte.

Der Film war mit einem Handy aufgenommen worden. Man sah den Kopf von Hörner. Er schien betäubt zu sein, Speichel lief an seinen Mundwinkeln herunter, sein rechtes Auge, das aus der Augenhöhle hinaushing, starrte glasig in die Gegend. Es hing am Sehnerv herunter, sodass es wie eine schlechte Halloween-Attrappe aussah.

Der Mann, der die Szene mit einer Hand filmte, hatte mit der anderen Hand den Kopf an den Haaren ergriffen. Kurz sah man die leere Augenhöhle am abgetrennten Kopf. Und dann das, was die ganze Szene nicht nur zu einer grotesken Inszenierung, sondern einem absoluten Schauspiel des Bösen machte: der Penis des Killers, den er rhythmisch in die Augenhöhle des Mannes und damit auch in sein Gehirn rammte. Wobei der Mann den Kopf an den Haaren in Richtung seines Geschlechtsteils drückte und wieder nach vorn zog. Vor und zurück. Vor und zurück.

Im Hintergrund lief Musik. Irgendetwas Heavy-Metal-artiges, dessen Basedrum genau zu den rhythmischen Penetrationsbewegungen des Täters passte.

Und dann fing der Mann an zu singen. Wenn man es Singen nennen konnte. Es war eher ein Grunzen, wie es die Death-Metal-Sänger taten. David Vincent von Morbid Angel oder Georg »Corpsegrinder« Fisher von Cannibal Corpse. Es war vielleicht ein völlig unwichtiges Detail, doch Clara fiel auf, dass der Mann akzentfrei Englisch sprechen konnte. Sie musste ein paar Sekunden zuhören, doch dann erkannte sie, was dieser Wahnsinnige, während er Geschlechtsverkehr mit dem Kopf und dem Gehirn von Hörner hatte, von sich gab. Im Rhythmus der Penetration, im Rhythmus der Musik, im Rhythmus des Bösen.

I shall. Fuck his skull
Insane. Fuck his brain

I shall. Fuck his skull
Insane. Fuck his brain

I shall. Fuck his skull
*Insane. Fuck his brain**

* Ich werde seinen Schädel ficken. Wahnsinnig, sein Gehirn ficken. (dt. Übersetzung)

KAPITEL 7

BUNDESKRIMINALAMT, WIESBADEN

Clara und MacDeath standen in einem Besprechungszimmer hinter Eisensteins Büro. Sie mussten beide kurz durchatmen nach dem, was sie eben gesehen hatten. Beide schauten auf das Bild. Hinter dem Schreibtisch stand ein großer Eichenholzschrank, in dem sich die Regale unter der Last schwerer Bücher bogen. An der Wand gegenüber dem Schrank hingen zwei sorgfältig gerahmte Poster. Eines zeigte das *Jüngste Gericht,* Michelangelos Fresko in der Sixtinischen Kapelle; das andere war ein Filmplakat von *Titus,* der Shakespeare-Verfilmung von Julie Taymor. Auf dem Plakat war Anthony Hopkins als Titus Andronicus zu sehen.

»Erinnerst du dich an die Bilder?«

»Klar«, sagte Clara, »die hingen doch auch in deinem alten Büro.«

Da im LKA Asbest gefunden worden war, musste die ganze Truppe aus dem zweiten Stock in den dritten Stock umziehen. Dabei waren auch die zwei Poster, die MacDeath so liebte, verschüttgegangen.

»Habe ich Eisenstein mal zuschicken lassen. Sie haben ihm offenbar so gefallen, dass er sie sich hier in sein Nebenbüro gehängt hat.« MacDeath war zur Hälfte beim

LKA, zur anderen Hälfte beim BKA unter Vertrag, daher hatte er häufiger mit Eisenstein zu tun.

»Das ist eine hervorragende Shakespeare-Verfilmung«, sagte MacDeath. »Titus Andronicus ist ein treuer Vasall des Kaisers von Rom, doch ihm wird übel mitgespielt. Fast alle seine Söhne sind im Krieg umgekommen, und der Kaiser ist der dekadenten Gotenkönigin Tamora verfallen. Auf sein Geheiß werden auch die letzten Söhne Titus' ermordet, und Titus muss sich eine Hand abhacken lassen, um einen der Söhne zu retten, der dann am Ende doch getötet wird. Außerdem wird Titus' Tochter Lavinia von Chiron und Demetrius vergewaltigt, den beiden Söhnen der Gotenkönigin. Zum guten Schluss werden ihr die Hände abgehackt und die Zunge herausgeschnitten.«

»Entzückend«, sagte Clara. »Kann man das wirklich als ›guten Schluss‹ bezeichnen?«

MacDeath legte den Brillenbügel an den Mund, während er mit verschränkten Armen vor dem Poster stand. »Am Ende lädt Titus die Gotenkönigin und den Kaiser zu einem Festmahl ein, bei dem es eine Pastete gibt. Eine Pastete für die Königin. Sie besteht aus den gemahlenen, mit Blut getränkten Knochen ihrer Söhne.«

»Das war wohl kein Versöhnungsmahl«, sagte Clara.

»Nein, auch hier werden Teile der Opfer gegessen, wie in unserem Fall.« Er zitierte aus dem Stück: »*Hier sind sie schon, zerhackt zu Teig, von dem die Mutter lüstern hat genossen, verzehrend das Fleisch dem eigenen Fleisch entsprossen.* Auch Kannibalismus, oder?«

Clara nickte. »Klingt nach Hannibal Lecter. Fehlen nur die Fava-Bohnen und der Chianti.«

»Das ist das Geniale an diesem Film«, ergänzte MacDeath. »Hopkins spielt Titus Andronicus nicht als Anthony Hopkins, er spielt ihn in der Rolle, mit der man ihn bis ins Grab assoziieren wird, als Hannibal der Kannibale.«

Clara setzte sich. Offenbar musste MacDeath nach dem, was er gesehen hatte, erst einmal seine Gedanken ordnen, und das ging am besten, wenn er sich mit einem anderen Thema befasste.

»Zu dem Killer: Was für ein kranker Mann.« MacDeath verzog das Gesicht. »So ein Mensch ist selbst mir lange nicht untergekommen, falls man ihn überhaupt noch als Menschen bezeichnen kann. Der Einzige, der mir in dieser Hinsicht einfällt, ist der Werwolf, den wir gemeinsam gejagt haben, als ich eigentlich noch gar nicht beim LKA war.«

Clara erinnerte sich noch sehr gut an den Werwolf, den sie in einem großen Showdown erschossen hatte. Sie hatte ihn direkt in den Kopf getroffen und die Wand seiner Wohnung in ein blutiges Jackson-Pollock-Gemälde verwandelt. Clara hatte nur zu genau in Erinnerung, was der Werwolf alles getan hatte. Einigen Frauen hatte er vor oder nach dem Tod die Bauchdecke und den Enddarm aufgeschnitten und sie mit ihren eigenen Fäkalien eingeschmiert. Absolute Dominanz, absolute Erniedrigung. Auch er gehörte zu Claras *Greatest Hits* der Perversionen.

MacDeath blickte zur Decke. »Der Werwolf war der exploitive Typ des Vergewaltigers und Mörders. Völlig ohne Planung, desorganisiert und unkalkulierbar – und daher sehr gefährlich. Ihm ging es nur darum, sein Opfer vollkommen zu beherrschen, zu erniedrigen und zu einem bloßen Objekt zu machen, bis es am Ende *wirklich* ein Objekt wird: ein toter Körper … tote Materie.« Er blickte wieder in die Augen Claras. »Wenn der Begriff *Werwolf* nicht schon vergeben wäre, würde ich unseren Killer genauso nennen.«

»Du hast mir doch früher mal gesagt, dass Werwölfe eigentlich die ersten Serienmörder waren?«

»Richtig. Und es waren natürlich Menschen, und keine Wölfe. Denn: In der gesamten Menschheitsgeschichte gab es Serienkiller, auch wenn dieser Begriff natürlich noch nicht existierte. Männer, ganz selten Frauen, die ihre Opfer getötet und verstümmelt haben. Die Bevölkerung konnte sich normalerweise nicht erklären, wie ein Mensch zu so etwas fähig sein kann. Man kam zu dem Schluss, dass eine solche Tat nur von einem Dämon verübt worden sein könnte, von einem Ungeheuer in der Gestalt eines Mannes und mit der Kraft eines Tieres, eine Mischung zwischen Mensch und Wolf – dem Werwolf.«

Er schaute jetzt auf das Bild des Jüngsten Gerichts, bei dem Clara sofort an die Bluthochzeit in der Sixtinischen Kapelle denken musste.*

* Clara Vidalis, Band 8: »Höllenkind«

MacDeath fuhr fort: »Der Werwolf hat einige Frauen nach der Vergewaltigung, die sowohl vor Eintritt des Todes als auch post mortem stattfand, mit einer Axt zerhackt. Er hat so blindwütig auf die Leichen eingeschlagen, dass einige Axthiebe nicht nur die Gliedmaßen durchtrennt, sondern den Matratzenkern des Bettes durchschlagen und das Parkett darunter zerstört haben. Er hat sich dermaßen in seinen Hass hineingesteigert, dass er die Leichenteile einiger Opfer in unkontrollierbarer Wut durch die Wohnung geschleudert hat. Und dann ließ er sie dort liegen.«

»Der Traum eines jeden Vermieters«, sagte Clara. »Mit ihm ist es komplett durchgegangen. Und diese Raserei siehst du auch hier?«

»Das sehe ich in der Tat«, sagte MacDeath. »Einerseits tötet dieser Mann wichtige Personen des öffentlichen oder halb öffentlichen Lebens. Andererseits scheint es mit ihm dermaßen, ich nenne es mal *durchzugehen,* dass er Dinge macht, die mit dem Mord überhaupt nichts zu tun haben.«

»Den Mann betäuben, das Auge rausschneiden und dann die Augenhöhle penetrieren und das auch noch mit Musik aufzunehmen?«

»Indizien hochgradig schizoider Persönlichkeitsstörung, verbunden mit pathologischen Dominanz- und Allmachtsfantasien.«

»Ist er ein Profikiller, ein Psychopath oder beides?«

MacDeath schürzte die Lippen. »Beides. Und das ist das Bizarre.« Er schaute nach draußen. »Ein klares Indiz ist diese animalische Zerstörungskraft, die hier mit einem sadistischen Hass verbunden ist, wie ihn nur Menschen haben können. Es sind die extremen Dinge, bei denen man nach extremen Merkmalen schauen muss. Einiges von dem, was er getan hat, ist ausgesprochen ungewöhnlich und zeigt den absoluten Willen zur vollkommenen Erniedrigung seiner Opfer. Er möchte sie zu einem Teil von sich machen, indem er Teile von ihnen herausbeißt und isst und das Ganze auch noch verbreitet. Und er möchte etwas in ihnen hinterlassen, seinen Samen zum Beispiel, und sie damit bleibend verändern. Von der geistigen Behinderung zum Tod.«

»Aber er ist nicht auf Frauen beschränkt«, sagte Clara. »Wir dachten zuerst, dass er die Männer professionell umbringt und sich an den Frauen psychopathisch austobt. Aber das stimmt nicht.«

»Vielleicht ist es ihm bei Hörner wieder durchgegangen, und es war halt keine Frau in der Nähe, sodass er, in einer Art Übersprungshandlung, dann den Mann zur Frau gemacht hat.«

»Und die Augenhöhle zur Vagina.« Clara war selbst erstaunt, dass sie das eben gesagt hatte, aber so war es gewesen.

»Und da sind wir wieder beim Werwolf«, sagte MacDeath. »Eine Parallele, die uns helfen kann. Willst du es hören?«

»Was für eine Frage! Natürlich!«

KAPITEL 8

GREIFSWALD

Der schwarze Bus hielt auf einem Feld in der Nähe einer verfallenen Scheune, unweit des Hauses der Zielperson. Ein Mann in schwarzer Kleidung stieg aus. In der Hand eine große, schwarze Tasche.

Er schaute auf sein GPS.

Er würde sich dem Haus nähern und zuerst prüfen, ob es neben dem Haupteingang noch andere Ein- und Ausgänge gab. Er hatte die Satellitenbilder schon gesehen, doch nichts konnte eine Prüfung der Umgebung in der Realität ersetzen.

Der Mann zog den Mast, an dessen Ende sich der Störsender befand, auf eine Länge von zehn Metern aus und rammte ihn in den Boden. Sobald er in der Nähe des Hauses wäre, würde er per Fernbedienung den Sender aktivieren. Alle mobile Kommunikation, alle Handys oder Blackberrys im Umkreis von einem Kilometer würden dann nicht mehr funktionieren.

Er ging zum Verteilerkasten, der am Ende der Straße stand. Das Schloss war ein Witz. Das würde er sogar mit der Zahnbürste knacken können. Er erkannte das Kabel, das den Anschluss von Nr. 35 mit dem Telefonnetz verband. Die Zange klickte, und innerhalb von einer halben

Sekunde war das Haus von Jakob Hellwig komplett von der Außenwelt abgeschnitten.

Er nahm den Bolzenschneider aus der Tasche und schritt langsam die Straße Richtung Haus entlang. Die Jagdsaison war eröffnet.

KAPITEL 9

BUNDESKRIMINALAMT, WIESBADEN

MacDeath kniff die Lippen zusammen.

»Der Werwolf … Aufgrund der Bestialität der Morde würde man ihn für einen heruntergekommenen, verwahrlosten Typen halten. Aber das war er nicht.« MacDeath kaute am Bügel seiner Brille. »Dieser Typ des Vergewaltigers legt Wert auf sein Äußeres. Er möchte als toller Kerl erscheinen, als harter Bursche. Wenn er die Frauen, die er hasst, weil er nicht bei ihnen landen kann, erniedrigt und quält, schändet und tötet, steigert das sein Selbstbild.«

»Du hast ihn doch damals anhand seines Wagens identifiziert, nicht wahr?«, sagte Clara.

MacDeath nickte. »Eine Corvette. Es gab im gesamten Viertel, in dem wir den Killer vermuteten, nur eine zugelassene Corvette. Und die gehörte Bernhard Trebcken, dem Werwolf.«

»Man kann also von Autos auf Serienkiller schließen?«

»*A Corvette makes a girl wet,* wie die Amis sagen«, erwiderte MacDeath. »Entschuldige den sexistischen Spruch, aber er verdeutlicht, was ich meine. Und um deine Frage zu beantworten: Ja, man kann tatsächlich von einem Auto auf einen Killer schließen – zumindest kann es ein Indiz sein. Wie jemand Tango tanzt, so ist er im Bett. Wie die Leute Autos auswählen, so behandeln sie Frauen.«

»Ist das nicht ein bisschen klischeehaft?«

MacDeath hob die Brauen. »Hat es funktioniert?«

Clara lächelte. »Dann ist unser Killer jemand, der auch total diszipliniert und organisiert ist, dem es aber manchmal komplett durchgeht?«

MacDeath nickte. »Die Art, wie er im Leben ist, diszipliniert, wahrscheinlich Leistungssportler, Elitesoldat, zeugt von dem Willen, dem Leben etwas abzutrotzen, Widrigkeiten zu überwinden, als Sieger hervorzugehen.«

»Den inneren Schweinehund überwinden in XXL?«, fragte Clara.

»Sehr schön gesagt. Er will sich selbst besiegen, und um das noch zu toppen, besiegt er auch noch andere, dominiert er andere in einer exploitiven Weise, wie es kaum schlimmer geht.«

»Dann ist der doch ein Auftragskiller?«

»Wohl schon. Ex-Soldat, Eliteeinheit, Söldner. Speznaz, Green Berets, KSK. Was auch immer. Aber ein psychopathischer.«

»Das wird Bellmann nicht hören wollen«, sagte Clara.

»Wir wollen als Kinder auch nicht hören, dass es keinen Weihnachtsmann gibt. Ist aber trotzdem so.«

»Wir sind hier nicht bei *Wünsch dir was*, sagt mein Vater immer.«

MacDeath nickte. »Kluger Mann.«

Die Tür öffnete sich. Winterfeld steckte seinen Kopf zur Tür rein.

»Ach, hier seid ihr?«, fragte er. »Wenn ihr nicht schon verheiratet wäret, würde ich denken, ihr habt eine Affäre.« Er wies mit dem Kinn nach draußen. »Lagebesprechung und Rauchpause auf dem Balkon. Jetzt.«

KAPITEL 10

BUNDESKRIMINALAMT, WIESBADEN

Winterfeld zündete sich missmutig einen Zigarillo an. Clara und MacDeath waren ganz glücklich, dass sie sich ein wenig die Beine vertreten konnten. Der große Balkon war überdacht, und man hatte vom Neroberg aus einen hervorragenden Blick auf die Landschaft.

»So was habe ich lange nicht gesehen«, sagte Winterfeld. *»I shall, fuck his skull. Insane, fuck his brain«*, wiederholte er. Er schwieg wieder und zog an seinem Zigarillo.

»Der Kerl ist absolut pervers, absolut gefährlich und ziemlich selbstsicher«, sagte MacDeath.

»Ist der eigentlich schwul?«, fragte Winterfeld. »Weil Sie, Herr Friedrich, doch immer darauf herumreiten, dass Serienkiller gemäß ihrer sexuellen Präferenz töten.«

»Erst einmal«, sagte MacDeath und vergrub die Hände in den Taschen, »wissen wir ja nicht genau, ob es der gleiche Mörder ist.«

»Und wenn wir davon ausgehen?«

»Das hatte ich eben mit Clara besprochen. Dann kann es auch eine absolute Dominanzgeste sein. Hörner war stark, weil er Waffen herstellte. Dieser Kerl hier will zeigen, dass er noch stärker ist, indem er, na ja, das Gehirn des anderen … *fickt.*«

»Die Geodaten von dem Video waren genau die vom Firmensitz von Blacksteel«, sagte Clara. »Es ist auf alle Fälle der Mörder von Hörner.«

»Falls er gewollt hat, dass wir das sehen«, sagte Winterfeld.

»Ich bin ziemlich sicher, beziehungsweise ich fürchte, dass er das gewollt hat«, sagte MacDeath. »Genauso wie bei *Sieben,* wo auch gewollt ist, dass die Ermittler den Typen, der halb tot ans Bett gefesselt ist, genau ein Jahr später finden.«

»Jetzt hören Sie auf mit Ihren ständigen *Sieben*-Zitaten«, sagte Winterfeld, »denn anders als Brad Pitt und Morgan Freeman …«, begann Winterfeld.

»Im Film David Mills und William Sommerset«, belehrte MacDeath.

»Oder so«, sagte Winterfeld genervt, »Anders als die haben wir keine Ahnung, wer das ist. Ich werde das irgendwie Bellmann beibringen müssen. Bin ganz froh, dass wir ihn allein auf dem Bildschirm bei der Rechtsmedizin zurückgelassen haben.« Ein kurzes Lächeln zog über Winterfelds Gesicht. »Diese Details dürfen auf keinen Fall an die Presse. Die Leute werden ja wahnsinnig, wenn sie das in der Zeitung lesen.«

KAPITEL 11

EISENHOWER EXECUTIVE OFFICE BUILDING,
WASHINGTON, D. C., USA

»Der Königsmord oder Tyrannenmord«, sagte Stark. »Sind wir so weit? Der Herrscher galt in der mittelalterlichen Theologie als Abbild der Gottheit, verdiente Liebe, Ehrfurcht und Gehorsam.«

»Ich kenne mich da nicht so gut aus«, sagte Wilson, »aber gab es da nicht auch die andere Seite? Der Tyrann, wo es die Pflicht ist, ihn zu bestrafen oder zu töten?«

»Ja«, sagte Stark, »Luzifer. Der Tyrann, der aufbegehrt und daher in die Unterwelt geworfen wird. *Diene im Himmel oder herrsche in der Hölle.*« Er schaute in seinen Bericht. »Wenn wir das planen, dann sind wir auf der sicheren Seite. Der Tyrannenmord ist nicht nur erlaubt, sondern auch ethisch erforderlich. Der Tyrann, das Abbild der Bosheit, muss sogar getötet werden, so sagte es schon 1159 Johann von Salisbury.«

»Muss man den kennen?«

»Ein englischer Bischof und Philosoph, der das Thema aber offenbar als einer der Ersten angesprochen hat.« Stark schlug ein Bein über das andere. »Wir haben zwar in den USA eine Demokratie – vieles in der Monarchie fasziniert uns trotzdem. Und alle Präsidenten schwören auf die Bibel. Man nennt das Theokratische Krönung, auch die Salbung, wie wir sie bei Queen Elizabeth hatten und vor Kurzem bei King Charles. Sie unterstreicht die Verbindung zwischen göttlicher und irdischer Macht. Auch bei Karl dem Großen war das so, obwohl der sich seine Krone selbst aufs Haupt setzen wollte, aber das wollte Papst Leo III nicht.«

Wilson lächelte. »Das machte dann später Napoleon. Der hat sich die doch selbst aufgesetzt.«

»Richtig«, sagte Stark, »haben wir alle bei Ridley Scotts Napoleon vor Kurzem im Kino gesehen.«

»Also haben wir die Verbindung von Göttlichem und Weltlichem. Gibt da ein spannendes Buch von Ernst Kantorowicz, Professor aus Princeton. Mein Vater hatte mal eine seiner Vorlesungen besucht.«

»Lebt der noch? Ich meine Kantorowicz?«

»Nein, längst tot. Genauso wie mein Vater leider auch. Ist wie so viele andere große Geister vor den Nazis geflohen. Er schreibt über zwei Körper des Königs: den Göttlichen und den Weltlichen. Göttlich und Irdisch. Der Göttliche Körper ist die Instanz des Souveräns, die immer Bestand hat.«

»Und die Irdische?«

»Die kann man, sagen wir mal, austauschen, wenn es nicht mehr passt.«

Beide schwiegen eine Weile. Draußen hörte man den Rasenmäher des Gärtners, der auf dem Rasen des Weißen Hauses unterwegs war.

»Die Frage ist …«, sagte Wilson, »… wen tauschen wir aus? Nur den Souverän oder alle im Umfeld?«

»Gute Frage«, sagte Stark. »Markus Antonius sagt in Shakespeares Julius Cäsar, dass es ja gereicht habe, Cäsar umzubringen, und man dann nicht noch alle, die in seinem Umfeld sind, mit umbringen müsste.«

»Macht Sinn«, sagte Wilson, »denn war nicht Markus Antonius auch in Cäsars Umfeld?«

»Richtig. Sie kennen Ihren Shakespeare. Die Metapher war, dass es reicht, den Kopf abzuschlagen und man dann nicht noch die einzelnen Glieder zerhacken müsste.«

»Hat aber nicht funktioniert. Denn genau die Glieder haben dann die Rebellion gegen die Cäsar-Mörder gestartet.«

»Genau. Und auch hier haben wir den klassischen göttlichen König. Oder Kaiser. Denn auch wenn Julius Cäsar schon im ersten Drittel des Stücks stirbt, ist er doch bis zum Ende präsent.«

»Also? Was machen wir?«

Stark wand sich. Das, was er sagte, war ihm selbst unangenehm. »Das, was Machiavelli sagt: Komplett reinen Tisch machen.«

»Also alle, die relevant sind, weg?« Wilson hob die Augenbrauen.

»Der indische Kriegsphilosoph Kautilya sagt das noch extremer: *Wenn du Schulden hast, zahl jeden Penny zurück. Wenn du Gegner hast, lass niemanden am Leben.*«

KAPITEL 12

BUNDESKRIMINALAMT, WIESBADEN

Eisenstein kam auf den Balkon.

»Ich würde gern mitrauchen, aber ich habe vor Jahren aufgehört«, sagte er.

»Hoffe, Sie werden nicht rückfällig?«, sagte Winterfeld. »Und rauchen Sie nicht ab und zu Zigarren?«

»Weihnachten und Silvester und wenn es etwas zu feiern gibt«, sagte Eisenstein mit einem Gesicht, als gäbe es derzeit nicht allzu viel zu feiern. »Kommen Sie mal alle rein, es gibt zwei wichtige Neuigkeiten.«

»Die erste?«, fragte Winterfeld.

»Bellmann will euch alle sofort wieder in Berlin sehen.«

»Dass Bellmann uns nervt, ist keine Neuigkeit«, sagte Winterfeld. »Die andere?«

»Ein Mord in Greifswald. Ähnlicher MO wie hier, darum hat das dortige LKA uns kontaktiert.«

MO war der *Modus Operandi,* die Art, wie ein Täter vorging.

»Aus Greifswald?«, fragte Clara, als sich alle in Eisensteins Büro versammelt hatten.

»Ja, ein Mord an Jakob Hellwig, er wurde in seinem Haus erschossen. Schuss ins Herz.«

»Und das ist für uns warum wichtig?«, fragte Winterfeld. Wenn Eisenstein über jeden, der in Deutschland ermordet wurde, berichten würde, könnte er zeitlich sicher seinen Job als BKA-Chef nicht mehr machen.

»Hellwig ist Leiter eines Kernfusionsprojekts«, sagte Eisenstein. »Auch den verblendetsten Politikern in Deutschland fällt langsam auf, dass man allein mit Windrädern keinen Industriestandort mit Strom versorgen kann. Darum wird dort in Greifswald, wie in vielen anderen Ländern auch, an Kernfusion geforscht.«

»Sie sehen also einen Zusammenhang zu den bisherigen Morden? Wegen der geopolitischen Komponente?«

Eisenstein nickte. »Ja und nein. Einerseits wieder ein VIP, jemand, der an einer wichtigen Schnittstelle zwischen Wirtschaft und Politik unterwegs ist, in einer Branche, die reguliert ist, genau wie Blacksteel.«

»Und so wie die Politik sowieso, Beispiel Schwarz«, sagte Winterfeld. »Auch wenn Politiker oft machen, was sie wollen.«

»Richtig«, sagte Eisenstein.

»Und andererseits?«, fragte Clara. Jemand hatte ihr einmal erzählt, dass man nach *einerseits* auch *andererseits* sagen musste.

Eisenstein sprach weiter. »Dagegen spricht, dass die Art des Mordes fast harmlos ist.«

»Stimmt«, sagte Winterfeld. »*Nur* erschossen. Das ist ja langweilig. Komm, Killer«, sagte er, wie zu einem imaginären Kumpel, »das kannst du doch besser. Nur erschießen? Mehr fällt dir nicht ein?«

»Erinnert mich an die Werbung von Hostel 2«, sagte MacDeath, »da hatten sie eine deutsche Stimme, die sagte: *Jedes Jahr werden so und so viele Amerikaner mit einer Schusswaffe ermordet. Gleichzeitig werden so und so viele Amerikaner erstochen. Amerikaner haben einfach keine Fantasie.*«

»War doch bei *Sieben* genauso«, sagte Winterfeld. »Als Brad Pitt zu dem Killer sagt: *Wir holen hier doch nicht nur zwei Leichen ab. John, Sie müssen an die Presse denken.*«

»Da weiß David Mills noch nicht, welche Leiche der beiden die erste ist«, sagte MacDeath.

»Zur Sache, Herrschaften«, sagte Eisenstein. »Auch wenn es mich wundert, dass Sie sich scheinbar alle zusätzlich in Ihrer Freizeit mit Mord und Totschlag beschäftigen. Jetzt kommt wieder die Realität. Ich schlage daher vor, Sie schauen sich die Sache trotzdem an, Ihr Flieger geht doch heute ohnehin zurück.«

»Ist so geplant«, sagte Winterfeld. »In einer Stunde, wenn ich mich nicht irre.«

Clara nickte.

»Die Leiche von Hellwig ist gerade in der Rechtsmedizin in Greifswald«, sagte Eisenstein, »die haben dort, noch aus der Corona-Zeit, die Möglichkeit, die Obduktion per VPN-Verbindung zu streamen. Wenn Sie wollen, können Sie sich das Ganze im Flieger anschauen. Die Regierungsmaschinen haben ja WLAN.«

»Das ist ja mal eine ganz neue Form der Bordunterhaltung«, sagte MacDeath. »Aber warum nicht.«

Winterfeld imitierte die Stimme eines Flugbegleiters: »Als Filme bieten wir Ihnen heute an: *Free Willy Teil 5*, *Die Tribute von Panem Teil 11*, *Avengers Teil 20* und *Die Obduktion von Jakob Hellwig*. Die Kopfhörer finden Sie …« Er blickte sich um. »Also packen und los. Die Maschine hält leider in Berlin, wir fahren dann von dort aus nach Greifswald. Bellmann muss eben noch einen Tag ohne uns auskommen.«

Clara nickte.

Die Worte von Winterfeld hallten in ihrem Kopf.

Nur erschossen, ist doch langweilig.

War das wirklich der Killer?, fragte sie sich.

Und falls ja, war das wirklich schon alles?

KAPITEL 13

REGIERUNGSMASCHINE, AUF DEM WEG VON FRANKFURT NACH BERLIN

Die Maschine war in der Luft, die Anschnallzeichen waren ausgestellt. Winterfeld schaute auf sein Smartphone.

»Dieser Hellwig hatte wohl eine ausgeklügelte Alarmanlage, so wie es hier im Bericht steht«, sagte er. »War wohl ein ziemlicher Technikfreak. Hat ihm aber nichts genutzt.«

»Nein, denn reingekommen ist der Killer doch trotzdem?«, fragte Clara.

»Ja, durch einen Cyberangriff sind alle Sicherungen seines Hauses lahmgelegt worden, hat Trautmann rausgefunden.«

»Dieser Killer, wenn er es ist, kann Cyberangriffe starten?«

»Sieht so aus. Das schafft er nicht allein, da muss eine Organisation dahinterstecken. Wenn das wirklich ein Profikiller ist, dann tippe ich auf Russischen Geheimdienst, die Trollfarmen in St. Petersburg oder so was.« Das war MacDeath.

»Möglich«, sagte Winterfeld und schaute in den Bericht. »Die meisten Cyberangriffe, so schreibt es Trautmann, kommen aus Russland, China oder auch Nordkorea. Nordkorea bietet Russland sogar neben Atomtechnologie auch Hilfe bei Cyberangriffen. Die Einzigen, die nicht mehr von Cyberangriffen aus Russland belästigt werden, sind die USA, da Präsident Biden klargemacht hat, dass man dann zurückschlagen würde – und zwar mit dem NSA, dem ›größten Hacker der Weltgeschichte‹.«

»Haben die Russen das geschluckt?«, fragte Clara.

»Ja. Die Amis haben mit ein paar kleinen Attacken zurückgeschlagen, nachdem die Russen einige US-Firmen gehackt und Ransom-Lösegeld erpresst haben.«

Clara hatte schon öfter von der Untergrund-Ökonomie der Ransom- oder Lösegeld-Attacken gehört. Manche Geschichten darüber gingen derzeit global rum, und alle staunten und erzählten sie sich. Ein Firmenchef kam in sein Büro, fuhr den Computer hoch – und plötzlich war der Monitor schwarz. Darauf nur eine Botschaft:

IHRE FESTPLATTE IST VERSCHLÜSSELT. ÜBERWEISEN SIE 100.000 EURO IN BITCOIN.

Wenn dieser Firmenchef nicht wusste, wie er das machen sollte – kein Problem. Auf dem Monitor stand unter dem Text auch eine gebührenfreie Nummer mit einem freundlichen mehrsprachigen Mitarbeiter, der sich auf den eigenen Rechner schaltete und dem Nutzer alles erklärte. Wie er ein Bitcoin Wallet einrichtete, wie er das mit seiner Kreditkarte oder seinem PayPal-Konto verband und wie er dann den Betrag in Bitcoin an die Erpresser überwies, damit die Festplatte schnell wieder zugänglich war. Solche Schilderungen verbreiteten sich schneller als Fotos der Royals. Da sprach die Welt drüber, immer auch mit einem Funken von so was wie Bewunderung. Der Kundendienst des organisierten Verbrechens war deutlich besser als der von den meisten Unternehmen, die Callcenter nur deswegen unterhielten, damit irgendeine Computerstimme den Kunden penetrant quakend aufforderte, doch im Internet in der Q&A-Sektion nachzuschauen. Anstatt sich mal zu freuen, wenn der Kunde mit dem Unternehmen, das dem Kunden ja etwas verkaufen wollte, freiwillig Kontakt aufnahm. Und wenn dann mal jemand ans Telefon ging, kam die Aussage, die auch von jedem Berliner Beamten kam, sobald man sich ihm näherte: *Ich bin nicht zuständig.*

»Die Russen«, sagte Winterfeld, »haben sogar angeboten, das Ransom-Geld in Bitcoin sofort wieder zurückzuzahlen. Wisst ihr, was dann FBI und NSA gesagt haben?«

Alle zuckten die Schultern.

»Dass es nicht nötig ist«, sagte Winterfeld, »wir haben eure Bitcoin Wallet gehackt und es uns schon selbst zurückgeholt.« Er lachte.

»Krass«, sagte MacDeath. »Das kann nur die NSA.«

Der Monitor blinkte. Dann kam der Blick auf eine Leiche auf einem Stahltisch.

»Die Liveübertragung aus der Rechtsmedizin Greifswald«, sagte Clara. »Ohne Ton, aber spannende Bilder.«

»Die Bordunterhaltung beginnt«, sagte Winterfeld und setzte sich demonstrativ gemütlich in seinen Sessel, während er den Kopf hob und dem Flugbegleiter zurief: »Habt ihr auch Popcorn?«

KAPITEL 14

RECHTSMEDIZIN GREIFSWALD

»Todesursache?«, fragte Wolfgang Heyse, der leitende Oberarzt in der Rechtsmedizin Greifswald, und seine Stimme klang genauso genervt, wie er war.

»Ja, Herzeinschuss, der Einschuss ist vorne, der Ausschuss am Rücken«, sagte Lars Dinkmann, Heyses Assistenzarzt, der mit ihm die Sektion durchführte.

»Hat die Kriminaltechnik das Projektil gefunden?«

Dinkmann zuckte die Schultern. »Sie stellen Fragen. Das weiß ich nicht. Die KT war schon durch, als ich am Tatort ankam. Ein CT konnte ich leider nicht durchführen. Hätten wir ja sonst gleich gemacht, aber der Techniker kommt erst nächste Woche mit den Ersatzteilen.«

Man merkte Dinkmann an, wie wütend er war, dass das CT, das bereits seit zwei Wochen kaputt war, immer noch nicht repariert werden konnte. Bei Tötungsdelikten war ein CT vor der Sektion Standard, einerseits, um erste Hinweise auf die Todesursache zu bekommen, andererseits, um Metallbestandteile wie Projektilstücke oder auch Messerteile zu erkennen, damit die Obduzenten sich daran nicht verletzen konnten.

» Ja, Scheiß-Lieferketten-Problematik.« Heyse schnaubte. »Schauen wir uns das mal an. «

Die Sektionsassistenten legten die Leiche auf den stählernen Obduktionstisch. Dinkmann begann, die äußere Leichenschau zu diktieren.

»Dann erst einmal der Kopf«, sagte Heyse.

Der Sektionsassistent sägte die Schädeldecke auf, schnitt die Kopfhaut auf und zog die Kopfhaut über das Gesicht. Dann öffnete er die Schädeldecke und hob das Gehirn heraus.

»Jetzt die Brusthöhle«, sagte Heyse, »das Gehirn schauen wir uns später genau an.«

Der Assistent setzte sein Skalpell am Kinn an und machte einen langen Schnitt bis zum Schambein. In den True-Crime-Serien gab es oft den Y-Schnitt, bei dem vom Brustbein abwärts ein Schnitt gesetzt wurde und zwei von den Schultern zum Brustbein. In den Südstaaten gab es sogar einen Rundschnitt, damit Frauen mit dekolletiertem Leichenhemd ästhetisch ansprechend aufgebahrt werden konnten, ohne dass man die Naht sehen konnte. Hier in Greifswald wurde kaum jemand aufgebahrt, daher begnügte man sich mit einem einfach langen vertikalen Schnitt.

Der Assistent nahm die Rippenschere und durchtrennte die Rippen. Eine nach der anderen. Ein sattes, knirschendes und unheilvolles Geräusch erklang.

Dann entnahm er das Brustbein, in dem mittig ein schwarzes Loch klaffte, und legte es auf den kleinen Tisch zu Füßen der Leiche.

Lungen und Herzbeutel glänzten im Licht der grellen Deckenlampe.

»Der Herzbeutel ist voller Blut.« Heyse wartete, bis der Polizeifotograf am Tisch einige Fotos gemacht hatte. Dann öffnete er den Herzbeutel mit einer Schere, um anschließend das Blut mit einer Kelle abzuschöpfen. »Wie vermutet. Durchschuss bis zum Rücken, wo …« In dem Moment merkte er, dass sein Skalpell auf Metall stieß, als er das Herz an den großen Gefäßen absetzen wollte.

»Was ist das?«, fragte der Assistent. »Ist da was? Etwa das Projektil? Ist es stecken geblieben?«

»Klingt so, als ob es etwas Größeres wäre.« Heyse blinzelte, als er das Herz anhob. »Ich schiebe einmal das Herz beiseite, um …« Heyse riss die Augen auf.

»Mein Gott!«

KAPITEL 15

REGIERUNGSMASCHINE,
AUF DEM WEG VON FRANKFURT NACH BERLIN

Der Bildschirm wurde schwarz.

»Hey«, sagte Winterfeld. »Was ist denn jetzt los? Gerade wo es spannend wurde! Regie!«

»Na ja, wir haben gesehen, wie sie die Schädeldecke und den Brustkorb öffnen. Das würde den meisten Horrorfans schon reichen«, sagte MacDeath.

Clara schnaubte. »Wir sind aber keine Horrorfans, sondern Ermittler. Wahrscheinlich ist die Verbindung gestört.« Sie schaute nach vorne. »Erster Offizier«, rief sie dann.

»Hier bei der Arbeit«, rief Marcus Spohr zurück.

»Gibt es Schwierigkeiten mit dem WLAN oder VPN?«

»Mir wird hier nichts angezeigt. Liegt vielleicht an den Gegebenheiten vor Ort.«

»Können Sie einmal eine Verbindung zur Rechtsmedizin Greifswald herstellen?«

»Mach ich.«

Marcus telefonierte.

»Geht keiner ran«, sagte er.

»Dann die Zentrale von dem Klinikum?«, fragte Clara. »Irgendetwas muss es dort doch geben?«

»Habe die Nummer«, sagte Marcus. »Ich check das mal.«

Er wählte. Dann schien sich jemand zu melden. »Spohr hier, Flugbereitschaft. Wir sind gerade in einer Übertragung mit der Rechtsmedizin und …«

Clara hörte, wie die Stimme von Spohr abbrach.

»Was sagen Sie? Der …?«, stammelte Spohr. »Okay, klar, dann ist natürlich logisch, dass … o Gott. Alles, äh, Gute.«

Marcus Spohr beendete das Gespräch wie jemand, der nicht genau wusste, wie er das Gespräch beenden sollte.

»Was ist denn los?«, fragte Clara und stand auf. Sie hatte das Gefühl, dass irgendetwas gehörig schiefgelaufen war.

»Der …«, begann Marcus. Seine Gesichtsfarbe hatte deutlich einige Farbtöne verloren, »… der Obduktionssaal in Greifswald ist eben explodiert.«

KAPITEL 16

REGIERUNGSMASCHINE,
AUF DEM WEG VON FRANKFURT NACH BERLIN

»Ich habe es geahnt«, sagte Clara. »Ich habe mich schon gefragt, was noch kommt.« Sie hatte geahnt, dass der *einfache* Mord an Hellwig nicht alles gewesen sein konnte.

»Eine Explosion«, sagte Winterfeld, »und dann gar nichts mehr.« Er schaute auf sein Handy. »Da kam gerade eine SMS. Dr. Heyse, Dr. Dinkmann, der Assistenzarzt und die beiden Sektionsassistenten sind sofort tot gewesen.«

»Ist von der Leiche noch etwas übrig?«, fragte MacDeath.

»Sicherlich«, sagte Winterfeld, »aber in eher sehr kleinen Teilen, die wahrscheinlich nur noch für eine DNA-Analyse ausreichen.«

MacDeath schaute auf sein iPad. »Der Schuss durchs Herz war ein Durchschuss, so steht es hier in dem Bericht der Kriminaltechnik aus Greifswald, die Hellwig in der Wohnung untersucht haben. Wisst ihr, was das bedeutet?«

»Der Killer hat absichtlich einen Durchschuss fabriziert«, folgerte Clara, »um hinten, wo das Projektil den

Körper wieder verlassen hat, irgendeinen Sprengsatz in den Körper zu schieben. Sodass durch den Durchschuss erst einmal keiner Verdacht schöpft.«

MacDeath nickte.

»Das ist richtig perfide«, sagte Winterfeld, »und da hat zunächst keiner hingeschaut, weil alle Aufmerksamkeit auf die Einschussstelle am Herzen gerichtet war.«

»Okay«, sagte Clara, »was sagt uns das?«

»Wenn es der gleiche Killer ist wie bei Schwarz und Hörner«, sagte MacDeath, »dann ist er nicht nur ein absoluter Psychopath, sondern auch ein Profi, der so eine Aktion hinbekommt.«

»Moment«, sagte MacDeath dann, »da ist noch etwas. Hier ist noch ein Foto von der Brust der Leiche.«

Alle beugten sich über das Bild. Es zeigte eine blutige Rune, ein wenig wie ein T, das dem Opfer in die Brust eingeritzt wurde. Das gleiche Zeichen wie bei Schwarz und Hörner – und auch hier.

»Ich sage es doch«, sagte Clara, »das ist dieser Typ, der hier schon damals sein Unwesen getrieben hat. Wie viele Beweise braucht ihr noch? Wir wissen, wer es ist. Wir wissen nur nicht, wo er ist.«

»Ist ja leider häufig so«, knurrte Winterfeld.

»Der Totenzeichner?«, fragte MacDeath. »Könnte sein, könnte auch ein Nachahmer sein.«

»Ist denn der Totenzeichner so berühmt, dass er Nachahmer hat?«, fragte Winterfeld.

»In bestimmten Kreisen vielleicht schon.« MacDeath zuckte die Schultern.

»Wir haben doch Grafologen beim LKA«, sagte Clara. »Die sollen gleich, basierend auf den Schnitten von damals und den Schnitten an den jetzigen Leichen, einen Abgleich machen.«

»Aber auch wenn wir wissen, dass es der Totenzeichner ist«, sagte Winterfeld, »wissen wir immer noch nicht, wo der Typ ist. Genau wie damals.«

»Das stimmt«, sagte Clara, »aber dann wissen wir wenigstens ein bisschen mehr als jetzt.«

»Stimmt. Besser etwas als gar nichts.« Winterfelds Handy klingelte. Es war Hermann.

»Was gibt's?« Winterfeld stellte das Handy auf laut.

»Seid ihr noch in der Luft?«, fragte Hermann.

»Ja, sind wir. Landen erst in vierzig Minuten.«

»Dann habt ihr ja anscheinend trotzdem Empfang.«

»Ja, sind im Bord-Netz eingeloggt. Im Regierungsflieger geht das, auch ohne Kreditkarte. Wir fliegen ja nicht Ryanair. Wir haben uns eben schon etwas, na ja, sehr Verstörendes auf dem Bord-Bildschirm angeschaut.«

Winterfeld erklärte Hermann in knappen Worten das Geschehen.

»Okay«, sagte Hermann, »dann komme ich gleich mal auf euren Bildschirm und zeige euch etwas Neues.«

Winterfeld atmete resigniert aus. »Immer her damit.« Er schaute Clara und MacDeath an. »Wir brauchen wohl doch Popcorn, die Bordunterhaltung geht weiter.«

KAPITEL 17

CENTRAL INTELLIGENCE AGENCY, LANGLEY, VIRGINIA, USA

Steve Wyatt blickte vom Hauptquartier der CIA auf die grünen Hügel, über denen bereits der erste Hauch des Herbstes lag. Der Spätsommer in New England war wunderschön und melancholisch zugleich. Die Bäume reckten ihre goldenen Kronen in den Himmel, als würden sie noch den Sommer genießen, aber schon die kalte Brise des Winters erwarten. Die Ostküste der Vereinigten Staaten bestach durch wundervolle, malerische Landschaften. Gleichzeitig waren hier die meisten Institutionen der Weltmacht vereint: die CIA, die NSA, die FBI Academy, der Regierungssitz in Washington. Hier gab es die Eliteuniversitäten Harvard und Princeton, hier gab es Boston, die größte Stadt in New England und eines der kulturellen Zentren der USA, und hier gab es New York, die Hauptstadt des Kapitals und die größte Stadt der Vereinigten Staaten.

Die Themen der Agency waren so zahlreich wie die Krisenherde, die weltweit immer häufiger aufflammten, denn wie bei der Hydra, dem mystischen Ungeheuer aus der griechischen Antike, wuchsen zwei Köpfe nach, wenn man einen abschlug.

Vor Steve Wyatt lagen Berichte über die aktuelle internationale Sicherheitslage. Es sah miserabel aus. In diesem Jahr, musste Wyatt zugeben, war die Lage so bedrohlich wie nie zuvor.

Die USA verstehen sich sehr gut darauf, ging es Wyatt durch den Kopf, *ihre eigenen Frankensteinmonster zu züchten, die ihnen später das Leben schwer machen.*

So hatten die USA beispielsweise die Mudschaheddin unterstützt, damit sie in Afghanistan gegen die Sowjets kämpfen konnten.

Afghanistan. Der Rohstoffreichtum dieses Landes hatte zu zahlreichen Kriegen geführt, die diesen zerklüfteten Berg- und Wüstenstaat zerrissen hatten. Selbst die Nazis hatten Mitte des vorigen Jahrhunderts Afghanistan wegen der Rohstoffe ins Auge gefasst und dort große Summen für den Abbau investiert. Es war die Geburtsstunde der deutschen Entwicklungshilfe gewesen, aber das wusste selbst in Deutschland kaum jemand.

Und dann Tora Bora, die berühmt-berüchtigte Festung. Mit amerikanischer Hilfe tief in den Berg gebaut, um den Mudschaheddin im Kampf gegen die Russen zu helfen. Mit dem Erfolg, dass die Amerikaner schließlich ihr eigenes Höhlensystem bekämpfen mussten – ein Labyrinth, das sie selbst konstruiert hatten. Schon wieder ein Frankensteinmonster. Wie viele Elitetruppen für die Erstürmung von Tora Bora verschlissen wurden, darüber mochte Wyatt gar nicht nachdenken. *Wahrscheinlich,* überlegte er, *wäre es besser gewesen, man hätte über den Einsatz einer taktischen Atombombe nachgedacht.*

Jetzt gehörte alles wieder den Taliban, genauso wie vor dem 11. September 2001.

Der zweite »Rambo«-Film war noch »dem tapferen Volk von Afghanistan« gewidmet. Dann waren aus den Mudschaheddin die Taliban geworden, die Lager eröffnet hatten, in denen Selbstmordattentäter ausgebildet wurden, zu denen später jene Fanatiker gehörten, die die Linienmaschinen in die Türme des World Trade Centers gelenkt hatten. Der Krieg, den die Amerikaner so gerne auslagerten, war zu Hause angekommen.

Dann war da noch der Irak mit den schiitischen und sunnitischen Extremisten, die Saddam Hussein mit eiserner Faust zusammengehalten hatte. Bis die Amerikaner den Irak besiegten und Saddams Herrschaft ein Ende setzten. Aber sie hatten nur eine Schlacht gewonnen, nicht den Krieg. Schon General von Clausewitz hatte gewusst, dass die Frage, was nach dem Sieg kam, genauso wichtig war wie die Frage nach dem Sieg selbst. In dem Vakuum, das Saddam hinterließ, waren neue Splittergruppen entstanden. Eine dieser Gruppen gehörte einst zu al-Qaida, bis al-Qaida ihr nicht mehr radikal genug war, sodass sie sich in eine noch gefährlichere, noch fanatischere Gruppe von Extremisten verwandelte, die sich zunächst den Namen ISIS gaben – Islamischer Staat im Irak und Syrien – und später den Namen IS annahmen, Islamischer Staat, um den globalen Anstrich ihrer Operation zu verdeutlichen. Sie waren schnell, sie waren zielgerichtet. Sie hatten Waffen, die sie dem irakischen Staat gestohlen hatten und die der einst von den

Amerikanern für seinen Krieg gegen den Iran bekommen hatte, sodass Uncle Sam mal wieder, wie so oft, mehr oder weniger gegen sich selbst kämpfte.

Und vor allem: Der Islamische Staat war noch längst nicht tot, auch wenn er nicht mehr in den Medien auftauchte. Die Organisation hatte Geld aus Ölverkäufen, das sie für Schleuderpreise an dubiose Zwischenhändler verkauften, die dafür sorgten, dass das Öl mit gefälschten Rechnungen, Exportlizenzen und Bescheinigungen zu den großen Konzernen gelangte, sodass Abermillionen Autofahrer in der westlichen Welt – auch der amerikanische Autofahrer – am Ende die Expansion des Islamischen Staates mit seinem Portemonnaie an den Tankstellen unterstützte.

Dann waren dort die Angriffe im Roten Meer und der Überfall auf Israel, gesteuert vom Iran, der Gegenangriff auf Gaza mit Tausenden von Toten, Nordkorea, das Waffen an Russland lieferte, damit Russland die Ukraine erobern konnte, und China, die sich das Ganze genau anschauten, um zu überlegen, ob und wann ein Angriff auf Taiwan Sinn machen konnte.

Die Zeit des Friedens war lange vorbei. Die Welt war krank und pervers. Sie war es, und sie blieb es. Was das anging, änderte sich nichts, außer dass es vielleicht immer schlimmer wurde.

Wyatt ließ den Blick über die traumhaft schöne Landschaft schweifen, um dann wieder in den Bericht zu schauen, der auch den Sudan behandelte. Er, Steve Wyatt, war im Sudan gewesen, der ein internationaler

Sammelplatz für Terroristen geworden war; daran hatte auch die Unabhängigkeit vom Südsudan im Jahre 2011 nichts geändert. Ein schwerreicher saudischer Mann aus gutem Hause hatte vor mehreren Jahren von dort aus islamistische Terroristen finanziert. CIA-Agenten hatten von Khartum aus beobachtet, wie der reiche Saudi ein internationales Netzwerk aufbaute, bevor er nach Afghanistan ging, von wo aus er dann die Flugzeuge in die Tower des World Trade Centers steuern ließ. Es dauerte ganze zehn Jahre, vom elften September 2001 bis zum zweiten Mai 2011, bis es der CIA endlich gelungen war, Osama bin Laden zu finden und zu töten.

Der Befehl an die Antiterrortruppe aus Green Berets, die in den pakistanischen Luftraum eindrangen und bin Laden in dem verborgenen Haus in der Nähe von Abbottabad erschossen, war kurz gewesen: *Bringt uns bin Ladens Kopf auf einem Tablett.* Ein Tablett war es nicht geworden, dafür hatte man die Hinrichtung live ins Weiße Haus übertragen. Wyatt kannte einige von ihnen. Sie liebten die Gefahr und das Risiko, aber auch den Sieg. Und der Präsident bekam nicht den Kopf von bin Laden, aber den Film seiner Hinrichtung.

Je höher man in der Hierarchie stand, desto exquisiter war nun einmal der Stoff, den man zu sehen bekam. Der Malocher in Iowa sah am Sonntag die Footballspiele live, der Präsident der Vereinigten Staaten sah live die Hinrichtung von Osama bin Laden.

Dabei hatte die Agency viele Fehler gemacht. George Tenet, der im Juli 1997 der achtzehnte Direktor der CIA geworden war und dem es später oblag, den Krieg gegen den Terror als Geheimdienstoperation zu unterstützen, hatte ein schlimmes Imageproblem: Ständig wurde er gefragt, wie es passieren konnte, dass Terroristen zwei Wolkenkratzer mitten in New York zum Einsturz brachten, und *niemand* hatte vorher etwas davon mitbekommen. Es wurde sogar der Vorwurf erhoben, die CIA hätte die Anschläge selbst verübt, um den USA einen Grund zu liefern, im Nahen Osten zuzuschlagen. Ähnlich wie dem Mossad vorgeworfen wurde, er habe die Berichte über die Vorbereitung des Hamas-Angriffs auf Israel am 07.10.2023 absichtlich übersehen, um Israel einen Grund zu geben, erbarmungslos zuzuschlagen und Gaza in einen Parkplatz zu verwandeln. Anders, so hatte man damals beim CIA und auch beim Mossad argumentiert, sei es ja wohl nicht zu erklären, weshalb ein so mächtiger Geheimdienst wie CIA und Mossad nicht von einem Vorhaben wie den Terroranschlägen vom elften September Wind bekommen hatte.

Die Gründe für das Versagen lagen aber nicht nur in der schlampigen Analyse der Vorkommnisse vor 9/11. Die Gründe lagen tiefer. Die meisten fähigen CIA-Mitarbeiter waren alt und grau oder tot und begraben, und nun fand die CIA keine guten Leute mehr. Doch die Agency, wie die CIA auch genannt wird, brauchte außergewöhnliche Mitarbeiter, um außergewöhnliche Probleme zu lösen. Mitunter aber wurden Leute allein deshalb abgelehnt, weil sie nicht gut genug Englisch sprachen.

»Das darf nicht wahr sein!«, hatte Tenet damals getobt. »Ich habe Tausende, die fließend Englisch sprechen, aber niemanden, der Koreanisch spricht.«

Das hatte sich ein wenig geändert. Durch Kultserien wie *Homeland* war die CIA wieder irgendwie cool geworden. Auch wenn der normale Bürger sich noch immer fragte, wie ein Geheimdienst, der so gut finanziert wurde, bedeutsame Dinge schlichtweg übersehen konnte. Sechshundert Milliarden Dollar betrug das jährliche Budget des Pentagons; etwas weniger als zehn Prozent davon bekam die CIA. Fünfzig Milliarden Dollar jährlich. Aber Geld allein war nicht ausschlaggebend. Mit Geld konnte man vieles bewegen, nicht alles. Denn der Wille war stärker als Geld. Der Wille zum Beispiel, einem Journalisten vor laufender Kamera den Kopf abzuschneiden. Dafür brauchte man nicht viel, auch nicht viel Geld. Nur ein Messer und ein Smartphone. Und den Willen, es zu tun, um dadurch Panik zu verbreiten. Das zeigten heutzutage Truppen wie der Islamische Staat in beängstigender Deutlichkeit.

Bei seiner Amtsübernahme hatte Bill Clinton damals zu George W. Bush gesagt: »Bin Laden ist für Sie die größte Gefahr.«

Bush schwor, diesen Satz nie gehört zu haben.

KAPITEL 18

REGIERUNGSMASCHINE,
AUF DEM WEG VON FRANKFURT NACH BERLIN

Es war wieder die eigene Gruppe *FickTok* auf der Social-Media-Plattform.

Das Bild zeigte die Aufnahme einer Außenkamera, die einen Raum filmte. Scheinbar hatte jemand die Kamera außen am Fenster befestigt.

Alle beugten sich nach vorn.

In dem Raum ein Stahltisch. Auf dem Tisch eine Leiche.

Vor der Leiche vier Mitarbeiter der Experten der Rechtsmedizin.

»Den kenn ich«, sagte Winterfeld, »das ist Heyse aus Greifswald.«

»Das war er«, sagte MacDeath resigniert.

Man sah auf der Kamera, wie die zwei Ärzte sich unterhielten. Wie einer der Sektionsassistenten die Brustdecke aufschnitt und mit der Rippenschere die Rippen durchbrach. Dann übernahm Heyse.

Als Erstes kam der Kopf dran. Die oszillierende Säge.

Es wirkte wie ein Schulungsvideo ohne Ton.

Ein wenig war der Blick aus der Kamera durch die Spiegelung des Fensters verschwommen, aber ansonsten sah man alles. Die Brusthöhle war geöffnet, und das Innere glitzerte rot. Man sah, wie Heyse überrascht den Kopf zurückzog.

Und dann nichts mehr.

Das Bild wurde schwarz.

»Hermann«, sagte Winterfeld, »klär bitte mal mit denen in Greifswald, ob noch irgendwelche Reste von der Kamera zu finden sind.«

»Mach ich«, sagte Hermann, »aber es kann sehr gut sein, dass da nicht mehr viel übrig ist. Die Kamera war auch recht nahe der Obduktionsszene montiert. Und der Sprengsatz schien ja in der Leiche gewesen zu sein.«

»Okay, wir sind in dreißig Minuten in Berlin.«

Winterfeld beendete die Verbindung.

»Der Kerl will es aber wirklich wissen«, knurrte Winterfeld, »er bringt einen Menschen um, legt einen Sprengsatz in die Leiche, geht zu dem Institut, wo die Leiche obduziert wird, und baut dort außen am Fenster eine Kamera an.« Er wandte sich an MacDeath. »Was glauben Sie, wie hat er den Sprengsatz da reinbekommen?«

»Ich denke, es war wirklich ein Durchschuss. Den Sprengsatz hat er dann am Rücken durch die Wunde nach innen gedrückt. Da die Leiche bei der Obduktion auf dem Rücken liegt, haben die Forensiker den Sprengsatz erst gesehen, als es zu spät war.«

»Und was könnte den Sprengsatz ausgelöst haben?«

»Erst einmal das defekte CT.«

»Wie bitte?«

»Wie es hier steht, ist das CT bei denen seit Wochen kaputt, weil die keine Ersatzteile kriegen«, sagte MacDeath. »Sonst hätten sie die Leiche da erst mal reingeschoben und den Sprengsatz vorher entdeckt.«

»Mein Gott«, sagte Clara, »ich bin sicher, dass der Killer das mit dem CT auch wusste.«

»Bestimmt.« MacDeath nickte.

»Und wie ging das Ding hoch?«

»Vielleicht war der Sprengsatz lichtempfindlich und der Sprengsatz wurde ausgelöst, als der Obduzent das Herz abgesetzt hat?«

»Ganz schön perfide«, sagte Winterfeld. »Und dann filmt er das noch alles.«

»Sind die Fenster bei Sektionssälen nicht normalerweise aus Milchglas, damit da keiner reinschauen kann?«, fragte Clara.

MacDeath nickte. »Normalerweise ja. Hier bei dem allerdings nicht, ich war mal dort. Das ist ein Innenhof, und zwar ziemlich klein. Kommt man nur durch eine Außentür mit Schlüssel rein und auch wieder raus.«

»So wie unser Killer?«, fragte Clara.

»So wie unser Killer«, sagte MacDeath resigniert.

»Wissen wir, ob es wirklich der Gleiche war?«

»Wissen wir nicht, aber wonach sieht das aus? Nach einem Junkie, der einen Keller ausraubt? Beschaffungskriminalität?« Clara schüttelte den Kopf. »Nein, der

Kerl weiß, was er tut. Er weiß, wie es geht. Er kennt die Örtlichkeiten genau. Und er weiß vielleicht auch sogar, dass wir es sehen.«

»Glauben Sie wirklich?«, fragte Winterfeld.

MacDeath nickte. »Ich denke schon. Dieses *Zurschaustellen* ist vielen Psychopathen eigen. Da ist zum einen dieser exhibitionistische, fast schon pornografische Drang, anderen gewisse Dinge zu zeigen. Denkt an das andere Video.«

Clara ging der bizarre Death-Metal-Chor nicht mehr aus dem Kopf.

I shall…fuck his skull.
Insane, fuck his brain.

»Und? Was noch?«

»Er ist ein Profi. Und will allen zeigen, was er kann. Und dass er sich leisten kann, das zu zeigen, ohne erwischt zu werden.«

Winterfeld schnaubte. »Damit hat er ja auch leider recht.« Er schaute auf sein Handy. Dann schnaubte er erst recht.

»Bellmann hat mit BND-Leuten gesprochen«, sagte er dann.

»Das klingt schon mal nicht gut.«

»Wer weiß. Laut denen stecken die Russen hinter den Morden.«

»Die Russen«, sagte MacDeath, »sind immer die Bösen, war schon bei James Bond so.«

»Der Totenzeichner ist aber kein Russe«, sagte Clara.

»Vielleicht hat er ja die Seiten gewechselt?« Winterfeld zuckte die Schultern. »In jedem Fall sollen wir direkt zum BND-Hauptquartier kommen.«

KAPITEL 19

BUNDESNACHRICHTENDIENST, CHAUSSEESTRASSE, BERLIN

Clara war erst zwei Mal beim BND gewesen. Das erste Mal, als sich der deutsche Auslandsgeheimdienst noch nahe München befand. Ein riesiger, umzäunter Komplex in Pullach im Süden Münchens, der bis vor ein paar Jahren an den Eingangstoren noch mit dem Schild »Bundesvermögensverwaltung« betitelt war. Später hatte niemand mehr ein Geheimnis daraus gemacht, dass es die Zentrale des Bundesnachrichtendienstes war, dem deutschen Auslandsgeheimdienst, die sich hinter den hohen Mauern verbarg. Vielleicht auch deswegen, weil damals schon klar war, dass der Dienst nach Berlin umziehen würde.

Der Umzug hatte mehr als zwei Milliarden Euro gekostet, während die Immobilienpreise in Pullach gewaltig nach oben geschossen waren. Denn mit dem Wegzug des BND verschwanden auch die ganzen Mobile Jammer, die Mobilfunk und Datentransfer unterbanden. Was bisher dazu geführt hatte, dass man bis auf einen Kilometer Entfernung zum BND-Gelände weder mit Handys telefonieren noch mit Smartphones E-Mails checken konnte. Auch Navigationsgeräte funktionierten häufig nicht.

Wobei man da nach Erfahrung Claras eigentlich in

Deutschland keine Jammer brauchte, da *kein Empfang* und *kein WLAN* automatisch und vielerorts funktionierten.

Clara hatte die Ursprungsgeschichte über den BND und die große Schwester CIA schon häufiger gehört. Es war 1945 gewesen, kurz nachdem General Wilhelm Keitel, Chef des Oberkommandos der Wehrmacht, den Kapitulationsvertrag unterschrieben hatte, als aus den Trümmern des zerstörten Berlins eine seltsame Liaison erwuchs. Eine Liaison, die damit begann, dass Captain John Boker von der US-Armee den Auftrag bekam, den US-Geheimdienst CIA weltweit zu koordinieren. Dafür hatte Boker den Deutschen Reinhard Gehlen kontaktiert. Gehlen war bis Kriegsende Leiter der Abteilung Fremde Heere Ost in Hitlers Generalstab gewesen. Schon in den ersten Tagen nach der Kapitulation hatte sich bei den amerikanischen Besatzern die Annahme durchgesetzt, dass Hitlers Erstschlag gegen die Sowjetunion richtig gewesen wäre, da Stalin ansonsten ganz Europa erobert hätte. Der wahre Feind war nun der ehemalige Verbündete. Das CIA übernahm die Organisation »Fremde Heere Ost« von General Reinhard Gehlen und begann, sie in einen westlichen Geheimdienst umzubauen, zunächst als Ableger des CIA in Deutschland, spezialisiert auf die Überwachung des Ostblocks. 1956 schließlich wurde sie zum Bundesnachrichtendienst, und an ihrer Spitze stand General Gehlen bis 1968. Bis die Studentenunruhen den ehemaligen Spitzenoffizier der Nazis aus der Führung des BND vertrieben.

Doch einiges hatte sich gewandelt. Nach dem Zweiten Weltkrieg war der Dienst aus der Abteilung »Fremde Heere Ost« in Hitlers Generalstab von General Reinhard Gehlen in einen Ableger der CIA und schließlich in den Bundesnachrichtendienst verwandelt worden. Gehlen hatte damals fünfzig Offiziere unter sich, die man heute *Case Officers* nennen würde, und er hatte alle Geheimnisse über die Rote Armee und die Sowjetunion in fünfzig wasserdichten Stahlkisten in den Alpen vergraben. In der – richtigen – Vorausahnung, dass diese Informationen für die US-Armee interessant sein würden. Was sie dann tatsächlich waren. Denn die Amerikaner handelten nach der Devise, die genauso alt ist wie der Krieg selbst: *Der Feind meines Feindes ist mein Freund.* Und so beschloss das Kabinett Adenauer im Jahr 1955, die *Organisation Gehlen,* wie sie damals noch hieß, aus der CIA herauszulösen und in einen eigenständigen deutschen Auslandsgeheimdienst umzuwandeln. Als Moskau später Deutschland und den USA das Angebot unterbreitete, die DDR an Westdeutschland zurückzugeben, wenn Gesamt-Deutschland neutral bleiben würde, und Adenauer abgelehnt hatte, wussten die USA, dass sie richtig gewettet hatten.

Clara blickte an der Berliner Zentrale des BND empor, als sich ihr Wagen näherte. Das neue Hauptquartier passte zum Selbstbewusstsein des Nachrichtendienstes in den 10er-Jahren des neuen Jahrtausends, als noch ein klein wenig geopolitischer Sachverstand in der

Politik vorhanden war. Es war riesig. Zweihundertsechzigtausend Quadratmeter war es groß und beherbergte viertausend Mitarbeiter. Dort, wo jetzt das neue Hauptquartier stand, war früher einmal ein Cross-Golfing-Platz gewesen und davor eine Brache aus Ruinen und windschiefen Grashalmen, wie so oft im Berlin der Nullerjahre.

Mit zweihundertdreiundachtzig Metern Länge sah das neue BND-Gebäude aus wie ein riesiges PC-Gehäuse oder ein Server, in deren gigantischen Laufwerken alles gespeichert wurde, was man speichern konnte. Wobei der BND längst nicht so speicherwütig wie die NSA war. Dennoch: Wer seine Nase gern in Dinge hineinsteckte, und das taten alle Geheimdienste, wollte dabei dennoch nicht beobachtet werden. Genauso wenig, wie der gesehen werden will, der durchs Schlüsselloch blickt. Abgedunkelte und abhörsichere Fenster schützten so auch die Räume des BND vor Lauschangriffen, aber ansonsten wurde das Gebäude offenbar nicht sonderlich geschützt, dachte Clara. Sonst wäre es im März 2015 sicher nicht möglich gewesen, dass Unbekannte einfach die angeblich schwer bewachte Baustelle betreten konnten, um die Wasserhähne abzumontieren und Teile des Gebäudes zu fluten. Der Schaden ging in die Millionen. Und Deutschland und der BND standen wie die letzten Idioten da. Ähnlich wie bei der Teppichaffäre, an die sich Clara noch erinnerte. Der BND hatte damals einen geschenkten Teppich für einen Minister in einer Maschine des Geheimdienstes aus dem Nahen Osten nach

Deutschland transportiert, ein Teppich, der offenbar nicht ordentlich verzollt war. Das Ganze wurde dann in den Medien reichlich aufgebauscht. Viel schlimmer als die Tatsache, dass der Minister seinen Teppich nicht verzollt hatte, fand Clara allerdings damals die Tatsache, dass der Auslandsgeheimdienst Deutschlands offenbar nicht in der Lage war, einen Teppich zu transportieren, ohne dass die ganze Welt davon Wind bekam. Denn für Clara hatte das Wort *Geheimdienst* entscheidend mit *geheim* zu tun. Aber vielleicht machte sie es sich da auch zu einfach.

»Wen treffen wir?«, fragte Clara. »Hat Bellmann etwas gesagt?«

Winterfeld drehte sich um. Er saß neben dem Fahrer.

»Eugen von Stein. Eugen *Freiherr* von Stein, genau genommen«, sagte Winterfeld gedehnt. »Ich habe ihn früher mal getroffen. War in Afghanistan stationiert, jetzt Leiter der Abteilung EA / Einsatzgebiete, Auslandsbeziehungen im Bundesnachrichtendienst. Davor Oberleutnant der Reserve, wurde dort im Fallschirmjäger-Bataillon 261 im saarländischen Lebach für den Einsatz hinter feindlichen Linien ausgebildet. Er humpelt ein wenig, nachdem ihn ein Scharfschützenprojektil der Taliban erwischt hat.«

»Scheint ja ein Profi zu sein«, sagte Clara, was sie angenehm überraschte. »Der aus der Praxis kommt.«

»Auf alle Fälle nicht so ein Gutmenschentrottel wie die meisten Beamten in Berlin«, knurrte Winterfeld.

KAPITEL 20

BUNDESNACHRICHTENDIENST (BND), CHAUSSEESTRASSE, BERLIN

»Willkommen beim BND!« Von Stein begrüßte Clara, Winterfeld und MacDeath. Ebenso Alexander Bellmann, der mit einem riesigen Ordner am Konferenztisch saß.

»Kaffee?«, fragte von Stein.

Alle nickten. Clara war von Stein schon einmal sympathisch, da er proaktiv Kaffee einschenkte. Normalerweise überließen Männer in dieser Position das immer den Frauen. Dann stellte er aber die erste Frage.

»Sie sind die Dame, die glaubt, dass es wieder dieser geheimnisvolle Rächer von der CIA ist?«, fragte von Stein und zeigte die Zähne. »Das werden unsere Freunde in Langley aber gar nicht gerne hören.«

Bellmann verzog das Gesicht, so als wollte er sagen: Mein Reden …

»Nun ja«, sagte Clara, »die Indikatoren sind ziemlich nahe an dem Modus Operandi, den wir auch damals hatten.«

»Ja«, sagte von Stein, »aber bei aller Perversion, die Opfer sind politische Ziele, das waren sie damals nicht. Es kann auch eine gezielte Einschüchterung sein.«

»*Einschüchterung* ist niedlich gesagt«, sagte MacDeath.

»Zunächst einmal zum Wesentlichen: Milch?«, fragte von Stein und schaute auf die winzigen Milchbehälter zum Aufreißen, die oft so konzipiert waren, dass der Großteil des Inhalts beim Öffnen auf die eigene Kleidung spritzte. Die Wahrscheinlichkeit erhöhte sich noch drastisch, wenn man eine helle Krawatte trug. »Ist sogar fettarme Milch.«

Er zögerte kurz. »Kennen Sie den blöden Witz? Ein Mann fragt eine Frau: *Hast du Milch für meinen Kaffee?* Die Frau sagt: *Ich habe fettarme.* Der Mann sagt: *Das sehe ich. Hast du nun Milch für meinen Kaffee oder nicht?*« Von Stein lachte laut über seinen eigenen Witz, während Bellmann sich versteifte, als hätte er statt des üblichen Stockes nun auf einmal zwei Stöcke im Hintern. Auch Winterfeld lachte, während MacDeath grinste. »Der Witz«, sagte MacDeath, »liegt darin, dass *fettarm* als Adjektiv gemeint und als Substantiv verstanden wird.«

»Danke, Herr Professor, das habe ich schon verstanden«, sagte Bellmann.

»Wie finden Sie den Witz, Frau Vidalis?«, fragte von Stein. »Sie haben gar nichts gesagt.« Von Stein schien es zu genießen, andere in herausfordernde Situationen zu treiben. Jedes Gespräch schien für ihn ein Zweikampf zu sein, an dem man seine Waffen schärfen konnte. Zweiundsechzig Jahre alt und mit hervortretenden Schläfen und beißendem Humor, erweckte von Stein den Eindruck eines hochintelligenten Hammerhais, der jederzeit bereit war, zuzubeißen – und sich im Stillen schon auf die nächste Gelegenheit dazu freute.

»Es gibt durchaus Männer, die derart plump kommunizieren würden«, sagte Clara. »Wir …«

»Wir kommen jetzt mal zur Sache«, sagte Bellmann, »bitte alle hinsetzen, die Lage ist ernst, und wir müssen in eine Richtung ermitteln, um diesen schrecklichen Fall zu Ende zu bringen.«

»Sie denken, es waren die Russen?«, fragte Clara.

Von Stein nickte. »Auslandsgeheimdienst, SVR, vielleicht mit FSB zusammen.«

»Warum gerade die Russen?«

»Ganz einfach: Alle drei Opfer, die in kürzester Zeit ermordet wurden, standen dem Interesse Russlands entgegen. Schwarz war gegen Nordstream 2, Blacksteel war die Top-Waffenschmiede in Deutschland. Eine Aufrüstung Deutschlands passt Moskau nicht. Und auch die Cyberangriffe in Greifswald, mit denen die Wohnung von Hellwig lahmgelegt wurde, riechen nach Moskau und St. Petersburg. Also insgesamt standen die Opfer für die Abkehr vom russischen Öl, mehr Waffen für die NATO und Energieautarkie durch Kernfusion, die Hellwig vorangetrieben hat.«

»Die Russen haben bisher aber keine Obduktionssäle in die Luft gesprengt und das Ganze zudem noch gefilmt«, sagte Clara. Sie blickte MacDeath an. »Sag du auch mal was. Dieser Mörder macht doch Dinge, die für einen politischen Mord überhaupt nicht erforderlich sind.«

»Sind sie in der Tat nicht, und er ist ein absoluter Psychopath.« MacDeath nickte. »Andererseits gibt es auch politische Ziele, wo es zu psychopathischen Massakern kommt. Nehmt den Angriff auf Israel durch die Hamas am 7. Oktober 2023.« Er blickte in die Runde. »Ist es nötig, um ein Ziel zu erreichen, die Babys seiner Feinde lebendig zu verbrennen? Was die Hamas ja getan hat.«

»Nun fällst du mir auch noch in den Rücken«, sagte Clara. »Was ist mit den Zeichen?« Sie holte die Bilder hervor. »Die Runen, die der Killer den Opfern in die Brust geritzt hat?«

»Das ist eine Art germanische Rune«, sagte Bellmann, »auf die hat der Totenzeichner kein Copyright.«

Von Stein nickte. »Runen werden auch in Söldnereinheiten gern genutzt. Das ist nun beileibe kein Alleinstellungsmerkmal dieses Totenzeichners, von dem Sie, Frau Vidalis, immer sprechen.«

Bellmann nickte. »Sehen Sie«, sagte er dann an Clara gewandt. »Abgesehen davon ist die Schriftprobe gerade beim Grafologen, sobald die Ergebnisse vorliegen, wissen wir hoffentlich weiter.« Er wandte sich an von Stein. »Aber Sie haben noch eine weitere Analyse mitgebracht.«

KAPITEL 21

BUNDESNACHRICHTENDIENST, CHAUSSEESTRASSE, BERLIN

»Es ist nicht zwingend der SVR«, sagte von Stein, »wir gehen davon aus, dass die russische Söldnergruppe Wagner dahintersteht, die die schmutzige Arbeit für den SVR macht.«

»Jetzt wird es ja wirklich exotisch. Also Wagner ist mal wieder an allem schuld?«, fragte Clara.

»Ich habe dazu gleich einen Termin mit dem US-Botschafter«, sagte Bellmann, »der sehr gut über die Gruppe Wagner unterrichtet ist.«

»Söldner, die die Drecksarbeit für Regierungsstellen machen?«, fragte Clara.

»Das ist nichts Neues«, sagte von Stein. »Einen berühmten Söldner kennt jeder aus dem Deutschunterricht.«

Als alle von Stein fragend anschauten, sprach er weiter.

»Götz von Berlichingen, der Ritter von der Eisernen Hand war auch ein Söldner. Und das mit der Eisernen Hand war nicht symbolisch gemeint. Ihm wurde von einem Projektil die rechte Hand zerschmettert, sodass er sich eine feinmechanische Eisenhand hat anfertigen lassen. Für die damalige Zeit ein Wunderwerk der Mechanik, wo man sogar die Finger einzeln bewegen konnte. Sie befindet sich immer noch im Besitz der Familie.«

»Ich glaube, ich kenne die Geschichte«, sagte MacDeath. »Hat sich nicht der Charité-Mediziner Ferdinand Sauerbruch irgendwann nach dem Ersten Weltkrieg diese Hand ausgeliehen, um Kriegsverletzte mit Prothesen zu versorgen?«

»Ja, die Neuzeit lernt vom Spätmittelalter oder der Renaissance.« Von Stein nickte. »Leider kam die Hand beschädigt zurück, und die Familie war nicht begeistert und gab die Hand nie wieder her.«

»Leih nie etwas nach Berlin aus«, schnaubte Winterfeld. »Und ich dachte immer, man soll nur Sachen mit ›F‹ nicht verleihen: Frauen, Flöten, Fahrzeuge …«

Bellmann schüttelte den Kopf.

»Söldner«, sprach von Stein weiter, »sind nicht neu. Die französische Fremdenlegion ist genau genommen auch eine Söldnereinheit. Die französische Staatsbürgerschaft gibt es erst, wenn man einige Jahre in der Fremdenlegion gedient hat. Manche Politiker selbst hier in Deutschland überlegen, Ausländern einen ähnlichen Deal anzubieten. Dienst in der Armee gegen deutsche Staatsangehörigkeit.«

»Gibt es viele, die dazu bereit wären?«, fragte Clara.

»Ich hatte in München einen Deutschen im Krankenhaus besucht, der sich freiwillig zum Ukraine-Krieg gemeldet hat«, sagte von Stein. »Dem sind Dutzende von kleinen Splittern bei einer Explosion in den Körper gerast, die OP, bei der sie die alle aus dem Körper entfernt haben, hat Stunden gedauert. Einige Splitter haben auch die Hornhaut seines Auges und den Glaskörper durchschlagen, aber da der Mann nach wie vor vernünftig sehen kann, haben die Ärzte von einer Augen-OP abgeraten, die würde mehr zerstören, als dass sie heilt.«

»Und was hat der gesagt?«

»Er suchte das Abenteuer. Und das trifft sicher auf sehr viele junge Männer zu. Ich fragte ihn, ob er nicht mal von einem normalen Job geträumt habe, wie zum Beispiel Dachdecker, und er sagte: *Sie haben, glaube ich, keine Vorstellung davon, wie gefährlich der Job als Dachdecker sein kann.*«

»Tja«, sagte Winterfeld, »die Schwerkraft ist dein Feind.«

Von Stein hielt kurz inne. »Gleichzeitig haben Söldnerarmeen einen Vorteil, der auch ein Nachteil ist.« Er lehnte sich zurück. »Generalfeldmarschall von Moltke, der, der uns 1871 zum Sieg verholfen hat …« Clara merkte, dass von Stein, wenn er von Deutschland sprach, *wir* und *uns* sagte, während die Deutschen ansonsten das einzige Volk der Welt waren, die von sich selbst als *Die Deutschen* sprachen. »Von Moltke sagte einmal«, fuhr von Stein fort, »der Krieg wäre erst dann zivilisiert, wenn die Soldaten nicht mehr nur aus der, wie er es nannte, *Hefe* des Volkes kämen. Darum hatte man sich Gedanken über die Wehrpflicht gemacht. Von Moltke kannte die Massaker noch nicht, die im Zweiten Weltkrieg stattfinden sollten. Nicht nur in Russland und Europa, sondern auch durch die japanische Armee bei der sogenannten *Vergewaltigung von Nanking,* wo Tausende von Chinesen gefoltert und ermordet wurden. Einige hatte man auf grausame Art hingerichtet und sie an der Zunge aufgehängt.«

Clara verzog das Gesicht. »Das heißt, bei Söldnern ist es durchaus hilfreich, wenn sie eine gewisse, ich nenne es mal *Beißhemmung der Menschlichkeit,* nicht haben?«

»Richtig«, sagte von Stein, »und da passt Ihre Analyse auch zu meiner. Die *Unknown Warfare,* zu der ja der sogenannte Totenzeichner gehört, ist eine Kriegsführung, die sich auf Psychopathen stützt, denen das Töten Spaß macht. Darum hatte auch Prigoshin, der Wagner-Chef, den alle Putins Koch nannten, die Idee, die Söldnergruppe auszubauen.«

»Warum eigentlich Putins Koch?«, fragte Winterfeld.

»Er war ursprünglich für die Versorgung der russischen Armee zuständig«, sagte von Stein, »eine Art Riesen-Catering für das Militär. Dann hat er allmählich seinen Wirkungskreis erweitert und auch Militärdienste angeboten.«

»Aber wegen ihm heißt die Gruppe ja nicht Wagner?«

»Nein, Wagner selbst wurde von Dimitri Utkin gegründet. Ein Ex-Speznaz-Elitesoldat, der sich SS-Runen und einen Reichsadler mit Hakenkreuz auf die Brust tätowiert hatte. Er bestand zudem darauf, dass die Helme der Wagner-Söldner wie die der deutschen Wehrmacht aussehen.«

»Sehen Sie, Frau Vidalis«, unterbrach Bellmann, »Runen gibt es auch anderswo.«

»In der Tat«, sagte von Stein, »gerade in der russischen Armee und in Eliteeinheiten sind nordische Runen wie auch die Tyr-Rune sehr beliebt. Und fast genauso sieht ja das Zeichen dieses sogenannten *Totenzeichners* aus.«

»Und wenn der Totenzeichner jetzt von Russland aus operiert?«, fragte Clara.

»Ich bitte Sie, Frau Vidalis«, sagte Bellmann, »der arbeitet erst für die CIA und dann für Russland?«

»Vielleicht undercover oder als Doppelagent?«

Bellmann schnaubte. »Frei nach Hegel: Wenn meine Erkenntnisse nicht mit den Fakten übereinstimmen, dann ist das schlecht für die Fakten.«

»Okay, aber dieser Utkin war Wagner-Fan, richtig?«, fragte Clara und überhörte den Einwand von Bellmann.

»Sagen wir mal so«, sagte von Stein, »der war Hitler-Fan und wusste, dass Hitler Wagner-Fan war. Darum war sein Spitzname bei den Speznaz *Wagner* gewesen. Wenn es nach ihm ginge, hätte er die Gruppe vielleicht auch *Gruppe Hitler* genannt, aber das hätte dann vielleicht nicht so zu Putins Story von einem *antifaschistischen Krieg* gegen die Ukraine gepasst.«

MacDeath schüttelte den Kopf. »Sowohl bei Serienkillern als auch in der Politik kommt man am besten nicht mit Logik.«

»Am besten nicht«, sagte von Stein.

»Okay«, sagte Winterfeld, und man sah, dass er einen Zigarillo vermisste, »dann weiter.«

»Prigoshin hat das, was Utkin gegründet hatte, richtig groß gemacht. Während des Ukraine-Krieges ist er in die russischen Gefängnisse gegangen und hat den Häftlingen ein Angebot gemacht, das sie nicht ablehnen konnten. Er sagte den Inhaftierten: *Ich nehme euch mit, und niemand von euch wird in dieses Gefängnis zurückkehren. Denn: Entweder ihr kämpft siegreich für Russland und werdet begnadigt. Oder ihr fallt auf dem Schlachtfeld. Oder ihr desertiert und werdet erschossen. Aber eines ist sicher: Diesen Gefängnisboden werdet ihr nie wieder betreten, wenn ihr euch mir anschließt.*« Von Stein sah sich um. »Diese *Recruiting* Speech, wie man das heute nennen würde, hat in jedem Fall sehr gut funktioniert. Das Ganze kann man als sozialverträgliche Entsorgung von Kriminellen bezeichnen. Und das gilt auch intern: Es gibt in den versteckten Bereichen des Internets, aber teilweise auch bei YouTube Videos, wie mit Abtrünnigen umgegangen wird. Einem wurden vor laufender Kamera die Zähne mit einem Vorschlaghammer eingeschlagen, und das ist eher ein harmloses Video. In jedem Fall werden diese Strafen im Internet verbreitet, so wie das auch die mexikanischen Drogenkartelle tun.«

»Solange sich das Ganze Richtung Kriegsgegner kanalisiert, kann es Putin ja nur recht sein«, sagte Winterfeld.

»Richtig. Die Gruppe war eine Sammelstelle für jene Typen, die bei uns als Hooligans oder Kriminelle gelten würden. Die Gewalt, die sonst die Gesellschaft abkriegt, bekamen jetzt die Kriegsgegner ab. Es war ähnlich wie im alten Rom, wo man die Gefängnisinsassen zu Gladiatorenkämpfen zwang und zwei Fliegen mit einer Klappe erschlug: Die Bevölkerung wurde unterhalten, und die Gefängnisse wurden leer. Und rückfällig wurde auch keiner.«

»Keine schlechte Idee«, sagte Winterfeld.

Clara verdrehte die Augen. »Für Putin also eine gute Strategie?«

»Klar. Für Putin war es bequem, wenn *sein Koch* mit vielen Söldnern kämpft, denn bei toten Söldnern stehen keine weinenden Mütter vor dem Kreml.«

»Söldner wollen, dass der Krieg weitergeht, weil sie nur Geld bekommen, wenn Krieg ist«, sagte MacDeath.

»Genau genommen«, sagte von Stein, »ist die Gruppe Wagner nichts Neues, das ist mittlerweile bekannt, sondern eine Kopie von Blackwater, einer privaten US-Söldner-Einheit, die jetzt Academi heißen. Darum geht es gerade häufig. Blackwater kam ja im zweiten Irakkrieg auf die große Bühne, weil George W. Bush Geld sparen wollte und vor allem nicht an schlechter Presse bezüglich des Todes von US-Marines interessiert war. Zudem empfand die Bush-Administration die Pentagon-Bürokratie als träge und verschwenderisch.«

»Outsourcing würde man heute sagen.« Das war MacDeath.

»Genau. Allerdings wurde die erste Privatarmee mit dem Namen *Executive Outcomes* schon 1989 gegründet. *Executive Outcomes* war an vielen Operationen der CIA im Iran, Nicaragua und im Kongo beteiligt. Ähnliche Gruppierungen, die aber niemals offiziell erwähnt wurden, gab es allerdings auch schon vorher. Sie waren im Kalten Krieg eine gute Möglichkeit, um amerikanische Interessen durchzusetzen, ohne dabei in direkten Konflikt mit der Sowjetunion zu geraten. Die Private Military Companies entsprachen auch dem Trend zum Outsourcing der späten Neunzigerjahre. Wenn es gut ging, dann war der US-Präsident der Sieger. Wenn es schiefging, konnte er eine Beteiligung abstreiten und sagen, die haben nicht auf Befehl der US-Regierung gehandelt. Tatsächlich musste sich die US-Regierung nicht rechtfertigen, als Blackwater 2007 ein Massaker auf dem Nisur-Platz in Bagdad im Irak anrichtete und 17 Zivilisten ermordete. Blackwater handelte im Auftrag der Irak-Regierung, die sie auch bezahlte, nicht im Auftrag des Militärs. Um aber nichts zu riskieren, wurden die Anführer 2020 von Donald Trump begnadigt. In jedem Fall gehört Blackwater oder Academi jetzt zum Constellis-Security-Konzern mit rund vierzehntausend Angestellten.«

»Ein Konzern ist kein Staat«, sagte Clara. »Auch wenn einige fast so groß sind.«

Von Stein nickte. »Und genauso ist es mit Wagner. Sie vertreten russische Interessen in Mali, Nigeria und Syrien. Ohne direkt im Auftrag des Kremls zu handeln. Sie sind gut im Unterwandern von Staaten, *state capture,* wie man das so schön nennt.«

»Der Klassiker?«, fragte MacDeath. »Geschwächter Diktator braucht Hilfe und zahlt mit Rohstoffen?«

»Das ist meist der Deal, genau.« Von Stein nickte.

»Und sie gehen gegen Terroristen, zum Beispiel in der Sahelzone gegen gnadenlose Terrororganisationen wie Boko Haram, genauso gnadenlos vor. Wenn die da waren, wächst kein Gras mehr. Und wenn ein paar Zivilisten sterben, was soll's.«

»So nach dem Motto: Die sterben auch, wenn die Terroristen weiter bestehen. Dann lieber tote Zivilisten und tote Terroristen als nur tote Zivilisten?«, fragte Winterfeld.

»Genau das ist die Logik. Und das Ganze immer, ohne dass ein Staat offiziell dahinterstand, aber freilich mit der Interessenvertretung dieses Staates. Das Gleiche sagte auch Putin einmal in einem Interview: Es gebe kein Gesetz über private Militärorganisationen in Russland, und juristisch existiert die Gruppe Wagner gar nicht. Was nicht existiert, kann nicht belangt werden.«

»Kann aber auch eine Kehrseite für die Söldner haben«, sagte MacDeath.

Von Stein nickte. »Hat es durchaus. Sie können zwar Dinge tun, die ein Staat unmöglich tun kann, besonders wenn es schmutzig wird. Dafür ist in Artikel 47 der Genfer Konvention nicht von Söldnern die Rede. Für sie gibt es keinen Schutz, nur die elementarsten, die auch für Kriegsverbrecher oder gar Terroristen gelten würden.«

»Ein Happy End gab es mit Wagner aber auch so nicht«, sagte Winterfeld.

»Jedenfalls nicht zwischen Prigoshin und Putin. Und das ist nicht neu. Schon Machiavelli hat sich im 16. Jahrhundert in einem Buch *Der Fürst* über die Söldner ausgelassen. Dann hat es etwas geknirscht. Nachdem erst Prigoshin im Generalstab mitreden durfte, hat Putin, nachdem Prigoshin in Ungnade gefallen war, Walerij Gerassimow befördert; interessanterweise ein Mann, den Prigoshin vorher noch als *Schwuchtel* bezeichnet hat. Sie kennen alle die Geschichte. Wagner ist gegen Moskau marschiert, ein bisschen so wie Cäsar damals über den Grenzfluss Rubikon oder Mussolinis Marsch auf Rom, und in der Tradition sah sich Prigoshin dann wohl auch.«

»Sie haben es aber nicht zu Ende geführt?«

»Nein, und Putin ist jemand, der sich so etwas merkt. Prigoshin und auch der Wagner-Gründer Utkin sind im August 2023 bei einem Flugzeugabsturz ums Leben gekommen.«

»Was mal wieder zeigt, dass wichtige Leute nie zusammen in den gleichen Flieger steigen sollten«, sagte Clara.

»Richtig. Wobei der Risikoforscher Gerd Gigerenzer immer sagt, dass die Autofahrt zum Flughafen der riskanteste Part der Reise ist.«

»Da hat er auch recht«, sagte von Stein.

»Zur Sache, bitte!« Bellmann pochte auf den Tisch.

Von Stein sprach weiter. »Putin streitet natürlich nach wie vor ab, dass der Kreml dahintersteckt.«

»Wenn aber die Wagner-Gruppe als Feind Russlands gilt«, sagte Clara, »warum sollten nun gerade die die Drecksarbeit für den Kreml machen?«

»Um sich wieder gut zu stellen, denke ich«, sagte von

Stein. »Je mehr sich das Blatt im Ukraine-Krieg zugunsten Putins wendet, desto mehr wollen sich die restlichen Truppen von Wagner wieder bei Putin lieb Kind machen.«

Bellmann erhob sich. »Frau Vidalis, das klingt alles sehr plausibel. Sie müssen sich von dem Gedanken verabschieden, dass es der Totenzeichner ist.«

»Wobei wir den Wagner-Killer genauso wenig dingfest gemacht haben wie den Totenzeichner«, sagte Clara. »Aber zusammenfassend ist der Typ ein Söldner-Psychopath aus einem russischen Knast, der jetzt bei Wagner ist und für den SVR die Drecksarbeit macht?«

Von Stein zuckte die Schultern. »Das ergeben unsere Analysen.«

»Aber wer das ist, weiß trotzdem niemand?«, fragte Clara. »Auch keine Zuordnung der DNA?«

»Nein«, sagte Bellmann, »wir haben, basierend auf den Spermaspuren im Gehirn von Hörner«, er verzog kurz die Lippen, »zwar die DNA …«

»Die gleiche?«, fragte Clara.

»Ja, die gleiche«, sagte Bellmann.

»Das ist ja schön«, sagte Clara, »dass wir das so nebenbei erfahren.«

»Jetzt haben Sie es ja erfahren«, sagte Bellmann bockig, »aber wir haben diese DNA in keiner Datenbank gefunden. Und genau das ist das Problem.« Bellmanns Handy summte. Er schaute auf das Smartphone. »Das scheint der Grafologe zu sein. Ich habe ihm gesagt, er soll sich sofort melden, wenn er das Ergebnis hat.«

KAPITEL 22

HAUPTQUARTIER CENTRAL INTELLIGENCE AGENCY, LANGLEY, VIRGINIA, USA

Steve Wyatt nannte man »The Spectre«. Nicht nur wegen seiner blassen Haut und den weißblonden Haaren. Denn wie ein Geist war er nirgends wirklich zu Hause. Er arbeitete beim CIA und arbeitete doch nicht dort. Denn er war der Leiter des National Clandestine Service, kurz NCS, der Koordinierungsstelle für nachrichtendienstliche Informationen. Sozusagen ein Geheimdienst im Geheimdienst. Daher hatte Wyatt auch im Hauptquartier der CIA in Langley ein Büro. Die NCS war eine spezielle Bundesbehörde mit der Aufgabe, die Aktivitäten der anderen Geheimdienste der USA zu koordinieren. Dazu gehörte das FBI, der Diplomatische Sicherheitsdienst, kurz DSS, und viele andere Dienste, von denen die meisten Bürger der Vereinigten Staaten nichts wussten und auch gar nichts zu wissen brauchten. Und die Feinde des Westens erst recht nicht.

Als Chef des NCS war Steve Wyatt gegenüber dem Direktor der CIA verantwortlich, sonst niemandem. Gleichzeitig koordinierte Wyatt die Aktivitäten mit dem Defense Intelligence Agency des CIA, kurz DIA, dem Verteidigungsnachrichtendienst. Und wusste damit einiges, was andere nicht wussten und nicht wissen sollten. Speziell über das Militär.

Wyatt »The Spectre« sah nicht nur aus wie ein Geist, er konnte auch Dinge wie von Geisterhand verschwinden lassen. Allerdings hoffte er dann auch, dass diese Dinge verschwunden blieben und nicht wieder auftauchten. Und wenn er Dinge verschwinden ließ, dann wollte er, dass diese Dinge geräuschlos verschwanden. Und *geräuschlos* konnte man das Verschwinden der Dinge oder Personen, wie es jetzt gerade geschah, beim besten Willen nicht nennen.

Wilson, der nationale Sicherheitsberater des Präsidenten der Vereinigten Staaten, hatte ihn angerufen. Er hatte aus der Presse erfahren, was sich in Europa zutrug. Etwas aus der Presse als Erstes zu erfahren, was ihm eigentlich seine Dienste als Erstes sagen sollten, mochte Wilson überhaupt nicht.

Warum?, fragte sich Wyatt. *Warum müssen immer die Besten die schlimmsten Fehler begehen?*

Die Mission war richtig.

Die Opfer waren die richtigen.

Die Zuständigen Operatives waren ausgewählt worden.

Aber bei einem hatte man sich offenbar geirrt.

Genau deshalb stockte ihm der Atem.

Denn die Art und Weise, wie dieser Operative vorging, war nicht so, wie sie sein sollte.

Er sollte geräuschlos sein, wie ein Skalpell.

Der hier aber war eine benzinbetriebene Kettensäge aus einem Horrorfilm.

Es sollte nicht auffallen.

Doch das hier fiel auf.

Der Operative sollte kein Problem damit haben, Unschuldige umzubringen.

Doch dieser hatte scheinbar Spaß daran.

Es gab zum Glück jemanden, der ihm sofort helfen konnte.

Der auch Spaß daran hatte, aber nicht dermaßen ausrastete.

Wyatt griff zum abhörsicheren Telefon.

Sein Gegenüber meldete sich sofort.

»Wir haben ein Problem«, sagte Wyatt nur. »Nihilus.«

Der andere verstand sofort.

»Löse die Sache und bring sie zu Ende.«

Die Verbindung endete.

KAPITEL 23

FAHRT VOM BND ZUM LKA

»Nun kriegen Sie sich wieder ein, Señora«, sagte Winterfeld, als er mit MacDeath im Wagen die Chausseestraße Richtung LKA am Tempelhofer Damm herunterfuhr. »Der Totenzeichner war es halt nicht.«

Clara schaute wie ein bockiges Kind aus dem Fenster. »Dass er es nicht war, wissen wir nicht. Wir wissen nur, dass der Grafologe sagt, dass die Zeichen *nicht* die vom Totenzeichner sind.«

»Das spricht aber eher gegen den Totenzeichner als dafür«, sagte MacDeath.

Clara schluckte den Ärger, dass sich nun auch MacDeath vollends gegen ihre Theorie wandte, herunter. »Und damit sollen wir uns jetzt zufriedengeben? Dass der BND rausfindet, wer genau das bei Wagner war? Wobei wir überhaupt nicht wissen, ob es überhaupt jemand von der Wagner-Gruppe war?«

MacDeath sagte nichts.

»Tja«, sagte Winterfeld. »Was wollen Sie sonst machen?«

In dem Moment fiel Clara ein, was sie jetzt machen würde. Beziehungsweise in ein paar Minuten, wenn sie ungestört im LKA war.

KAPITEL 24

MARINE CORPS BASE QUANTICO, VIRGINIA, USA

Fidelity, Bravery, Integrity stand auf dem Wappen des FBI an der Wand des Seminarraumes der Academy, in dem Ted Williams unterrichtete. *Treue, Tapferkeit, Rechtschaffenheit.*

Die Behavioral Research and Instruction Unit, kurz BRIU, die ehemalige Abteilung für Verhaltensforschung, befasste sich mit allem, was mit dem menschlichen Tun und seinen gefährlichen Auswüchsen zu tun hatte. Man beschäftigte sich hier mit Kriminologie, Profiling, Fallanalyse, Krisenmanagement, Geiselverhandlungen, psychosozialem Verhalten, Bandenkriminalität und immer stärker auch mit Cyber-Kriegsführung und Terrorismus.

Hier, an diesem Ort, war der Begriff »Serial Killer« entstanden, »Serienmörder«, und hier hatte man die investigative, kriminologische Analyse erfunden, auch Profiling genannt. Hier befand sich zudem das 2008 gegründete Evil Minds Research Museum, in dem die Fälle berühmter Serienkiller und ihre Hinterlassenschaften ausgestellt wurden – Waffen, Briefe, Zeitungsartikel sowie Malereien und Zeichnungen der Killer, zum Teil drastische Darstellungen. Das Evil Minds Research Museum war die vielleicht einzige Einrichtung ihrer Art, zu der nur Gesetzesbeamte und besondere Gäste des BRIU Zutritt erhielten, und auch das nur nach Vereinbarung. Ted Williams war froh darüber, denn das Museum, das wusste er, wäre anderenfalls mit den Anfragen sensationslüsterner Interessenten bombardiert worden.

Williams war seit vielen Jahren beim FBI. Der Captain und ehemalige Special Agent war zwar schon eine Zeit lang im Ruhestand; dennoch ließ er sich nicht nehmen, die jungen Kadetten und angehenden Special Agents in der operativen Fallanalyse und dem Profiling zu unterrichten. Sein gestutzter grauer Bart umrahmte seine Wangen, und seine nachdenklichen dunklen Augen lagen tief in den Höhlen, als er den Blick nun über seine Zuhörerschaft schweifen ließ. Das Seminar war fast zu Ende, doch die zwanzig Teilnehmer hörten noch immer aufmerksam zu. Draußen vor den Fenstern sah man das Übungsgelände der Academy sowie die künstliche Stadt »Hogan's Alley«, die für das Training von Häuserkämpfen und Verfolgungsjagden genutzt wurde. Dahinter lagen die bewaldeten Hügel von Virginia.

Williams' Vorlesung war in vollem Gange.

Ein Beamer warf das Foto einer toten, aber bekleideten Frau auf eine Leinwand, auf die Williams nun zeigte. »Wir unterscheiden zwischen organisierten und unorganisierten Mördern«, sagte er zu seinen Zuhörern. »Sehen wir uns einmal an, wie sich das äußert. Die Frau auf diesem Foto wurde vergewaltigt, wobei sie vorher vom Killer ausgezogen worden war. Das hat die Rechtsmedizin ermittelt. Da die Frau bekleidet ist, hat der Mörder ihr nach der Vergewaltigung offenbar befohlen, sich wieder anzuziehen.« Williams zeigte auf die Kleidung. »Hätte der Killer die Frau selbst angezogen, säße die Kleidung ganz anders.« Wieder ließ er den Blick über seine Zuhörer schweifen. »Was sagt uns das?«

Keine Antwort. Entweder wussten die Teilnehmer es nicht, oder sie waren am Ende des langen Tages müde geworden.

»Es sagt uns«, fuhr Williams fort, »dass wir es mit einem organisierten oder geordneten Täter zu tun haben, der in der Lage ist, strukturierte Anweisungen zu erteilen. Auch an sein Opfer. Allein die Unterscheidung zwischen organisiert und desorganisiert lässt wichtige Schlüsse über das Profil eines Täters zu. Die Art und Weise, wie das Opfer nach der Tat bekleidet ist, kann uns einiges über die Psyche des Täters sagen. Okay, Leute, wie es in diesem speziellen Fall weiterging, werden wir morgen behandeln. Ihnen allen einen schönen Abend.«

Die Studenten klopften auf die Tische und verließen den Seminarraum.

In diesem Moment vibrierte Williams' Handy, das auf seinem Pult lag. Es war wegen des Unterrichts leise gestellt, aber er sah, wie das Display blinkte.

Eine lange Zahlenreihe war zu sehen. Es schien eine deutsche Nummer zu sein.

Williams nahm den Anruf entgegen.

KAPITEL 25

FBI ACADEMY, QUANTICO, USA

Das Freizeichen ertönte vier Mal, dann meldete sich eine Stimme. »Williams.«

»Ted«, sagte Clara. »Ich bin's, Clara Vidalis. Wir hatten vor einigen Jahren miteinander zu tun. Ich sage nur *Unknown Warfare.*«

»Clara? Die Kollegin von MacDeath. Ich meine … Martin.«

»Mittlerweile die Ehefrau von MacDeath.« Offenbar hatte er ihren Namen nicht sofort zuordnen können.

»Clara und MacDeath!«, rief Williams. »Verdammt, ist lange her.«

»Oh ja. Schon ein paar Jahre.«

»Martin sagt, ihr habt geheiratet?«

»Haben wir. Ist auch schon etwas her.« Sie musste zur Sache kommen und kam zur Sache. »Und jetzt brauche ich deine Hilfe, Ted.«

»Ich nehme an, es geht nicht um Eheberatung.« Das mochte Clara an den gebildeten Amerikanern und Engländern, sie begegneten jeder Situation mit Humor, während die meisten Deutschen stolz darauf waren, möglichst steif und unsympathisch zu wirken, und Humorlosigkeit mit Professionalität verwechselten.

»Nein, geht es nicht. In der Ehe ist alles prima!«

»Was ist passiert?«

»Erinnerst du dich an diesen Killer, der vor einigen Jahren in Berlin sein Unwesen getrieben hat? Und der vorher auch in Los Angeles und den USA unterwegs war?«

Williams überlegte kurz. »Ja, sicher«, sagte er. »Der Angel of Death. Wie sollte ich den vergessen. Der Blutsommer von Los Angeles. Er hat den Sohn des Polizeichefs von Los Angeles umgebracht. Und dann hat sich der Polizeichef selbst das Leben genommen. Und dann die Sache in Berlin. Wir waren bei euch. Brooks war auch dabei. War eine schöne Zeit. Sofern man den Hintergrund als *schön* bezeichnen kann.« Er räusperte sich kurz.

»Wie hatten wir ihn noch genannt? Den *Totenzeichner?*«

»Genau so.«

»Wie kommst du gerade jetzt auf den? Er war ja plötzlich vom Erdboden verschluckt.«

»Weil ...« Clara wählte ihre Worte mit Bedacht. »Weil wir Grund zu der Annahme haben, dass er eben doch nicht einfach vom Erdboden verschluckt ist, sondern wieder in Deutschland aktiv ist.«

»Wie bitte?« Williams' Verblüffung war sogar über den Großen Teich hinweg in seiner Stimme zu hören.

»Wir haben Leichen mit ganz ähnlichen Markierungen, die der Totenzeichner damals in die Toten geritzt hat. Und wir haben ein ähnliches Verhaltensmuster des

Täters. Und ganz ähnliche Schnittwunden.« Clara machte eine kurze Pause, ehe sie fragte: »Gilt deine FBI-Mail noch?«

»Ja, bin zwar schon länger im Ruhestand, aber noch immer für die Academy tätig.«

»Dann bekommst du gleich was von mir.«

Clara hatte ihm über eine sichere Cloud die Fotos geschickt. Williams starrte während des Telefonats auf den Monitor. »Wie in meiner Vorlesung eben«, murmelte er. »Die tote Familie, die Sache mit der Augenhöhle … und dem Kopf. Und die Schnittwunden, ich sehe es genauso wie du, sind beinahe identisch.«

Clara nickte. »Das dachte ich auch.«

»Und die Hauptopfer? Alles Männer?«

»Ja, ein Politiker, ein Firmenchef und ein Leiter eines Forschungslabors. Beim Politiker hat es auch die Ehefrau und die Tochter erwischt, aber das könnte ein Kollateralschaden sein.«

»Schmiert der Täter Blut an die Türrahmen?«

»Bisher nicht«, sagte Clara.

»Wie viele Morde? Drei?«

»Bis jetzt drei, von denen wir wissen.«

»Und das Herz?«

»Das lässt er in den Leichen drin. Dafür hat er bei der Frau und der Tochter des Politikers Bisswunden hinterlassen. Und scheinbar auch ihr Blut getrunken. Aus einem Weinglas.«

»Mein Gott.«

Williams sagte ein paar Sekunden kein Wort.

»Ted«, begann Clara dann wieder, »du hast MacDeath damals ausgebildet, zusammen mit Robert Ressler. Wie hoch ist die Wahrscheinlichkeit, dass er es ist?«

»Es könnte ein Nachahmer sein«, sagte Williams. »Möglich, dass der Angel of Death es gar nicht gewesen sein kann, weil er in einem anderen Teil der Welt unterwegs ist. Oder im Knast. Oder tot. Alles das weiß ich nicht.«

»Kannst du das herausfinden?«, fragte Clara.

»Ich werd's versuchen«, erwiderte Williams. »Gib mir eine halbe Stunde. Ich checke das in der VICAP-Datenbank und melde mich gleich wieder bei euch.«

Die Verbindung endete.

KAPITEL 26

FBI ACADEMY, QUANTICO, VIRGINIA, USA

Vor dem Fenster von Ted Williams' Büro an der FBI Academy versank die Sonne zwischen den diesigen Bergen, doch Williams' Blick war nicht auf dieses malerische Schauspiel gerichtet, sondern auf den Bildschirm, auf dem die Website des Violent Criminal Apprehension Program geöffnet war. Das VICAP war eine Datenbank, deren Ursprünge mehr als sechzig Jahre zurücklagen. In den Fünfzigern des letzten Jahrhunderts war einem Detective aus Los Angeles während einer Mordermittlung aufgefallen, dass die Opfer, die ein bestimmter Killer zurückließ, immer auf eine ganz bestimmte Weise gefesselt waren. Daraus zog der Detective den Schluss, dass die aktuellen Opfer des Unbekannten nicht die ersten und auch nicht die letzten sein würden. Er folgerte, dass es umso einfacher wäre, den Killer zu schnappen, je mehr Opfer man von ihm finden und untersuchen könnte. Falls der Killer in unterschiedlichen Bundesstaaten mordete, war es hilfreich, wenn man auch dort von ähnlichen Morden wusste. Leider war das nicht der Fall.

Daraufhin beschloss der Detective, an freien Tagen in der städtischen Bibliothek regionale Zeitungen aus anderen Städten und US-Bundesstaaten zu lesen, insbesondere die Verbrechensmeldungen. Er fand einen Artikel über einen ganz ähnlichen Mord und kontaktierte die Polizei. Schließlich gelang es dem Beamten aufgrund all dieser Hinweise, den Killer zu schnappen.

Aus dieser Sammlung von Zeitungen wurde in den Achtzigerjahren die erste computergestützte Datenbank für Gewaltverbrechen. Sie wuchs rasant, denn sie wurde von den verschiedenen Polizeidienststellen immer mehr und immer schneller gefüttert, bis sie im 21. Jahrhundert das war, was ihr Erfinder sich in den Fünfzigerjahren gewünscht hatte: Die weltweit umfassendste Datenbank über Morde und Gewaltverbrechen, die immer und überall zur Verfügung stand und das gesamte Wissen des FBI und der lokalen Polizeiverwaltungen bündelte.

Williams gab die Daten des Angel of Death ein und schaute unter der ersten Rubrik nach: *Ungelöste Morde.* Der letzte Mord, so stand dort, war am 9. August 2004 in Los Angeles verübt worden. Das Opfer war Vincent Calitri, Sohn von David Calitri, dem damaligen Polizeichef von Los Angeles. Sie hatten zahllose Spuren verfolgt, aber der Mörder war nie gefasst worden. Der Killer hatte den Opfern in mehreren Fällen das Herz herausgeschnitten und ihnen vorher seltsame Zeichen in die Haut ins Fleisch geschnitten. Nach dem 9. August 2004 war keine andere Leiche mehr mit ähnlichen Verletzungen aufgefunden worden. Die Taten, die er in Berlin nahezu zehn Jahre später begangen hatte, waren nicht in dem Verzeichnis. War es Nachlässigkeit oder Absicht?

Mittlerweile waren wieder fast zehn Jahre vergangen.

War der Angel of Death oder der Totenzeichner tot? Im VICAP jedenfalls war nichts gemeldet. Ebenso wenig eine Gefängnisstrafe des Angel of Death. Er war »wie vom Erdboden verschluckt«, stand in dem Dokument.

Kann er es wirklich sein, fragte sich Williams.

Er griff zum Telefon und wählte die deutsche Nummer.

Clara meldete sich sofort.

»Ted?«

»Ja, ich bin's.« Er räusperte sich, wie es jemand tut, der eine schlechte Nachricht einleiten will. »Leider Fehlanzeige. Es ist nichts Neues in der VICAP-Datenbank. Nur die Sache aus Los Angeles mit Calitri, dem Polizeichef. Nicht einmal die Morde in Berlin.«

Clara blickte resigniert zu Boden.

»Und noch etwas«, sagte Williams, »die Zeichen, die Runen, die euer jetziger Killer den Opfern einritzt, na ja, wie soll ich es sagen: Sie sehen nicht genauso aus wie die vom Totenzeichner. Ich bin kein Grafologe, aber das solltet ihr mal checken lassen.«

»Wir haben einen Grafologen«, sagte Clara, »und der hat uns leider schon dasselbe gesagt.«

»Tja, dann fürchte ich, gibt es nicht viel, was ich noch tun kann.«

»Okay, vielen Dank für die schnelle Hilfe«, sagte Clara.

»Ich melde mich, sollte ich noch etwas finden«, sagte Williams.

Clara legte auf. Schaute aus dem Fenster, wo sich am

Herbsthimmel graue Wolken wie dreckige, zerknüllte Bettwäsche auftürmten. Der ganze Fall, dachte Clara, erinnerte sie an einen Haufen dreckiger Wäsche, der niemals gewaschen werden würde. Sie schaute auf das Handy. Eine Nachricht von MacDeath. Er hatte die kleine Victoria in Empfang genommen und nach Hause gebracht, wo Betty, die Babysitterin, auf sie wartete. Danach musste er noch einmal zu Bellmann für eine gemeinsame Telefonkonferenz mit Eisenstein und dem BND. Clara war dazu nicht eingeladen. War sie jetzt eine Aussätzige, weil sie als Einzige nicht an die Wagner-Geschichte glaubte? Aber warum, fragte sie sich selbst, glaubte sie eigentlich nicht daran?

Drauf geschissen, dachte sie. Kümmer dich um die, die dich lieben, wie deine Tochter, dachte sie. Clara würde noch ein paar Akten durchschauen und auch nach Hause fahren. Oder sie konnte die ganzen Akten gleich in den Mülleimer schmeißen und sofort nach Hause fahren. Es war, dachte sie, sowieso alles zwecklos.

In dem Moment klingelte ihr Handy. Eine Berliner Nummer, die sie schon einmal gesehen hatte.

KAPITEL 27

LKA 113, TEMPELHOFER DAMM, BERLIN

»Vidalis«, sagte sie.

»Wilforst vom Deutschen Herzzentrum. Wir hatten vor Kurzem telefoniert. Erinnern Sie sich?«

»Ja, natürlich«, sagte Clara. *Was wollte die denn jetzt wieder?,* fragte sie sich.

»Passt es kurz?«, sagte die bekannte Stimme am anderen Ende.

»Kurz ja. Bin gerade auf dem Sprung nach Hause. Was gibt es?«

Dr. Wilforst atmete kurz ein. »Die OP ist gut verlaufen. Die kleine Tanja hat das Herz gut angenommen.«

»Das freut mich«, sagte Clara. Sie fand es nett, dass Wilforst sich deswegen meldete, dennoch hatte sie jetzt nicht alle Zeit der Welt, um lange über den Gesundheitszustand eines Mädchens zu sprechen, das sie gar nicht kannte.

»Da ist nur eine Sache«, sagte Wilforst. *Aha,* dachte Clara, *jetzt kommt doch die Katze aus dem Sack.*

»Die Kleine«, sagte Wilforst, »ist gelegentlich total panisch. Sie scheint, seitdem sie das neue Herz hat, Albträume der schlimmsten Sorte zu haben.«

»Aha?«

»Ja. Sie spricht von einem Mann, der nachts zu ihr kommt.«

»Ein Mann, der nachts zu ihr kommt?«

»Ja, ein Mann, der zu ihr kommt … und ihr blutige Wunden beißt.«

BUCH 3

Strike at zero hour
With overwhelming firepower
They're fueled by the fear in their enemies' eyes
It's a shock troop infiltration
A fast and violent escalation
Out of the trenches the Stormtroopers rise!

Sabaton, *Stormtroopers**

* Album »The War to end all wars«, Nuclear Blast, 2022

KAPITEL 1

IRGENDWO NAHE WASHINGTON, D. C.

Es war eine kurze Zwischenmission gewesen, bevor es zur richtigen Mission weiterging.

Der große, richtige Auftrag nach vielen kleinen Aufträgen.

Ein Geiselnehmer, der drei Frauen, zwei Kinder und zwei Bankangestellte in seiner Gewalt hatte.

Mach ihn unschädlich, egal wie. Das war der Auftrag.

Er liebte solche Aufträge.

Er hatte nur um eine Sache gebeten.

Er wollte etwas mitbringen. Vom Tatort. Und das würde er.

Die Verhandlungsführer hatten alles versucht. Die Scharfschützen hatten versucht, den Geiselnehmer zu erwischen, aber er hatte die Filiale nie verlassen.

Am Ende half, wie so oft, nur eines.

Sein bester und ältester Freund. Oder besser *Freundin.*

Die gute, alte, brutale … Gewalt.

Er hatte sich dem Geiselnehmer einfach genähert.

Der Geiselnehmer hatte sich nicht getraut, auf ihn zu schießen.

Dann hatte er doch gefeuert. Und danebengeschossen.

Und dann war es zu spät.

Kurze Zeit später blickte er in die Augen des Geiselnehmers, der am Boden lag, das Gesicht von seinem Faustschlag nur noch eine rote Masse aus Zahnsplittern, Blut und zerbrochenen Knochen.

Das große Messer lag noch immer gut in seiner Hand. Das große Messer, das die Haut seines Opfers durchschnitt. Er hatte die beiden Hautlappen an der Brust auseinandergerissen. Die Wikinger hatten in einem ähnlichen Ritual die Rückenhaut aufgeschnitten und die Lungen auseinandergezogen, sodass sie wie Flügel aussahen. *Blutadler* nannte man das bei den alten Wikingern.

So ähnlich machte er das auch, nur schnitt er nicht die Haut am Rücken, sondern an der Brust auf. Dann schaute er auf das blutige Fleisch darunter und setzte die Klinge an den Rippen an. Drückte mit dem Handballen der linken Hand auf die stumpfe Seite der Klinge. Und schnitt die Rippen an den Knorpeln mit einem Schnitt durch.

Sein Messer schnitt noch einmal durch die Rippen. Er griff in die klaffende Wunde hinein. Und ergriff den oberen Teil des Brustbeins, der ironischerweise *Manubrium Sterni,* also *Handgriff des Brustbeins* hieß. Er hob das Brustbein mit den Rippenansätzen etwas hoch. Und plötzlich hielt er ein blutiges Gestell in der Hand. Das Brustbein mit den Rippen, die er eben mit zwei Messerschnitten durchtrennt hatte. Es hing noch an den Schlüsselbeinen fest. Noch ein Schnitt durch die Schlüsselbeingelenke, und er konnte das Brustbein, das durch die durchtrennten Rippen fast wie ein bizarrer Käfer aussah, aus dem Brustkorb herausnehmen.

Die Augen des Geiselnehmers waren vor Angst und Schock, vor Überraschung und Grauen endlos geweitet. Schreien konnte er mit gebrochenem Kiefer nicht mehr.

Er nahm das Brustbein, schwenkte es noch einmal vor den Augen des Mannes hin und her, so als würde er eine Rassel vor den Augen eines Kindes hin und her bewegen.

Dann griff er in den schwarzroten Brustkasten des Mannes. Machte zwei Schnitte. Und hielt das blutige Herz in den Händen. Als er das Herz aus dem Körper zog, sah er, wie sich die Gesichtsfarbe des Mannes grau verfärbte. Seine Augen brachen, und der Tod kam wie eine graue Wand über ihn. Er hatte es schon oft gesehen, doch es faszinierte ihn immer wieder. Sobald man das Herz aus dem Körper herausnahm, verwandelte sich die Farbe der Organe. Von Rötlich zu Grau. Es war, als würde jemand mit einem Pinsel grauer Farbe den Körper neu anstreichen. Als würde ein Licht, das lange geschienen hatte, plötzlich erlöschen. Als würde ein Film plötzlich von bunt auf schwarz-weiß wechseln. Er schaute auf das Herz, das noch ein einziges Mal schlug und dunkles Blut aus den abgetrennten Arterien spuckte, bevor es in seinen Händen erschlaffte.

Er führte das Herz noch einmal an den toten Augen des Mannes vorbei, während der Kopf des Mannes tot zu Boden sackte. Dann stand er auf, das Herz in der rechten Hand erhoben. Raus aus der Filiale, vorbei an den Einsatzkräften, die mit offenem Mund vor ihm standen. »Der Kerl ist tot«, sagte er und drückte dem Einsatzleiter das blutige Herz in die Hand, bevor dieser irgendetwas tun konnte. »Der Rest von ihm ist da drin.«

Er ließ den Wachmann stehen, der das blutige und tropfende Herz in der Hand hielt, es aber nicht wagte, das Organ fallen zu lassen, jedenfalls nicht, solange der Riese nicht außer Sichtweite war.

Der Auftrag war erledigt, dachte er.

Der kleine Auftrag. Einer von vielen kleinen Aufträgen.

Der große Auftrag, der kam jetzt.

Das Flugzeug wartete.

KAPITEL 2

LKA 113, TEMPELHOFER DAMM, BERLIN

»Sie glauben nach wie vor daran, dass es nicht die Russen sind, sondern unser Totenzeichner? Auch wenn Sie das Ihre Position kostet?«, fragte Winterfeld. Sie standen am offenen Fenster im vierten Stock des LKA, und Winterfeld rauchte mal wieder nach draußen. MacDeath stand ebenfalls dabei.

Nachdem Clara in ein Gespräch mit Bellmann und dem US-Botschafter hereingeplatzt war und Informationen zu der Unknown-Warfare-Einheit verlangt hatte, hatte Bellmann ihr offen mit Suspendierung gedroht.

»Ich weiß nicht«, sagte Clara. »Das war im Nachhinein vielleicht nicht so schlau, in das Meeting reinzuplatzen. Und das mit dem Grafologen hat mich echt zurückgeworfen.«

»Es könnten aber tatsächlich Russen sein«, sagte MacDeath. »Utkin, der Wagner-Gründer, war ein großer Fan von Runen, auch der Tyr-Rune, die der Totenzeichner ebenfalls genutzt hat. Gerade im rechtsradikalen Milieu sind diese Runen sehr beliebt. Arian Brotherhood, rechte Rockerbanden, Söldner und halt Russen, auch wenn mir nicht einleuchtet, dass die Russen die Wehrmacht so toll finden, wenn die Wehrmacht Millionen von russischen Soldaten getötet hat.«

»Tja«, sagte Winterfeld, »russische Nazi-Ideologie, wo Millionen von Russen im Kampf gegen die Nazis starben.«

»Das mag alles richtig sein«, sagte Clara, »aber Williams hat auch sofort an den Totenzeichner gedacht. Selbst wenn die Zeichen etwas anders aussehen, es gibt zu viele Gemeinsamkeiten im Tatverhalten.«

»Vielleicht hat der Totenzeichner auch einfach vergessen, wie sein Zeichen damals aussah?«, fragte Winterfeld. »Oder er hat einen unfähigen Lehrling?« Er klopfte Clara auf die Schulter. »Lassen Sie es gut sein für heute.«

»Was war denn das überhaupt für ein Anruf, von dem Sie erzählt haben?«, fragte er dann doch.

»Genau da will ich gleich hin. Eine Dr. Wilforst vom Deutschen Herzzentrum«, sagte Clara. »Sie haben das Herz der kleinen Lea in ein Mädchen namens Tanja verpflanzt.«

Winterfeld paffte in die Herbstluft. »Dann ist ja wenigstens einer Person geholfen.«

»Das stimmt. Besagte Tanja benimmt sich nur sehr seltsam.«

»Ach ja?« Er stieß noch mehr Rauch raus, während eine kalte, nasse Böe nach drinnen blies. Clara musste an den blöden Raucherspruch denken, der besonders von denen zitiert wurde, die zum Rauchen immer nach draußen mussten: *Rauchen ist gefährlich, man kann dabei erfrieren.*

»Ja, die Kleine ist anscheinend öfter total panisch«, sagte Clara. »Sie spricht von einem Mann, der nachts zu ihr kommt.«

»Ein Mann, der nachts zu ihr kommt? Sie meint aber nicht den Krankenpfleger? Oder ist das ein verfrühter Stations-Nikolaus?«

»Sehr witzig, nein, den meint sie, glaube ich, nicht.«

»Und was macht dieser Mann?«

»Sie sagt: *Er beißt ihr blutige Wunden?*«

Winterfeld vergaß kurz, an seinem Zigarillo zu ziehen. »Aber das träumt sie nur? Da kommt niemand?«

»Nein, es kommt niemand. Für sie scheint es jedoch ziemlich real zu sein.«

»Sie halluziniert genau genommen davon«, sagte jetzt MacDeath, »was ihrer, nennen wir es mal, Herzens-Vorbesitzerin passiert ist.«

»Verdammt, ja«, sagte Clara, »genau so kann man es beschreiben.«

»Hat sie das nur einmal geträumt?«, fragte MacDeath. »Oder mehrfach?«

»Anscheinend mehrfach.«

»Und was haben Sie nun vor?«, fragte Winterfeld.

»Ich will mit dem Mädchen sprechen«, sagte Clara. »So schnell es geht.«

»Das ist doch völlig bizarr«, sagte Winterfeld, aber man sah, dass ihm mittlerweile auch nichts Besseres mehr einfiel. »Meinen Sie, die weiß etwas, was ihre *Herzensvorbesitzerin,* bescheuertes Wort eigentlich, gesehen hat?«

Clara zuckte die Schultern. »So wie wir hier noch im Nebel stochern, ist das doch eine Steilvorlage, um vielleicht mal weiterzukommen.«

»Ist aber auch eine Steilvorlage, um Bellmann komplett auf die Palme zu bringen«, sagte Winterfeld. »*Wir sprechen mit der neuen Eigentümerin des Herzens.* Als Nächstes sprechen wir dann mit dem, der jetzt das Auto von Hörner fährt, oder mit dem, der die Unterhosen von Schwarz trägt und was sonst noch alles.«

Clara musste zugeben, dass das absurd klang. »Bellmann muss es ja nicht wissen. Auch wenn es schade ist, dass wir sehr oft an unseren Vorgesetzten vorbei ermitteln müssen.«

»So blöd klingt das gar nicht«, sagte MacDeath. »In der neueren Medizin gibt es einige Studien, die besagen, dass Herz und Gehirn stärker miteinander verbunden sind, als wir es oft glauben.«

»Ach, hältst du jetzt auch mal wieder zu mir?«, sagte Clara.

MacDeath zuckte die Schultern. »Wenn es Sinn macht …«

»Das heißt«, sagte Winterfeld, »wenn ich jemandem ein Herz verpflanze …«

»… kann das ein bisschen so ähnlich sein, als würde ich jemandem theoretisch ein Gehirn verpflanzen. Zusammen mit möglichen Erinnerungen.« MacDeath nickte. »Also, Clara, wenn du eine so gute Beziehung zu dieser Ärztin hast, dann solltest du dir das Mädchen anschauen. Ich bin noch kurz hier und fahre dann nach Hause.«

Winterfeld paffte Rauch aus. »Macht, was ihr wollt«, sagte er. »Bellmann wird es schon nicht mitkriegen, der ist, glaube ich, 24/7 mit der Pressemeute und neuerdings auch mit dem BND beschäftigt.« Er warf den Zigarillostumpen aus dem Fenster.

»Ist biologisch«, knurrte er dann wie zur Verteidigung, »baut sich von selbst ab.«

KAPITEL 3

DEUTSCHES HERZZENTRUM, VIRCHOW KLINIKUM, BERLIN

Clara wusste nicht mehr, wem sie überhaupt glauben sollte, als sie den Hintereingang in das Deutsche Herzzentrum nahm. Die klassizistische Fassade des alten Virchow Klinikums ragte vor ihr auf, dahinter erhoben sich die hässlichen Neubauten. Regen peitschte auf den Boden.

Vor der Tür standen wieder Pressevertreter, irgendwie mussten sie herausgefunden haben, dass die Klinik hier eine Rolle spielte. Hatten sie den Polizeifunk abgehört? Wobei niemand von der Polizei diese Sache wusste, vielleicht war es auch nur Zufall, und es ging um irgendeinen Promi, der hier behandelt wurde. Clara bog ab und nahm einen Seiteneingang, um sich von der anderen Seite dem Herzzentrum zu nähern.

Clara trat in das Krankenhausgebäude ein und atmete den Geruch von Reinigungsmitteln und Desinfektionsmitteln ein, der ihr in die Nase stieg. Sie sah sich um und bemerkte Schwestern, Ärzte, Menschen in Rollstühlen und Assistenzärzte, die mit Klemmbrettern geschäftig durch die Gegend liefen. Die Dame am Empfang schickte Clara zur Intensivstation. Sie sollte dort mit der zuständigen Ärztin sprechen, da für Patienten auf der Intensivstation eigentlich Besuchsverbot galt. Clara stellte sich das Zimmer von Tanja vor. Sah Tanja auf dem Bett, umgeben von Schläuchen und Geräten. Sie hörte das Quietschen von Rädern, als Krankenhausbetten und Geräte durch die Flure geschoben wurden. Dann atmete sie tief durch und stieg in den Aufzug.

Dr. Wilforst empfing sie. Sie war etwa Anfang vierzig mit dunkelblonden Haaren und einer roten Brille. Ihre Augen blickten wach und gleichzeitig müde, wie Clara das schon bei vielen Medizinern gesehen hatte. Sie gingen durch mehrere Gänge und standen vor dem Zimmer.

»Wie geht es ihr?«, fragte Clara.

»Die Heilung schreitet gut voran. Wir dürfen nicht länger als zehn Minuten mit ihr sprechen, sie braucht immer noch viel Ruhe.«

»Wissen Tanjas Eltern schon davon?«

»Nein, noch nicht. Sie hat es ihnen noch nicht erzählt. Bisher war ich die Einzige, warum auch immer. Aber ich dachte, das wollen Sie sich anhören.«

»Mit Sicherheit.« Clara fühlte sich fast geehrt, dass sie etwas erfuhr, was selbst die Eltern von Tanja noch nicht wussten. »Es freut mich auch, dass Sie uns Ermittlern helfen.«

»Um ehrlich zu sein«, sagte Wilforst, »ich mache das nicht nur für die Ermittlungen. Ich habe den Eindruck, die kleine Tanja *muss* es jemandem erzählen, und Sie sind dafür genau die richtige Person.«

»Finden Sie?«

»Klar. Sie arbeiten an diesem schrecklichen Fall.«

Woher wusste Wilforst das so genau, fragte sich Clara. »Sie haben davon gehört?«

»Nur das, was in den Medien steht.« Sie drehte sich um. »Alles, was hilft, dieses Scheusal zu finden, findet meine volle Unterstützung. Bereit?«

Clara nickte.

»Dann mal los«, sagte Wilforst. Beide zogen Kittel und Masken an.

Tanja lag auf der Intensivstation, umgeben von piependen Geräten und Schläuchen, so wie es sich Clara vorgestellt hatte.

»Tanja«, sagte Clara, »ich bin Clara Vidalis. Frau Dr. Wilforst sagt, dass du komische Träume hast, seitdem du das neue Herz hast.«

Tanja nickte, und Tränen liefen ihr über die Wangen. Frau Wilforst machte einen besorgten Gesichtsausdruck, wollte das Gespräch aber offenbar nicht abbrechen. Und auch Tanja machte den Eindruck, als wollte sie unbedingt loswerden, was sie, im wahrsten Sinne des Wortes, auf dem Herzen hatte.

»Ich träume von einem großen Raum«, sagte Tanja. »Er sieht nicht wie eine normale Wohnung aus.«

Clara setzte sich auf einen Hocker. »War es vielleicht ein Hotel?«

Tanja kniff die Lippen zusammen. »Wenn, dann war es ein sehr großes Hotelzimmer«, sagte sie. »So was habe ich vorher noch nie gesehen. Aber vielleicht?«

Clara nickte. Natürlich hatte eine Vierzehnjährige, wenn ihre Eltern nicht sehr reich waren, noch nicht allzu viele große Hotel-Suiten gesehen.

»Und dann?«

»Dann kommt dieser Mann. Er … er beißt mich in den Arm, bis ich blute.« Es kamen noch mehr Tränen. Wilforst verzog das Gesicht. »Ich glaube sogar, dass er etwas von mir … isst … aufisst.«

»Wie sah der Mann aus?«, fragte Clara.

»Ganz in Schwarz. Mit einer Maske. Ich sehe ihn genau vor mir. Es waren auch noch andere Menschen dabei. Aber ich weiß nicht, wer das war.«

Clara ließ die Informationen auf sich wirken. Wenn das alles kein totaler Zufall war, dann hatte MacDeath mit seiner Vermutung recht. Es war die genaue Beschreibung der Suite, des Tatorts und des Killers.

Tanja schaute kurz zur Decke. »Und dann waren da noch andere Leute.«

»Du kanntest diese Leute nicht?«

»Nein, aber ich glaube, der Mann war auch böse zu ihnen. Und in meinem Traum kannte ich diese Menschen.« *Klar,* dachte Clara, *es war die Familie, die Tanja nicht kennen konnte.*

»Wer waren diese Menschen in deinem Traum?«

Wieder Tränen in den Augen von Tanja. »Ich weiß es nicht, aber ich kannte sie.«

»Was geschah dann?«

Tanja verharrte schweigend, sodass Clara schon Angst hatte, dass sie gar nichts mehr sagen würde.

»Dann hat er mir eine Pistole an den Kopf gehalten. Dann gab es einen Lichtblitz. Und dann wache ich immer auf.«

»Dann wachst du auf …« Clara kannte die Technik des Paraphrasierens, des Zusammenfassens von Informationen, um dem Gegenüber zu zeigen, dass man es verstanden hat. *Die Pistole an der Stirn. Der Lichtblitz. Und dann endete der Traum. Es war das Letzte, was Lea und jetzt im Traum Tanja je gesehen hatte. Der Traum endete mit dem Tod der Vorbesitzerin des Herzens.*

»Tanja, ich muss eine Sache wissen«, sagte Clara. »Wohin genau hat er dir die Pistole an den Kopf gehalten? Weißt du das?«

Wilforst hob die Hand. »Ich weiß nicht, ob dieses Detail erforderlich …«

Clara blickte sie an. »Doch, gerade dieses Detail ist sehr, sehr wichtig.«

Doch da sprach Tanja schon weiter. »Hier«, sagte sie und hob die Hand an ihre rechte Schläfe.

Clara nickte wieder. Das entsprach dem, was auch im Obduktionsbericht stand. Point Blank, aufgesetzte Waffe an der rechten Schläfe. Tod durch Kopfschuss. Hätte der Killer ins Herz geschossen, hätte Tanja nicht das Herz bekommen können. Nur eine Sache stand nicht im Obduktionsbericht.

»Tanja, weißt du, in welcher Hand er die Pistole gehalten hat?«

Tanja verzog wieder das Gesicht, kniff die Lippen zusammen und nickte. »In … in der linken Hand.«

In der linken Hand, dachte Clara. *Er war Linkshänder.*

Aber der Totenzeichner war Rechtshänder.

Clara schloss einen Moment die Augen und öffnete sie wieder.

Der Mann war nicht der Totenzeichner.

KAPITEL 4

DEUTSCHES HERZZENTRUM, VIRCHOW KLINIKUM, BERLIN

Clara verließ den Aufzug.

»Frau Vidalis«, rief plötzlich eine Stimme. Sie drehte sich um. Es war ein Mann mit einem Mikrofon, dahinter einer mit einer Kamera. Die Medien! Also doch!

Zum Glück kannte sie einen Weg, den die anderen nicht kannten, seitdem sie dort mit von Weinstein einen Film gedreht hatten, um einen Todesinfluencer, der Kinder zum Mord instrumentalisierte, aus der Reserve zu locken.* Sie ging im Laufschritt Richtung Kellerunterführung, spurtete die Treppe hinunter, öffnete zwei Verbindungstüren und durchquerte den dunklen Flur unterhalb des Virchow Klinikums. Sie hörte noch zweimal »Frau Vidalis«, dann verstummten die Stimmen. Es war ihr gelungen, die Pressemeute zu umgehen.

Ihr Herz klopfte. Wasser tropfte von der Decke, und die Neonlampen blinkten.

Ihr Handy klingelte. Sie zuckte zusammen. Blickte auf das Display. Eine US-Nummer.

Sie ging weiter in den Verbindungsgang, wo sie ruhig

* Clara Vidalis, Band 7: »Blutgott«

sprechen konnte, und hoffte gleichzeitig, dass sie dort Empfang haben würde.

Der Pressemeute war sie entkommen.

Doch die zwei Augen, die Clara aufmerksam beobachteten, sah sie nicht.

KAPITEL 5

VERBINDUNGSGANG UNTER DEM VIRCHOW KLINIKUM, BERLIN

Es war Ted Williams am Telefon. Clara atmete erleichtert aus. Das konnte nur eine gute Nachricht sein, wenn er sich meldete.

»Jetzt kann ich sprechen«, sagte Clara.

»Perfekt«, sagte Williams, »ich rufe mit einem Verschlüsseler an, kann sein, dass ich etwas abgehackt klinge.«

»Tun Sie, aber ich verstehe das meiste.«

»Gut. Das, was ich jetzt sage, habe ich dir nie gesagt. Und du darfst es niemandem erzählen. Wenn die Botschaft, das FBI oder CIA davon erfahren, dass du das weißt, werde ich alles abstreiten und vor allem niemals zugeben, dass du es von mir weißt. Und was dich angeht, man wird dann alles tun, um dich aus dem Verkehr zu ziehen. Ich bin im Ruhestand, aber dich wird es die Karriere kosten. Ist das klar?«

»Ja.« Clara schluckte. So bestimmt und deutlich hatte sie Williams noch nie sprechen gehört. Sie fragte sich, was dann kommen würde, aber sie kannte die Spielchen, die mächtige Behörden spielten, wenn sie andere Menschen zum Schweigen bringen wollten. *Controversialize* nannte man das in den USA. Jobverlust, schlechte Presse, Persona non grata, angedichtete Skandale, bis man sich dann irgendwann selbst aus der Welt schaffte, an der Türklinke aufhing, die Pulsadern durchschnitt oder eine Überdosis Tabletten nahm. Wobei Clara, die sich mit wirksamen Suizidarten durch ihre rechtsmedizinische Erfahrung gut auskannte, immer das Erhängen präferieren würde.

»Ich weiß, es gibt Agenturen, die sich darum kümmern, dass sich unerwünschte Leute selbst aus dem Leben bugsieren«, sagte sie.

»Die gibt es«, sagte Williams, »und zu diesen unerwünschten Leuten wollen Sie ja nicht gehören. Diese Information ist nur für Sie. Sie werden sie wahrscheinlich nicht nutzen können, und wenn, dann nur indirekt. Aber Sie sollten es wissen.«

»Ich bin ganz Ohr.«

»Die Morde an politisch exponierten Personen können mit einem Interesse der USA zu tun haben.«

»Also doch!«, sagte Clara. Und sie dachte, ganz amerikanisch: *Fuck Bellmann!*

Williams sprach weiter. »Tatsächlich haben gerade die USA als Siegermacht nach dem Zweiten Weltkrieg das Recht, eine Ersatzregierung in Deutschland zu bilden, wenn die existierende Regierung nicht mehr richtig regiert – oder man ein bisschen nachhilft.«

»Dann könnten sie doch einfach ihre Truppen aus Deutschland abziehen? So wie das Trump schon mehrfach angedroht hat.«

»So einfach ist das nicht«, sagte Williams.

»Die USA brauchen Deutschland nach wie vor?«

»Ja. Sie brauchen einen Puffer Richtung Russland. Und dafür brauchen sie mehr Verteidigungsausgaben in Deutschland, mehr US-Truppen auf deutschem Boden, Kernforschung in Deutschland für mehr Atomwaffen sowie den Aufbau von Blacksites. Der Überfall Russlands auf die Ukraine hat einiges verändert.«

»Blacksites … Gefangenenlager, wo kein US-Recht gilt«, sagte Clara, »vergleichbar mit Guantanamo Bay?«

»Richtig.«

»Und derzeit«, Clara überlegte, »erfüllt Deutschland das alles nicht so, wie es Amerika und Uncle Sam gerne hätten?«

»Tut es nicht. Und für Extremfälle sind Strategien und Operationen vorgesehen, um Deutschland wieder zur Erfüllung zu bringen.«

»Durch das Ausschalten von Personen, die den Prozess blockieren?«

»Wenn es nicht anders geht«, sagte Williams, »dann ja.«

»Aber alle die, die ermordet wurden, wollten ja Unabhängigkeit von Russland, oder Waffen herstellen oder Wasserstoff, um von russischem Gas unabhängig zu sein. Das passt doch nicht.«

»Passt schon. Wenn man von der Intention der USA erst einmal ablenken will und alle glauben machen möchte, es wären …«

»Die Russen!«, sagte Clara. James Bond und Tom Clancy ließen grüßen. Immer waren es die Russen, nur diesmal waren sie es nicht. »Und alle sind drauf reingefallen.« Sie sammelte sich kurz. »Dann sind die Morde alle nur Ablenkungsmanöver, um die Ermittler in die falsche Richtung zu locken?«

»Ich fürchte, das ist so.«

»Und erst wenn alle glauben, es sind die Russen, erst dann kommen die richtigen Ziele dran, die die USA loswerden möchte?«

»Steht zu erwarten«, sagte Williams tonlos.

»Und dann?«

»Dann wird es irgendwann zu einem Regierungswechsel kommen«, sagte Williams.

»Hier in Deutschland?«, fragte Clara.

»Na komm, Clara«, sagte Williams, »du kennst doch das Spiel. Das ist etwas, was die CIA schon öfter gemacht hat. In Irak, Kongo und jetzt auch einmal in einem Industrieland. Vielleicht sollen die Morde nur für Destabilisierung sorgen. Durch Terror in Deutschland und das gezielte Ausschalten von bestimmten Personen soll Deutschland unregierbar gemacht und ein Regime Change eingeleitet werden. So wie das die CIA schon in vielen anderen Ländern durchgeführt hat. Und jetzt halt bei euch.«

Clara dachte bei solchen Operationen an zielgerichtete Elitetruppen, die ihr Ziel fanden, töteten und wieder verschwanden. Ganz anders als hier.

»Aber der Killer ist doch ein totaler Psycho«, sagte Clara. »Das passt nicht. Ich habe dir ja gesagt, was er mit den Opfern gemacht hat. Auch mit einem jungen Mädchen. Und die Geschichte mit Hörner und der Augenhöhle …«

»Unknown Warfare«, sagte Williams. »Wer Menschen will, denen das Töten Spaß macht, der kriegt manchmal auch solche.« Er atmete durch. »Clara, ich muss Schluss machen, ich traue dieser Verschlüsselung nicht ganz.«

»Ich muss noch eine Frage stellen«, sagte Clara. »Ist *er* es?«

Die Antwort kam sofort. »Nein.«

In dem Moment hörte sie Schritte hinter sich.

KAPITEL 6

VERBINDUNGSGANG UNTER DEM VIRCHOW KLINIKUM, BERLIN

Sie drehte sich um – und erstarrte. Sie sah einen schwarz gekleideten Mann, der sie mit zwei dunklen Augen unverwandt anstarrte. In einer Hand trug er eine schwarze Tasche, in der anderen einen Bolzenschneider.

Eine Zehntelsekunde war sie wie gelähmt.

Dann löste sie sich aus der Starre. »Wer sind Sie?«, fragte sie und trat einen Schritt zurück. Obwohl sie schon ahnte, wer dieser Mann war.

Der Mann schwieg und machte einen Schritt auf sie zu.

Sie war eingekesselt zwischen der Wand – und dem Mann. Der Ausgang war mindestens zehn Meter entfernt, und dieser Kerl mit dem Bolzenschneider blockierte den Weg. Wenn sie schreien würde, würde er sie dann sofort töten? Er hatte eine lauernde Eleganz in seinen Bewegungen, die Leuten eigen war, die sehr schnell sein konnten. Sehr schnell und sehr gefährlich.

»Wohin so eilig?«, fragte er leise und lauernd und trat noch näher an sie heran.

»Was interessiert Sie das?«, fragte sie. Was sollte sie auch sonst sagen? Sie blickte sich um, musste Zeit gewinnen.

»Du hast zwei Möglichkeiten, es mir zu sagen«, sagte der Mann und zog die Lippen hoch, sodass Clara die Tätowierungen im Gesicht sehen konnte. »Ohne Schmerzen oder mit Schmerzen.« Er hob den Bolzenschneider. »Deine Entscheidung!«

KAPITEL 7

VERBINDUNGSGANG UNTER DEM VIRCHOW KLINIKUM, BERLIN

Er fasste ihr rechtes Handgelenk. Sein Griff war wie ein Schraubstock. Sie spürte, wie ihre Knochen aneinandergeschoben wurden. Dann ergriff er auch das linke Handgelenk. Das Ganze wirkte fast wie eine romantische Geste, wenn sie nicht so gefährlich wäre. Ihr war klar, dass er ihre Gelenke mit einem Griff brechen könnte.

»Ich höre«, sagte er und drückte stärker zu. »Wohin so eilig?«

Clara ignorierte seine Stimme, konzentrierte sich, dachte an das, was man ihr bei der Ausbildung immer gesagt hatte: In Gefahrensituationen immer das Unerwartete tun!

Sie schaute nach unten und sah, dass er schwarze Stoffschuhe trug, wie ein Ninja. Ideal für Menschen, die sich anschleichen, die nicht gehört werden wollen. Gut. Keine Stahlkappen.

Sie betete eine Zehntelsekunde, dass es klappen möge. Dann zog sie in einer schnellen Bewegung ihre beiden Füße nach oben, schien einen Moment in der Luft zu verharren – und fiel. Sie sah sein verwundertes Gesicht, als ihr Gesicht aus seinem Blickfeld verschwand, als sie nach unten fiel. Ihr rechtes Knie rammte sich einen Bruchteil von einer Sekunde später in den linken Fuß, und sein Mittelfußknochen brach mit einem trockenen Knacken. Er schrie auf und ließ Claras Hände los. Sie stieß ihren Kopf nach vorne und traf ihn zwischen den Beinen. Er beugte sich nach vorne, fasste sich mit seiner Hand in den Schritt, während er mit der anderen seinen Fuß hielt. Der Tritt in seinen Magen traf ihn unvorbereitet und ließ ihn zu Boden stürzen. Ein Tritt mit dem Knie gegen das Kinn gab ihm den Rest.

Clara blickte sich einmal kurz um, sprang auf – und rannte.

KAPITEL 8

UNTERWEGS VOM VIRCHOW KLINIKUM NACH TEMPELHOF

Clara beschleunigte den Audi und raste über eine dunkelgelbe Ampel. Ein Taxi hupte, was Clara ironisch fand, da es normalerweise immer die Taxis waren, die in Berlin bei Rot über die Ampel fuhren. Hinter ihr das Virchow Klinikum.

Sie zitterte noch immer. Rief MacDeath an.

MacDeath ging sofort ans Telefon. Clara wusste überhaupt nicht, womit sie als Erstes starten sollte.

»Clara. Wo bist du? Noch in der Klinik?«

»Ich glaube, ich habe ihn gesehen«, sagte sie.

»Ihn? Ich dachte, das war ein junges Mädchen in der Klinik«, fragte MacDeath. *Mein Gott,* dachte Clara, *wie begriffsstutzig konnten Männer sein?*

»Ihn! Den Killer!«

»Wo?«

»Virchow Klinikum. Ich war vorher im Herzzentrum bei der kleinen Tanja. Habe den unterirdischen Gang genommen, den uns Weinstein mal gezeigt hat, weil vor dem Eingang wieder alles voll war mit Presseleuten.«

»Mein Gott. Und dann?«

»Als ich in dem Verbindungsgang war, war da plötzlich ein Mann. Er wollte mich angreifen, aber ich konnte fliehen. Könnte ein Einbrecher gewesen sein. Obwohl er mir eher wie ein Profikiller erschien. Er hatte einen Bolzenschneider.«

Man konnte MacDeaths Entsetzen förmlich spüren. »Wie bitte?«

Clara nickte im Dunkeln. »Er wollte wissen, was ich da tue. Wohin ich will. Ich glaube, er ahnt, dass wir hinter ihm her sind und die Geschichte mit den Russen nicht glauben.«

»Und sonst?« Eine bessere Frage, dachte Clara, fiel MacDeath wohl gerade nicht ein.

»Keine Ahnung. Er war nicht gerade in Plauderstimmung – ich musste ihn außer Gefecht setzen.«

MacDeath schluckte hörbar. »Aber … aber er wollte dich angreifen?«

»Er hat es zumindest versucht«, sagte Clara.

»Und du hast diesen Typen *außer Gefecht gesetzt?*«

»Ich habe ihm den Mittelfußknochen gebrochen. Er wird kaum laufen können. Wobei ich nicht glaube, dass er noch dort ist. Aber er hat es geschafft, in und unter das Gebäude zu kommen, und ist mir gefolgt. Er weiß also, wer ich bin und wie ich aussehe. Und das gefällt mir gar nicht.«

»Klar«, sagte MacDeath.

»Schickt am besten alles, was ihr habt, zum Virchow! Und …«, mit einem Mal fiel es ihr ein, und die Erkenntnis war so schrecklich, dass sie kaum sprechen konnte. »Und bringt Einheiten ins Herzzentrum. Es könnte sein, dass er versucht, aus den Ärzten dort irgendwelche Informationen rauszuholen. Oder aus Tanja. Auch wenn er gerade nicht so gut zu Fuß ist.«

»Wie sieht der Kerl aus?«

»Mittelgroß, trainiert, schwarz gekleidet mit einer schwarzen Strumpfmaske. Scheint Tätowierungen im Gesicht zu haben. Schickt sofort Einheiten los, er ist nicht sonderlich gut zu Fuß.«

»Kommst du jetzt ins LKA?«

»Victoria ist wieder zu Hause?«, fragte Clara stattdessen, ohne auf seine Frage einzugehen. »Denn wenn er weiß, wie ich aussehe, und mir im LKA auflauern konnte, weiß er bestimmt auch, wo ich wohne. Beziehungsweise wir.« Clara wurde gerade selbst klar, was sie da eben gesagt hatte.

»Ja, und Betty kümmert sich«, sagte MacDeath.

»Gut. Wenn alles gut läuft, kriegen wir den Kerl und können ihn verhören. Allzu schnell weglaufen kann er ja nicht.«

»Wie hast du das überhaupt gemacht?«, fragte MacDeath. »Ich meine, ihm den Mittelfußknochen gebrochen?«

»Alter Ninja-Trick. Wenn dich jemand festhält, einfach die Füße hochziehen und sich mit den Knien auf die Füße des anderen fallen lassen. Er darf nur keine Stahlkappen tragen.«

»Alles klar«, sagte MacDeath. An seiner Stimme hörte Clara, dass er kaum glauben konnte, was er da eben gehört hatte. Er hatte aber auch keine Zeit, jetzt lange darauf einzugehen, und Clara hatte die Zeit genauso wenig. »Den schnappen wir«, sagte er nur.

Clara beendete das Gespräch und rief die Nanny an. Sie wollte nicht nur glauben, dass Betty sich kümmerte. Sie wollte es wissen.

Ließ es klingeln.

Viermal, fünfmal, sechsmal. Zehnmal.

Niemand meldete sich.

Rief auf dem Festnetz bei sich an.

Ein komisches Gefühl, dachte sie kurz. Bei sich selbst zu Hause anzurufen.

Ebenfalls niemand.

Sie merkte, wie ihr die Angst die Kehle hochkroch.

KAPITEL 9

VIRCHOW KLINIKUM, BERLIN

Er sah das Licht des Audis in der Ferne verschwinden und stieg wieder ins Auto. Sein linker Fuß brannte wie Feuer, wenn er ihn nur leicht auf dem Boden aufsetzte. Er wusste es selbst: je dünner die Knochen, desto größer der Schmerz. Rechtes Knie, linker Fuß, das hatte die Frau gut gemacht. Anders war es bei Rippen. Eine geprellte Rippe schmerzte mehr als eine gebrochene Rippe. Doch Schmerz war Ansichtssache, wie er immer sagte. Der Auftrag war noch lange nicht ausgeführt. Es würde gleich weitergehen. Ihm war noch niemand entkommen.

Er versuchte, seinen linken Fuß so still wie möglich zu halten, und war dankbar dafür, dass er ein Auto mit Automatikschaltung hatte.

Zeit, die Schatten mit den Schatten zu vereinen, zu einem Teil der Nacht zu werden und zu verschwinden.

Dann sah er die Blaulichter hinter sich.

KAPITEL 10

UNTERWEGS VOM VIRCHOW KLINIKUM NACH MITTE

Clara jagte die Föhrerstraße entlang, dann die Luxemburger Straße und wenig später rechts in die Müllerstraße in Wedding.

Betty war nicht ans Telefon gegangen. War da irgendetwas passiert?

In dem Moment klingelte das Telefon wieder.

MacDeath.

»Ja?« Clara sagte so hastig Ja, dass sie sich fast verschluckte.

»Wir haben ihn«, sagte MacDeath.

Clara merkte, wie ihr nicht nur ein Stein, sondern ein ganzer Felsbrocken vom Herzen fiel.

»Was sagt er?«

»Nichts«, sagte MacDeath. »Beziehungsweise nichts mehr. Das SEK hat ihn angehalten. Er hielt es für schlau, mit einer Waffe herumzufuchteln. Da haben sie ihn erschossen. Sollte wohl eigentlich nur in die Schulter gehen, aber da er sich zur Seite bewegt hat, ging der Schuss direkt ins Herz.«

»Er ist tot?«

»Ist er. Die Leiche ist schon unterwegs nach Moabit.«

Clara spürte die Erleichterung. »Wie sieht er aus?«

»Wie solche Typen halt aussehen«, sagte MacDeath. »Du hast ihn treffend beschrieben. Ich schicke dir mal ein Foto. Trainiert, tätowiert. Runen hat er auch tätowiert, aber keine Tyr-Runen und keine SS-Runen.«

»Hakenkreuz auch nicht?«

»Nein.«

»Man kann nicht alles haben.«

»Komm am besten her, so schnell du kannst. Am besten gleich nach Moabit.«

»Ich fahr nur kurz nach Hause, um zu sehen, ob Victoria auch wirklich zu Hause angekommen ist.«

»War doch so abgesprochen«, sagte MacDeath. »Und natürlich geht es ihr gut. Ich habe sie selbst vorhin nach Hause gefahren und ihr noch was vorgelesen, bis Betty gekommen ist.«

»Das weiß ich. Nur ich habe dort eben niemanden erreicht.«

»Wahrscheinlich weil Betty mit Victoria noch spazieren geht. Hat doch letztes Mal auch ihr Handy in der Küche liegen gelassen.«

Das stimmt, dachte Clara. Sie wurde langsam wirklich paranoid. Wenn niemand in der Wohnung war und das Handy auf dem Küchentisch lag, konnte auch keiner ans Handy gehen. Der Killer war tot, auch wenn das am Ende alles sehr schnell gegangen war. Aber dann war der Fall wenigstens zu Ende. Keine perversen Morde mehr.

Sie fuhr in den Kanzlertunnel vor dem Hauptbahnhof Richtung Tiergarten.

KAPITEL 11

BERLIN-MITTE

Clara schloss die Wohnungstür auf.

Es war nichts zu hören. Außer das Summen des Kühlschranks in der nahen Küche. Irgendwo draußen der Lärm von Autos. Ganz weit entfernt Stimmen, vielleicht von der Straße, vielleicht aus einer anderen Wohnung.

Sie warf ihren Mantel auf einen Stuhl nahe der Tür und atmete einmal tief durch. Ihre Waffe hielt sie in der Hand, versteckte sie aber hinter ihrem rechten Oberschenkel. Sie war noch immer in höchster Alarmbereitschaft, auch wenn der Killer gefasst beziehungsweise sogar tot war. Aber eines hatte Clara in den zwanzig Jahren in ihrem Job gelernt: *Nur die Paranoiden überleben.*

Betty und Victoria waren wahrscheinlich tatsächlich draußen spazieren. Es hatte aufgehört zu regnen. Auf dem Spielplatz waren sie wahrscheinlich nicht, dafür war es schon zu dunkel. Die Abenddämmerung kroch herauf, und die letzten Vögel waren leise zu hören.

Sie atmete noch einmal durch.

Geradeaus ging es ins Wohnzimmer.

Rechts war das Kinderzimmer von Victoria. Die Tür war verschlossen. Sie verschwendete keine Zeit, um sich zu überlegen, warum die Tür geschlossen war.

Ihr Handy piepte.
Sie schaute auf das Gerät.
Eine SMS. Von MacDeath.
Sie klickte auf die Nachricht.

Ganz kurz: Die DNA des Toten passt nicht zu der DNA des Spermas in Hörners Kopf.

Es dauerte, bis ihr Bewusstsein den Schrecken begriff, der sich in ihrem Unterbewusstsein schon Bahn gebrochen hatte. Sie hatte an den Tatorten Spuren der DNA des psychopathischen Killers genommen. DNA aus den Bisswunden und im Sperma, das sie in der Augenhöhle und dem Gehirn von Hörner gefunden hatten. Die DNA-Abteilung hatte die Spuren des erschossenen Mannes in Rekordzeit abgeglichen. Der Mann, der nicht der Killer war.

Das hieß, der Killer lief hier noch irgendwo herum.

In dem Moment, als ihr das klar wurde, roch sie etwas, das sie kannte.

Das sie fürchtete.

Das sie hasste.

Es war der metallene Geruch von Blut.

KAPITEL 12

BERLIN-MITTE

Claras Herz schlug wie ein Artilleriegeschoss. Sie griff ihre Waffe und öffnete die Tür zum Kinderzimmer.

Doch die Tür ließ sich kaum öffnen.

Sie drückte dagegen.

Irgendetwas lag dort im Weg, wie ein Türstopper, der sich nur widerwillig bewegte.

Langsam öffnete sich die Tür.

Und es dauerte ein paar schreckliche Sekunden, bis Clara begriff, was es war, was diese Tür blockierte. Und was es war, was nach Blut roch.

Es war die Leiche von Betty. Sie lag auf dem Bauch. Unter ihr eine Lache von Blut. Sie erkannte das blaue Haarband, mit dem sie ihre Haare zusammengebunden hatte, und die Tätowierungen am rechten Arm.

»Clara«, sagte eine Stimme mit einem amerikanischen Akzent. »Wir haben auf dich gewartet!«

KAPITEL 13

BERLIN-MITTE

Als Erstes hatte Clara die Leiche von Betty gesehen. Die Blutlache, das Haargummi und die Tätowierung. Unter ihr eine riesige Blutlache. Dann sah sie den Mann, der maskiert vor der Balkontür stand. Er fletschte unter der Maske die Zähne. Und Clara sah, dass die Rechtsmedizin recht gehabt hatte: Der Mann hatte spitz geschliffene Eckzähne. In einer Hand hielt er ein langes Messer, in der anderen Hand eine Pistole mit Schalldämpfer. Die Tür schien halb geöffnet zu sein, so als wäre der Mann durch den Balkon in die Wohnung gekommen. Und dann sah sie das, was am schlimmsten war. Ihre Tochter Victoria. An die Pfosten des Bettes gefesselt, der Mund geknebelt, die Augen weit aufgerissen vor Angst.

»Sieh mich an«, sagte Clara, und Victoria zog ihren Blick von dem schrecklichen Mann zu ihrer Mutter. »Es wird alles gut.«

»Wird es nicht«, sagte der Mann. »Meinen Kollegen kannst du vielleicht aufhalten, aber wenn es ernst wird, muss ich leider selber aktiv werden.« Er beugte sich ein Stück vor. »Hast du vergessen, was mit der Familie Schwarz im Intercon passiert ist?«

Clara hob mit zitternder Hand die Waffe.

»Du kannst auf mich schießen«, sagte der Mann, »aber es kann sein, dass ich schneller bin. Und wenn du feststellst, dass ich schneller bin, ist es schon zu spät. Dann …«

Clara dachte nicht lange nach. Hob die Waffe, zielte kurz.

Der Schuss fauchte.

KAPITEL 14

BERLIN-MITTE

Der Schmerz war grauenvoll. Eine Mischung aus Feuer, Stromstoß und glühendem Schmerz, der Claras rechten Unterarm erfasste und sich rasend schnell auf ihren ganzen Körper ausbreitete. Es war, als würde die gesamte Hölle mit all ihrem Feuer und all ihren Dämonen in ihrem Arm brennen. Sie ließ die Waffe fallen, die scheppernd auf den Boden fiel.

Der Killer hatte zuerst geschossen.

Verdammt, war der Kerl schnell!

Die Mündung rauchte noch. Die Patronenhülse flog neben Clara auf den Boden und hüpfte ein paar Mal klickend auf dem Parkett, bis sie zum Liegen kam.

Der Mann machte einen Schritt nach vorn und zog Claras Waffe mit einem Fußfeger in die hinterste Ecke des Raumes.

»Du kommst dir ganz schlau vor, was?«, fragte der Mann.

Clara konnte ihren Arm kaum bewegen. Blut strömte auf ihre Kleidung und auf den Boden, vermischte sich mit dem Blut von Betty. Knochensplitter schoben sich in grauenhaftem Schmerz aneinander. Sie ging in die Knie, um zu verhindern, dass sie bewusstlos zusammenbrach.

Hörte das Schreien von Victoria, das sich durch den Knebel eher wie ein Pfeifen anhörte.

»Es ist gut, dass du bereits kniest«, sagte der Mann. »Dann kannst du dir genau anschauen, was ich tue.«

Clara hielt vor Schmerzen zitternd ihren Arm, während der Mann einen kleinen Schritt nach vorn ging.

»Ich werde euch töten«, sagte der Mann, und ein Lächeln zog über seinen Mund. Nur der Mund und die Augen waren durch die Maske zu sehen.

Clara Vidalis hatte damals ihre kleine Schwester nicht vor einem Kinderschänder retten können. Um es besser zu machen, war sie Hauptkommissarin geworden, jagte Serienkiller, befreite Opfer. Aber damals ihre eigene Schwester und jetzt ihre eigene Tochter, die konnte sie nicht beschützen. Sollte das Ganze tatsächlich so enden? Dass ihre Tochter qualvoll starb und Clara dabei zusehen musste, bevor der Wahnsinnige sie selbst erschießen würde?

Clara überlegte einen Moment, ob sie auf den Mann zuspringen und mit ihm gemeinsam vom Balkon fallen sollte. Vielleicht wäre das ihr Tod, aber ihre Tochter würde überleben. Vielleicht.

MacDeath würde es verstehen. Auch wenn er dann zum zweiten Mal Witwer geworden wäre. Ihre Tochter würde ohne Mutter aufwachsen. Aber es gab keine andere Möglichkeit. Sie musste es tun. Jetzt. Sie spannte die Muskeln.

»Ich werde euch töten«, sagte der Mann und steckte lüstern die Zunge heraus, wie auf den grauenvollen Videos, die er auf TikTok gepostet hatte. »Und ich werde euch essen. Und trinken. Wie ich es schon einmal gemacht habe!«

Der Mann grinste, hob das Messer und bewegte gierig seine Zunge. »Und wie ich es immer wieder tun …«

Die Stimme brach plötzlich ab. Clara hörte ein Geräusch. Hässlich, knirschend und grauenvoll.

KAPITEL 15

BERLIN-MITTE

Etwas ragte aus dem Mund des Killers heraus, wie eine zweite Zunge aus Stahl. Es durchbrach splitternd seine Schneidezähne, spaltete die Zunge des Mannes in zwei Teile und bohrte sich durch seine Oberlippe, die es in zwei blutende Lappen verwandelte. Es sah kalt und spitz aus und glitzerte, begleitet von diesem furchtbaren, knirschenden Geräusch.

Kurz danach schoss, gemeinsam mit den Zahnsplittern, ein Schwall von Blut aus dem Mund des Mannes, sodass kaum mehr zu sehen war, was es war, das in der Mitte seiner Zunge aus seinem Mund herausragte.

Clara sah es für einen Bruchteil von Sekunden, bevor ein weiterer Schwall von Blut das Gesicht des Mannes in ein rotes Inferno verwandelte: Es war die Spitze eines riesigen Jagdmessers, das ihm jemand von hinten mit unglaublicher Kraft durch Nacken, Wirbelsäule, Schädelknochen und Gehirn gebohrt hatte. *Mein Gott,* dachte Clara, *was für eine Kraft war dafür nötig?* In sein Genick, durch seinen Schädel und aus seinem Mund wieder heraus.

Im nächsten Moment fasste eine riesige Hand den Hinterkopf und zog das Messer mit einem glitschigen

Geräusch aus dem Kopf heraus. Der Killer stand einige groteske Sekunden aufrecht – und fiel dann Blut spuckend zu Boden.

Er war schon tot, als er auf dem Boden aufschlug. Hinter ihm erhob sich eine riesige Gestalt – eine Gestalt, die offenbar auf dem Balkon gestanden hatte. Groß, breit, dunkel. Sie stand dort so reglos wie eine Statue. Doch es war keine Statue. Es musste ein Mensch sein, denn er bewegte sich langsam.

Clara erkannte den Mann. Sie hatte ihn gesehen. Und wieder verdrängt. Aber komplett vergessen konnte sie ihn nicht.

»Aildrik Barings«, sagte der riesige Mann auf Englisch und wischte sich die blutigen Hände an der Kleidung der Leiche ab, »ich denke, Frau Vidalis, wir sind jetzt quitt. Sie haben mich auf die Spur von Kael gebracht, den ich beseitigen musste. Und meinen Auftrag erfüllt.« Er zeigte auf Clara. »Und ich habe Ihnen das Leben gerettet.«

Clara blieb fast das Herz stehen. Es war Aildrik Barings. Der *Totenzeichner!*

Er war nicht der Killer.

Er war ihr Retter.

Barings beugte sich nach unten. Nahm dem Toten die Maske ab. Victoria schaute mit aufgerissenen Augen auf die Leiche und auf den Riesen, der sich neben ihr durch die Balkontür in das Zimmer bewegte. Clara suchte den Blickkontakt zu ihrer Tochter, nickte ihr zu, wollte ihr sagen, dass alles okay war. Jetzt. Höchstwahrscheinlich.

Gleichzeitig ließ sie den riesigen Hünen nicht aus den Augen. Es war schließlich Aildrik Barings, der *Totenzeichner,* und der gefährlichste und brutalste Killer, den Clara je getroffen hatte. Und jetzt war dieser Killer ihr Retter. Ohne etwas zu sagen, machte der Riese zwei Schritte nach vorn, beugte sich nach unten und band die Maske mit einem strammen Knoten um Claras Arm. »Das sollte die Blutung stoppen«, sagte er. »Aber nur kurz. Sie sollten gleich einen Krankenwagen rufen.«

Clara schaute verdutzt nach oben. »Die Runen«, sagte Clara nur. Sie konnte kaum sprechen, so stark pulsierte der Schmerz in ihrem Arm. »Sie sahen bei …« Sie hatte den Namen des Killers vergessen.

»Bei Kael«, sagte Barings.

»Sie sahen bei Kael so aus wie bei Ihnen«, sagte Clara. »Aber nur fast.«

Barings nickte. »Er war mein Schüler. Allerdings ein schlechter. Darum sollte ich ihn aus dem Verkehr ziehen. Zu sehr Psychopath, zu wenig Killer. Er hat versucht, meine Runen so zu schreiben wie ich. Mit der rechten Hand. Nur …«

»Er ist Linkshänder«, sagte Clara, als ihr schlagartig bewusst wurde, was den Unterschied der Runen ausmachte. Die Schnittführung war falsch herum, weil sie in die andere Richtung geschnitten worden war. Winterfeld hatte mit seinem Witz über den unfähigen Lehrling doch tatsächlich recht gehabt, ohne es zu ahnen!

»Richtig.« Barings nickte. »Ich schreibe mit der rechten Hand. Und jetzt«, er blickte sich um, »jetzt brauche ich etwas von Ihnen. Erst einmal Ihr Einverständnis, dass Sie sich um die beiden Leichen kümmern?« Er zeigte mit dem Kinn auf Betty und Kael.

Clara nickte. Was sollte sie auch sonst tun?

»Und dann brauche ich noch etwas, um schnell zu verschwinden. Ich habe es nämlich etwas eilig.«

»Mein Auto?«

»Der Schlüssel würde reichen. Ich kenne Ihr Auto. Und weiß, wo Sie vorhin geparkt haben.«

Natürlich, dachte Clara, *was kennt der nicht?*

KAPITEL 16

BERLIN-MITTE

Clara überlegte nicht lange. Sie griff in die Tasche. Und warf Barings ihren Autoschlüssel zu.

Barings fing den Schlüssel mit einer schnappenden Bewegung. Wie ein Alligator, der zubeißt.

»Ich sage morgen der Polizei, dass mir jemand meinen Wagen geklaut hat«, sagte Clara. »Aber erst morgen.«

Der Riese lächelte kurz und verbeugte sich. *»Pleasure working with you.«*

Mit diesen Worten trat er leise durch die Balkontür und war in der Nacht verschwunden. Lautlos, schnell und gefährlich. Eine Mischung aus Batman und dem Alien, fand Clara.

Auch er schien jemand zu sein, der normale Haustüren nicht nutzte.

KAPITEL 17

NÄCHSTER TAG, LKA,
TEMPELHOFER DAMM, BERLIN

»Sie haben was?«, fragte Alexander Bellmann, Leiter des LKA Berlin, als er Clara an seinem Schreibtisch gegenübersaß. MacDeath saß neben ihr und hielt ihre linke Hand. Der rechte Arm war genäht, geschient und in einer Schlinge. Winterfeld saß auf der anderen Seite, so als würden beide Clara wie eine Ehrengarde flankieren. »Ihn einfach Ihr Auto klauen lassen?«

»Ich war angeschossen, stand unter Schock, der Typ ist ein absoluter Megakiller und hat mir und meiner Tochter gerade das Leben gerettet. Was hätte ich tun sollen? Ihn in den Polizeigriff nehmen und Handschellen anlegen? Ihn ausschimpfen, einen Monat Fahrverbot geben, und ihm einen Strafzettel schreiben? Und natürlich noch eine Anzeige verlesen wegen Autodiebstahl? Weil Gewalt ja keine Lösung ist und wir das auch alles in einem Stuhlkreis hätten ausdiskutieren können? Mit einem Killer, der unserem Killer mal eben in einer Sekunde den Schädel durchbohrt?«

Winterfeld grinste.

Doch Clara war noch lange nicht fertig. »Dann denke ich natürlich als Erstes daran, mein Auto zu sichern, wenn ich blutend und angeschossen mit zwei Leichen im Zimmer meiner gefesselten Tochter stehe, die alles mit anschauen musste!« Ihre Stimme wurde immer schneidender.

»Abgesehen davon«, legte Clara noch einen nach, »Ihrer Ansicht nach gab und gibt es doch den Totenzeichner gar nicht. Wie hätte ich eine Person festhalten sollen, die es gar nicht gibt?«

Bellmann wand sich. »Na gut, aber Sie hätten die Kollegen rufen können.«

»Und mein Versprechen gegenüber dem Totenzeichner brechen? Halten Sie das für eine gute Idee? Wenn wir jetzt mal annehmen, dass es ihn doch gibt?«

Bellmann sagte nichts und sortierte die Akten. Einerseits war er froh, dass der Fall erledigt war. Andererseits war die ganze Sache doch nicht so geheim geblieben, wie sie sein sollte, und er musste sich wieder mit zahlreichen hartnäckigen Fragen aus Presse und Politik herumärgern, worum Clara ihn nicht beneidete.

»Die Einsatzkräfte hätten ihn vielleicht erwischt«, sagte Bellmann, »wenn Sie mitgeholfen hätten!«

»Oder Sie hätten ihn nicht erwischt, und er hätte sich an mir gerächt«, gab Clara zurück.

»Das heißt, Sie halten den Totenzeichner für gefährlicher als die gesamte Berliner Polizei?«

Clara zuckte die Schultern. »Also, wenn Sie mich schon so direkt fragen: Ja!«

EPILOG

Die Taskforce »Nihilus« saß in einem geheimen Raum des Pentagons zusammen. Wyatt, Wilson und Stark. Carl von Cohagen war über einen Monitor zugeschaltet.

»Barings hat Kael aus dem Verkehr gezogen, er wurde unkontrollierbar«, sagte Wyatt. »Die deutschen Ermittler werden glauben, dass jetzt alles vorbei ist. Wir können mit der Hauptoperation starten.«

Wilson hatte eine Lageskizze auf einem großen Monitor geöffnet.

»Hier sind die Pläne des deutschen Kanzleramts in Berlin, die uns unser Informant Cohagen zukommen ließ. Wir brauchen bei der Presseerklärung nicht mal einen Killer. Die Kamera, die auf dem Stativ steht, ist keine Kamera, sondern ein Sniper-Gewehr mit Schalldämpfer und KI-gestützter Zielerfassung.«

»Wenn der Plan erfüllt ist, haben wir den Fall ›Nihilus‹. Dann wird es Zeit für eine neue Regierung.«

»Was wird der Kanzler in seiner Presseerklärung eigentlich sagen?«, fragte Wyatt.

Wilson blickte alle nacheinander an. »Wenn ich Kanzler wäre, würde ich mir darüber keine Gedanken machen«, sagte er. »Sondern eher den heutigen Tag genießen. Es wird sein letzter sein.«

DANK

Noch ein weiterer Band, dann ist die Clara-Vidalis-Reihe bei der Nummer 10 angelangt. Dies ist der neunte Band. Der größte Dank gilt dabei wie immer meinen Leserinnen und Lesern! Würde es euch nicht geben, würden wir Autorinnen und Autoren nur für uns selbst schreiben, und unsere Nachkommen würden vermutlich irgendwann auf dem Dachboden ein paar vergilbte Manuskripte finden und sich fragen: »Was hat der sich denn in seiner Freizeit für komische Geschichten ausgedacht?« Vielen Dank also für euer Interesse, eure Anregungen, euer Feedback und dass ihr mir und Clara Vidalis die Treue haltet!

Wie alle meine Bücher wäre auch dieses nicht möglich gewesen, wenn es nicht ein paar Personen gegeben hätte, die mir mit Rat und Tat zur Seite standen.

Ein besonderer Dank geht zunächst an meine Frau Saskia – für ihre rechtsmedizinische Expertise ebenso wie für ihre wunderbaren Ideen zur Handlung, die auch dieses Buch wieder einmal sehr bereichern.

Von Verlagsseite geht der größte Dank an Michaela Kenklies, Doris Janhsen und Steffen Haselbach und natürlich Katharina Ilgen, Nina Vogel und das gesamte Team von Marketing und Presse.

Ein großer Dank geht außerdem an den Vertrieb von Droemer Knaur, der dafür sorgt, dass meine Bücher auf magische Weise in den Buchhandlungen und schließlich beim »Endkunden« landen. Ebenso danke ich allen Buchhändlerinnen und Buchhändlern für die tolle Arbeit, die Einladungen zu Lesungen und einfach dafür, dass es euch gibt!

Auch bei der Agentur gilt: Never change a winning team. Somit danke ich Markus Michalek und Roman Hocke von AVA, ebenso wie Janine Hilz, Claudia von Hornstein und Ralph Gassmann. Wenn ich es richtig sehe, arbeiten wir nun fast schon so lange zusammen, wie es Clara Vidalis gibt, nämlich seit August 2012! Freue mich auf viele weitere Projekte.

Ebenso herzlich danken möchte ich meiner Lektorin Antje Steinhäuser, mit der ich mittlerweile schon zum dreizehnten (!) Mal zusammenarbeite. Über ihr Feedback zum Manuskript habe ich mich so gefreut, dass ich es euch nicht vorenthalten möchte:

> *Ich kann nur sagen: Ich habe atemlose Tage hinter mir!*
> *Wahnsinn, FINAL BLOOD ist ein Paukenschlag, krass, raffiniert und gespickt mit typisch Etzoldschen, sehr erhellenden, immer auch global gedachten Deutschland- und Berlin-Betrachtungen, eingewoben in die rasante, an den Außengrenzen der menschlichen Psyche ent-*

langdonnernden Geschichte! Da braucht man echt Nerven – großartig!

Liebe Leserinnen und Leser, ich hoffe, es geht euch genauso.

Ebenso danke ich meiner Managerin Brigitte Siegert, Florian Pfänder und Denis Metten für die tollen Webseiten, und Robert Zimmermann für seinen perfekten Buch-Versand.

Da es in dem Thriller ja auch ums Reiten geht, geht noch ein großer Dank an Markus Bahr von der Reitschule Sinka (ihr erinnert euch, so heißt auch der Reitlehrer, der Clara und Sophie unterrichtet) und Anne Machowetz vom Haflinger Hof Kolberg. Beide haben extrem dazu beigetragen, mir die Freuden und auch die Eigenheiten des Reitens beizubringen.

Doch nun genug der Worte. Ich wünsche euch allen viel Spaß und Spannung beim Lesen. Wir sehen uns sicher auf einer der nächsten Lesungen!

Wenn ihr mir schreiben möchtet, könnt ihr das unter info@veit-etzold.de tun oder eine der folgenden Seiten besuchen:

www.veit-etzold-autor.de,
www.facebook.com/veit.etzold,
www.instagram.com/etzoldveit

Der Killer in diesem Buch hat die Seelen von zwanzig Menschen auf seinem Gewissen. Und den Geschmack ihres Blutes auf seiner Zunge. Ihr habt jetzt Clara Vidalis Band 9 »Final Blood« in euren Händen!

Herzliche Grüße
euer
Veit Etzold

Bremen, im Mai 2024